「紫春。力加減はこのくらいでいいか？」
「……はい。大丈夫です」
早く終わってほしい。
それなのに、
ずっと続いてほしい。
今、この瞬間に時が止まり、
外と隔絶されたところに
李貴と二人きりで
閉じ込められたっていいと、
そう思ってしまう。
白の九尾は月影の皇子に恋う

白の九尾は月影の皇子に恋う

ミヤサトイツキ

23352

角川ルビー文庫

目次

口絵・本文イラスト／サマミヤアカザ

消え入りそうなほど細い三日月が孤独《こどく》に浮《う》かぶ夜だった。

月光の微《かす》かな明かりさえ届かない暗い山の中を、一人の少年が駆《か》けていた。

立ち込める闇《やみ》と盛り上がった木の根に足取りを阻《はば》まれて何度も転んだのか、少年の華奢《きゃしゃ》な体にはいくつもの細かな傷ができている。麻布《あさぬの》で作られた袖《そで》の広い簡素な上衣《うわぎ》も、ゆったりとした長い袴《はかま》も土に汚《よご》れ、ほどけかけた帯の端《はし》は擦《す》り切れて履《くつ》には穴が空いていた。

「はあっ……はあっ……」

闇に荒《あら》い呼吸音が響《ひび》く。どれだけ呼吸を繰《く》り返しても息苦しさは消えず、少年は喘《あえ》ぐように息を吸う。喉《のど》の奥では血の味がして、足は重く、もはや感覚が薄《うす》れていた。全身の傷がじんじんと痛み、酷使《こくし》した体が悲鳴を上げている。

それでも、少年は大きな目で前方を睨《にら》み、細い足で懸命《けんめい》に夜の森を駆け抜《ぬ》ける。

少年の背後から、地面に落ちた枝を踏《ふ》みしめる小さな音が聞こえた。同時に、何かが焦《こ》げたような臭気《しゅうき》が少年の鼻を刺激《しげき》する。

音と臭気は、少年を追う一人の男が近くにまで迫《せま》っていることを物語っていた。追手の存在を認識《にんしき》した途端《とたん》、体の芯《しん》から恐怖《きょうふ》が沸《わ》き起こって、焦《あせ》りが両足にまとわりつく。

その瞬間《しゅんかん》、少年の右足が木の根に取られた。

「あっ……」

少年の体が宙に投げ出された。一瞬の浮遊感《ふゆうかん》のあと、地面に叩《たた》きつけられた衝撃《しょうげき》が少年を襲《おそ》う。うつ伏《ぶ》せとなった少年は打ち付けた肘《ひじ》や膝《ひざ》の痛みに耐《た》え、思わずこぼれ落ちた涙《なみだ》もそのままに、限界を迎《むか》えた体を起こそうと腕《うで》に力を入れる。

歯を食い縛《しば》ったそのとき、知らない人間の匂《にお》いが鼻腔《びこう》をくすぐり、声が聞こえた。

「……おい、大丈夫《だいじょうぶ》か？」

若い男の声だ。身を震《ふる》わせた少年が声のしたほうに視線を向けると、そばにある大木の裏から、するりと人影《ひとかげ》が現れた。

剣《けん》を手にした長身の男だった。

男の顔は長い前髪《まえがみ》と髭《ひげ》で覆《おお》われ、表情を窺《うかが》うことはできない。背中に届く長さの髪は見事なまでに汚れ、乱れ、傷《いた》んでいる。一見すると老人のようでもあるが、声音《こわね》から察するに、歳の頃は少年とそう変わらないだろう。

男の薄汚《うすよご》れた黒の衣《ころも》からは、草木と土の匂いがした。香《こう》でもつけているのか、爽《さわ》やかな茉莉《まつり》花《か》の微《び》香《こう》も漂《ただよ》っている。

気品ある芳香《ほうこう》だが、茉莉花の匂いが少年の緊張《きんちょう》を和《やわ》らげることはなかった。男の前髪の隙間《すきま》から放たれる鋭《するど》いまなざしに射貫《いぬ》かれ、少年は声を発することもできずに男を見上げていた。

この姿を、人に見られた。

恐怖で固まる少年の頭と腰《こし》のあたりを凝視《ぎょうし》しながら、男は静かに言った。

「その耳と尻尾《しっぽ》……お前、九尾《きゅうび》か」

少年の頭の上には狐《きつね》に似た耳があり、腰からは白い九本の尻尾が生えていた。

九尾ではない者にこの姿を見られれば、最悪の場合、殺される。全身が凍《こお》り付いた少年は怯《おび》えた目で男の持つ剣を見つめていたが、不意に、男は少年が走ってきた方向を見やった。

遠くを睨む男の目が鋭さを増し、男は警戒《けいかい》を露《あら》わにするように目を細めた。

やがて男は動いた。素早《すばや》く少年に駆け寄り、身を強張《こわば》らせる少年の体を横抱《よこだ》きにして立ち上がる。予想外のことに困惑《こんわく》して硬直《こうちょく》する少年には何も言わず、男は近くにあった小屋の扉《とびら》を開けて中に飛び込んだ。男はすぐに扉を閉め、少年を抱《かか》えたまま、壁《かべ》に背を預けて座り込む。

「あの、あなたは……」

「静かに」

男は少年の口を手で覆い、少年の体を抱き締《し》めた。男の口調は硬《かた》いが威圧感《いあつかん》はない。密着することで茉莉花の芳香がより強く感じられ、爽やかな甘さに少年の心はわずかに凪《な》ぐ。

この人は、何者なのだろうか。

そんな疑問が少年の頭に浮かんだのも、一瞬のことだった。

小屋の外で誰《だれ》かの足音が聞こえた。少年はとっさに身を竦《すく》め、ぎゅっと目を閉じた。心臓の鼓動《こどう》が全身に響き、恐《おそ》れで息をするのもままならない。少年は縋《すが》り付くように男の衣を握《にぎ》る。

少年の震える手を包み込むように、男の手が少年の手に重ねられた。

どれくらいの時が流れたのだろうか。唐突《とうとつ》に、少年の耳元で男がささやいた。

「……行ったぞ」

少年を抱き締めていた男の手から力が抜けると同時に、緊張で強張っていた少年の体も弛緩《しかん》する。心臓が落ち着きを取り戻《もど》していく気配を感じながら、少年は安堵《あんど》の息を漏《も》らした。

その拍子《ひょうし》に少年の尻尾が揺《ゆ》れ動き、男の顔をかすめた。

はっと我に返り、少年は跳《は》ねるように立ち上がった。男から距離《きょり》を取って反対側の壁際《かべぎわ》まで後退し、おずおずと男に視線を向ける。

今まさに少年を救ったこの男から敵意は感じられない。しかし、九尾は人間から忌《い》み嫌《きら》われるものなのだ。男が少年を殺そうとしないのは、何か理由があるのだろうか。男の行動の真意がわからず、少年は悩《なや》ましげな表情で男を見つめ、困惑気味に尻尾の先を丸める。

「おい、どうした」

男は凜《りん》とした声で少年に尋《たず》ねた。芯がありながらも柔《やわ》らかなその声は、夜道を優《やさ》しく照らす月光を思わせた。怜悧《れいり》なまなざしを放つ切れ長の瞳《ひとみ》には、不思議なほど強い光がある。

そんな男の姿が、少年の目にはひどく美しく映った。理由はわからない。それでも確かに心の奥が優しく震え、彼への恐怖と疑問が溶《と》けるようにして薄れて消えていく。

いつしか少年の中に深く根付いているのは、彼に救われたという事実と、彼への感謝の二つのみとなっていた。少年は右の握り拳《こぶし》を左手で包み、拱手《きょうしゅ》する。

「……助けてくれて、ありがとうございました」

小声で、だがはっきりとした口調で告げ、少年は首にかけていた紐《ひも》を外した。襟《えり》の内側から引っ張り出した紐の先端《せんたん》には少年の親指の爪《つめ》ほどの大きさの琥珀《こはく》が付けられていて、小屋にわずかに差し込む明かりを受けて飴色《あめいろ》に輝《かがや》く。その首飾《くびかざ》りは少年が生まれたときに両親から贈《おく》られた、少年の幸福を祈《いの》るお守りだった。

少年はその琥珀のお守りを男の手に押し付けた。

「あなたのこれからの日々に、どうかたくさんの幸福がありますように」

そう言い残し、少年は小屋を飛び出した。

夜の森を走り出す。背後から、男が少年を呼ぶ声が聞こえてきた。しかし少年は振《ふ》り返らずに足を動かした。鋭い嗅覚《きゅうかく》を駆使《くし》して追手が去った方向を確認し、逆方向へと駆けていく。

名残《なごり》を惜《お》しむように、ふわり、と茉莉花の匂いがした。

あの人は、あの温かく優しい人は、何者だったのだろうか。

せめて、名を尋ねたかった。逃《に》げきれば、いつかまた会えるだろうか。

祈りにも似た想《おも》いを抱えた少年は、暗い山の中を走り抜ける。

第一章

山間に建物が並ぶ香林街《こうりんがい》に春の陽光が降り注ぎ、瓦《かわら》が輝いている。

緩《ゆる》やかな斜面《しゃめん》に築かれた香林街は、大陸東端《とうたん》にある大国楊華《ようか》の北西に位置する小さな街だ。山地を切り開いて作られた農地を耕す農民に、山に入って猪《いのしし》や鹿《しか》を狩《か》る猟師《りょうし》、はたまた店を構える商人と、さまざまな職を生業《なりわい》とする者が住む、活気に溢《あふ》れた街である。

都である北楊《ほくよう》から北部国境へと至る交易路の途中《とちゅう》にあるため、街の中心部を通る街道《かいどう》の付近は特に賑《にぎ》わい、旅装束《しょうぞく》の旅人や、驢馬《ろば》を連れた行商人の姿も多い。街道の両脇《りょうわき》には石と木材を組み合わせて造られた建物がずらりと立ち並び、酒楼《しゅろう》からは食欲《しょくよく》を刺激する匂いがふわりと外に流れ、宿屋からは客を呼び込む威勢《いせい》のいい声が響く。

そんな香林街の中心に、喜色満面で酒楼の店先に出た屋台を覗《のぞ》き込んでいる青年がいた。

「わあ……美味《おい》しそう……」

艶《つや》やかでまっすぐな黒髪《くろかみ》は耳を隠《かく》す長さで、前髪の下で爛々《らんらん》と輝く瞳は丸く大きい。小さな顔に形の良い眉《まゆ》や鼻、唇《くちびる》が収まった、均整がとれた可愛《かわい》らしい面差《おもざ》しをしていた。

小柄《こがら》で華奢な体を包むのは袖の広い藍色《あいいろ》の上衣と同じ色の袴で、黒の帯を体の右側で結んで端を垂らしている。帯の上に巻かれているのは、二つの結び目がついた黒の飾《かざ》り紐だ。

「美味《うま》いよ！　なんてったって、蒸《む》し上がったばかりだ！　で、いくつ食う？」

屋台に立つ男に尋ねられ、青年は悩ましげに腕を組んだ。

男の言うとおり、屋台にある竹の皮の包みからは湯気が上がり、塩をきかせた肉の美味そうな匂いが周囲に漂っている。もち米や肉、筍《たけのこ》を味付けして竹の皮で包み、蒸したこの粽《ちまき》は酒楼の名物だ。店主の豪快《ごうかい》な気質を表しているのか、他《ほか》の店で売られているものよりずいぶんと大きく、大飯食《ぐ》らいでも五つほど食べれば満腹になるという。

食欲を刺激《しげき》され、熟考する青年の腹がぐるると鳴る。その音を合図としたかのように青年は表情から迷いを消し去り、決意に満ちた顔で男を見た。

「じゃあ、三十個ください」

「はっはっは！　紫春《ししゅん》は相変わらずよく食うなあ！」

紫春と呼ばれた青年は、大笑《たいしょう》する男に向けて微笑《ほほえ》みを浮《う》かべた。

「ちゃんとお金はあるから大丈夫ですよ」

「誰も紫春が食《く》い逃げするなんて思っちゃいないよ！　この街で唯一《ゆいいつ》の薬師《くすし》様なんだから」

男は紫春の腰に巻かれた黒の飾り紐に目を向けた。

二つの結び目がある黒の飾り紐は楊華における薬師の証《しるし》であり、結び目は陰《いん》と陽を表している。薬師には文官や武官になるための科挙や武挙のような試験制度はないが、代わりに必要とされるのが、その土地の地方役人の長《おさ》である監行吏《かんぎょうり》の認可《にんか》だ。監行吏から認められた証がこの黒の飾り紐であり、薬結《やくけつ》と呼ばれている。

「この街の人間は、みんな紫春に世話になってんだ。紫春がいてくれてありがたいよ」

現在、この香林街に薬師は紫春一人だ。そのため街の人が怪我《けが》をしたり、風邪《かぜ》をひいて熱を出したりした場合、必然的に紫春を頼《たよ》ることとなる。

「そう言っていただけると俺も嬉《うれ》しいです。お代をまけてくれるとさらに嬉しいのですが」

「そういや、聞いたかい？　あの話」

お代をまける気はさらさらないらしい。紫春は内心で肩《かた》を落としたものの、しつこく食い下がるのも情けない気がして「なんですか？」と尋ね返した。

男は紫春に少し顔を寄せると、声を落として言う。

「九尾だよ。都で出たんだって」

冷たい手で、心臓を鷲掴《わしづか》みにされたような感覚に陥《おちい》った。

紫春は思わず息を止め、拳を握る。やけに大きな鼓動の音が全身に響《ひび》き渡《わた》った。息がうまくできず、中途半端《ちゅうとはんぱ》に開いた口から漏れるのは、微《かす》かな吐息《といき》だけだ。

「若い男の姿で、頭には耳が、腰《こし》からは尻尾が生えてたんだと。そしたら次の日、中文省《ちゅうぶんしょう》の高官が殺されてたらしいよ！　ああ、嫌《いや》だ、嫌だ。九尾ってのはどうも、気味が悪くて」

古《いにしえ》の時代、化け狐である九尾狐《きゅうびこ》を愛した娘《むすめ》がいた。娘はやがて九尾狐の子を腹に宿し、産み落とした。生まれた子は人の形《なり》をしていたものの、頭には狐の耳を持ち、腰からは九本の尻尾が生えていた。

この子供を始祖とする一族は九尾と呼ばれ、その血を引く者もまた、狐《きつね》の耳と九本の尻尾《しっぽ》を持って生まれてくる。

九尾が人々から恐《おそ》れられ、忌み嫌われるのは、かつて皇帝《こうてい》を毒で殺したという逸話《いつわ》があるからだ。九尾狐の妖力《ようりょく》を受け継《つ》ぐ九尾は毒や薬の知識が豊富で、何百年も前から国の要人を暗殺してきたと言われている。一方で、鼻が利《き》いて毒の臭《にお》いを鋭《するど》く嗅《か》ぎ分けられることから、一部の貴人にひそかに囲われて毒見役を務めているとの噂《うわさ》もある。

どこまでが本当で、どこまでが嘘《うそ》か。境目のわからない話が流布《るふ》するばかりで、九尾の正体は謎《なぞ》に包まれていた。輪郭《りんかく》が不明瞭《ふめいりょう》であるような漠然《ばくぜん》とした姿はよりいっそう人々の恐怖《きょうふ》心を煽《あお》り、敵意を抱《いだ》かせ、中には九尾を狩りつくそうと考える者たちまで存在する。

「まったく、嫌になっちまうなあ……おっと、粽が足りないな。ちょっと店の中から取ってくる。待っててくれ」

男は紫春を屋台の前に残し、店の中へと姿を消した。

紫春は乱れた心を静めるために深く息を吸う。空気に染《し》み込んでいるのは食欲をそそる粽の匂《にお》いに、酒楼の中から漂《ただよ》ってくる肉や香辛料《こうしんりょう》の匂い、それに加えて通りを行き交《か》う人々の匂いだ。山の草木や土の匂いを運ぶ風には、ほのかに花々の匂いが混ざっている。

それらの慣れ親しんだ匂いの中に、異様な苦さを放つ臭気《しゅうき》を捉《とら》えた。

紫春はとっさに臭いがしたほうに目を向けた。臭気は酒楼の店先に出ている複数の卓《たく》の辺りから流れてくるようだ。外の席も店内と同様に賑わい、卓を囲む椅子《いす》に座る人は多く、談笑《だんしょう》しながら料理に舌鼓《したつづみ》を打っている。

紫春は鼻に意識を集中させて臭いの出所を探《さぐ》り、並ぶ卓の一つ一つに視線を配った。

やがて、紫春は二人の青年が囲む卓で視線を止めた。

一人は長髪《ちょうはつ》をうなじで束ねた細目の男で、白の上衣《うわぎ》と袴《はかま》に身を包み、腰に巻いた剣紐《けんひも》に細身の長剣を下げている。椅子に座っている今、背丈《せたけ》は正確に把握《はあく》できないが、立ち上がれば相当な長身だろう。

椀《わん》を手にしたもう一人の青年に視線を動かしたところで、紫春は目を見開いた。

驚《おどろ》くほどの美丈夫《びじょうふ》であった。陽光を受けて艶やかに輝く黒髪は頭の後ろで高く結《ゆ》われ、白の髪紐と共にさらさらと風に流れる。長いまつ毛が切れ長の目を飾り、高い鼻筋と薄《うす》い唇、顎《あご》が描《えが》き出す輪郭は端麗《たんれい》で、美しい横顔に視線が釘付《くぎづ》けになった。

袖《そで》の広い黒の上衣には控《ひか》えめな銀の刺繍《ししゅう》が施《ほどこ》され、飾り過ぎない装飾《そうしょく》が、彼が生まれ持った美貌《びぼう》を引き立てていた。下衣にはゆったりとした黒の袴を穿《は》き、帯も同じく黒で、白装束の男と同様に剣紐で長剣を下げている。おそらく、彼もかなり背が高い。

夜空に皓々《こうこう》と輝く月を思わせるような、気品に溢れた佇まいだ。そんな彼の姿に思わず見惚《みほ》れていた紫春だったが、苦味のある強烈《きょうれつ》な臭気に鼻を刺激されて我に返った。

紫春の鋭い嗅覚が臭気の出所として示しているのは、黒装束の美丈夫が手にしている椀だ。

はっと息を呑《の》んだ紫春の視線の先で、彼は今まさに椀を口に運ぼうとしていた。あろうことか、彼は異様な臭いにまったく気が付かないらしい。

危険を察知した紫春は考えるより先に走り出した。彼の右手にある椀が、どんどん彼の口に近づいていく。

「待ってください！」

紫春の声に面食《めんく》らった様子で、青年たちが紫春に目を向けた。

白装束の男が腰を浮かし、剣に手をかける。同時に紫春は黒装束の男に駆《か》け寄り、彼の手から椀を叩《たた》き落とした。

中の汁《しる》が地面にこぼれ落ち、鼻が曲がるような刺激臭《しげきしゅう》が広がる。やはり、この椀によそわれた汁に何かが入れられていたらしい。命に関《かか》わる毒の類《たぐい》であることは容易に想像がついた。

鼻と口を手で覆《おお》った紫春は、すぐに黒装束の男に向き直った。彼の切れ長の目には動揺《どうよう》が浮かんでいるが、体に異変が起きている様子はない。

間に合ったことを確信した紫春は、ほっと胸を撫《な》で下ろして頬《ほお》を緩めた。

「……まだ食べてないですね。よかった。これ、毒が入ってたんですよ」

地面に落ちた椀と広がった汁を指差せば、男の端整《たんせい》な顔がさっと強張《こわば》った。

おそらく、ひと口でも食べていれば今頃《いまごろ》彼の命はないだろう。間一髪《かんいっぱつ》の事態であったが、無事に惨劇《さんげき》を回避《かいひ》することができた。紫春は安堵《あんど》の息を漏《も》らそうとしたが、首筋に冷たく尖《とが》ったものを押し当てられた感触《かんしょく》がして、瞬時《しゅんじ》に身を硬直《こうちょく》させる。

「その話、詳《くわ》しく聞かせてもらいましょうか」

冷え冷えとした声は、黒装束《しょうぞく》の男の向かいに座っていた白い衣《ころも》の男のものだった。男が手にした剣の刃先《はさき》は、どうしてだか紫春の首に当てられている。剣を向けられなければならない理由が理解できず、目をしばたたかせた紫春が黒装束の男に視線を向けると、彼もまた不信感に満ちた表情をしていた。

「……あれ？」

自分は男の命を救ったはずだが、何か疑われているらしい。

そう気づいた紫春だったが、剣を突《つ》き付けられてはなすすべもなく、まるで罪人のように引っ立てられていくのだった。


「あなたは料理に毒が入っていたと言いましたが、どうしてそれがわかったのですか？」

薄暗《うすぐら》い牢《ろう》の中、紫春は白装束の男の問いに「それは……」と口ごもった。

紫春が連れていかれたのは香林街の役所である行所《ぎょうしょ》だった。罪人を一時的に収容しておく小さな牢に押し込められた紫春は、白装束の男に詰《つ》め寄られ、壁際《かべぎわ》で身を縮めている。黒装束の男はどこかに行っているらしく、牢に彼の姿はない。

驚くべきは、役人である行吏《ぎょうり》があっさりと青年たちの要求を呑《の》み、牢に通したことである。その行吏の対応から、青年たち二人、もしくはどちらか一人は北楊の中央官僚《かんりょう》なのではないかという予想がついた。重要な役職に就《つ》いているならば、毒を盛られて命を狙《ねら》われることにも納得《なっとく》がいく。紫春はそうやって二人の立場に考えを巡《めぐ》らせるが、それはこの状況《じょうきょう》を打開する手段が思い浮《う》かばない紫春の、不毛な現実逃避《とうひ》でしかなかった。

「それは、なんです？　どうして毒が入っているとわかったのですか、と尋《たず》ねています」

長身の男と小柄《こがら》な紫春では、頭一つ分背丈が違《ちが》う。男が放つ威圧感《いあつかん》に怯《おび》えた紫春はいっそう萎縮《いしゅく》して男を見上げ、消え入りそうな声で答える。

「それは……毒の臭いがしたんです。俺、鼻が利くので」

「椀を前にしていた私たちでさえ気づけなかった臭いを、離《はな》れていたあなたが気づいたと？」

男の疑問はもっともなもので、紫春は返す言葉がなく押し黙《だま》った。紫春とて、鼻が利くため毒の臭いを嗅ぎつけたという説明に無理があることは重々承知している。

しかし、鋭い嗅覚《きゅうかく》によって毒の臭いを察知したことは紛《まぎ》れもない事実だ。問題は、どうして紫春が常人では考えられないほどの嗅覚を持っているのか、男に明かせないことだった。

「とても信じられる理由ではありませんね。こうなってくると、毒が入っていたということ自体、疑わしい主張になってきます」

「……嘘じゃないんです。毒は本当に入っていました。誰《だれ》かがあの人を狙っていたんです」

男は辟易《へきえき》した様子で小さく息を吐《は》いた。

「あの椀に毒が入っていたというのなら、あなたはその事実を知り得た立場ということになります。最も考えられる可能性は、あなたが刺客《しかく》の側の人間であること。もっとも標的が料理を口にする前に椀を落としたのですから、何らかの事情があるのでしょうが」

とっさに反論しようと口を開きかけた紫春を手で制して、男は続ける。

「そして、仮に毒が入っているというあなたの主張が嘘であるとしたら、明らかにするべきはあなたの行動の理由です。騒《さわ》ぎを起こした怪《あや》しい立場であることは変わりませんからね」

至近距離《きょり》に立つ男の冷徹《れいてつ》な目に見下ろされた紫春は、無意識のうちに後退しようとした。しかし、既《すで》に背中も踵《かかと》も壁《かべ》に触《ふ》れていて、男と距離を取ることは不可能だった。

「ようするに、今のあなたの主張では、私は何一つ納得しないということです」

男は触れ合う寸前まで紫春に体を近づけた。紫春がとっさに体を横にずらして逃《に》げようとすると、男は紫春の動きを阻《はば》むように壁に手をつく。

どん、という音が響《ひび》いた。衝撃《しょうげき》を受けて身を震《ふる》わせた紫春の耳元で、男はささやいた。

「納得できる話をしてくれないのなら、北楊で痛い目に遭《あ》うことになりますよ」

北楊の刑務部《けいむぶ》には、拷問《ごうもん》専門の官吏《かんり》がいると聞いたことがある。事実を話さないのなら刑務部にて強引《ごういん》な手段を取ることも厭《いと》わないと、男は暗に告げていた。そう気づいた途端《とたん》に紫春の背筋が凍《こお》り、体の内側から生まれた細かな震えが全身に広がり、指先まで冷えていく。

拷問などされてはたまったものではない。しかし、やはり男を納得させられるだけの理由、つまり人間では考えられないほど鼻が利《き》く理由を、明かすことはできなかった。

「……強情《ごうじょう》ですね。では、北楊に行くとしましょうか」

男の手が紫春の腕《うで》を摑《つか》んだ。強張ってうまく動かない体を無理やり引かれ、足がもつれて体勢を崩《くず》す。床《ゆか》に膝《ひざ》をしたたかに打ち付け、反射的に涙《なみだ》が滲《にじ》んだ。それでも男は歯牙《しが》にもかけない様子で、紫春の腕を強く引いた。

「ほら、さっさとしなさい」

だが、男が紫春を牢の外に引き摺《ず》り出すことはなかった。男の行く手を阻むように、牢の扉《とびら》が開いたのだ。

「櫂染《かいせん》。放してやれ」

牢の扉を開け、凛《りん》とした声で言い放ったのは、席を外していた黒装束の男だった。切れ長の、涼《すず》しげな瞳《ひとみ》が紫春に向けられた。黒の双眸《そうぼう》は波の立たない湖のような雰囲気《ふんいき》があり、ひどく清らかで美しいものを見ている気分になる。静けさを湛《たた》えたまなざしであるのに、両の目には確かな力強さがあった。

彼は未《いま》だ紫春の腕を離さない白装束の男に言う。

「櫂染。放してやれと言っている」

「しかし……」

「俺の命だ。聞け。お前は主《あるじ》の命に従えないような臣下ではないはずだ」

　燿染と呼ばれた白装束の男は自らの主と紫春を交互《こうご》に見たのち、不服そうな顔をしながらも紫春の腕を離した。

「俺の臣下が無礼をした。申し訳ない」

　黒装束の男は膝を折って「立てるか」と紫春の腕を優《やさ》しく取る。紫春が恐縮《きょうしゅく》しながら立ち上がると、彼は自らの手で紫春の袴《はかま》についた埃《ほこり》を払《はら》った。

　男は燿染と同じくらいの背丈《せたけ》で、紫春と比べるとやはり頭一つ分高い。しかし彼に威圧感はなく、彼がそばにいると、不安で波立っていた心が自然と平らになる。

　男は燿染に向き直ると、表情を変えずに口を開いた。

「おおかた、燿染はそもそも本当に毒が入っていたのかどうか疑っているのだろうが、それに関しては確証を得た。近くにいた犬が地面にこぼれた汁を舐《な》めた直後、泡《あわ》を吹《ふ》いて即死《そくし》したそうだ」

「犬が……」

　男は神妙《しんみょう》な面持《おもも》ちで呟《つぶや》いた燿染に頷《うなず》いて、続ける。

「酒楼《しゅろう》の店主に話を聞いた。盛り付けられた椀《わん》が配膳《はいぜん》をする者の手に渡《わた》るまでに、わずかな間だが店の者の目が離れるときがあるという。そのとき、椀は厨房《ちゅうぼう》の入り口に置かれている。客を装う刺客が毒を仕込む隙《すき》は十分にあったというわけだ」

淡々《たんたん》と述べた男は、そこで紫春に視線を戻《もど》した。

「あのまま料理を口にしていたら、今頃《いまごろ》俺の命はないだろう。俺の命を救ってくれたこと、心より感謝する」

男は拱手《きょうしゅ》すると、紫春に向かって深々と頭を下げてみせた。

比較的《ひかくてき》簡素な装束を身にまとっているものの、立ち振る舞《ま》いや行吏の対応から考えると、彼らはおそらく紫春より遥《はる》かに位が高い者だろう。そんな男が紫春に低頭している状況が信じがたく、紫春が言葉を失って佇《たたず》んでいると、どうやら同じ思いらしい櫂染が慌《あわ》てた様子で男の肩《かた》を摑んだ。

「李貴《りき》！　素性《すじょう》も知れぬ者に何を……」

「素性が知れていようが、知れていまいが、この者が俺の命を救ったことに変わりはない。命の恩人に敬意を払うことはおかしなことか？」

李貴と呼ばれた男は平然と告げ、肩に置かれた櫂染の手を払う。主に敬称《けいしょう》もつけない櫂染の態度が気にかかったものの、紫春が口を挟《はさ》める空気ではなかった。紫春は沈黙《ちんもく》を保ったまま成り行きを眺《なが》める。

「だいたい、毒が入っていたからといって、どうしてそれを知り得たんですか！　この者は何度聞いても、鼻が利くという見え透《す》いた嘘《うそ》で誤魔化《ごまか》そうとするばかりなんですよ」

「そうか。では聞こう」

感情を露《あら》わにする櫂染とは対照的に、李貴は冷静に紫春に尋ねた。

「教えてほしい。どうやって毒が入っていたことを知った？」

「……鼻が利くので。毒の臭《にお》いがしました」

「なるほど。理解した」

李貴は至極真面目《しごくまじめ》な顔で頷いた。

「納得するんじゃありませんよ！　信じられますか！」

「お前の目は節穴か、櫂染。この者は一点の曇《くも》りもなく磨《みが》き上げられた宝玉のような澄《す》んだ目をしているだろう。優《すぐ》れた才を持つ者はまず目が違う。つまり、この者は並々ならぬ嗅覚を持つ千年に一人の逸材《いつざい》だ」

「あなた、真面目な顔をして阿呆《あほう》のようなことを言っている自覚がおありで？」

無表情で頓珍漢《とんちんかん》なことを言う李貴と、主に遠慮《えんりょ》がない櫂染。紫春は一風変わった主従の応酬《おうしゅう》を無言で眺めていたが、不意に、体が捻《ね》じれるような感覚に襲《おそ》われて声を漏《も》らした。

「あ……」

李貴と櫂染の目が紫春に向けられた気がしたが、平静を装う余裕《よゆう》はなかった。

この感覚は、薬が切れる前触《まえぶ》れだ。

心臓がどくんどくんと大きく動く。鼓動《こどう》が全身に鳴り響いて、血が勢いよく駆《か》け巡る。冷や汗《あせ》が吹き出してきて背中を伝い、焦《あせ》りで息をすることもままならない。

紫春は懐《ふところ》に右手を入れ、忍《しの》ばせていた巾着《きんちゃく》を掴んだ。中に入れてある薬を、一刻も早く飲まなければならない。たとえ、李貴と櫂染に不審《ふしん》に思われようとも。

しかし、巾着を懐から取り出した瞬間《しゅんかん》、手首を掴まれて強引に動きを止められた。手首を壁に押し付けられ、痛みが走ったと同時に骨が軋《きし》む音がした。

「いっ……」

「何を取ろうとしたんです？」

紫春の手首を掴み、動きを封《ふう》じた櫂染は、痛みに呻《うめ》く紫春の手から巾着を奪《うば》い取った。櫂染の手はびくともせず、左手を巾着に伸《の》ばすも、指先は空を掴むばかりで届かない。

その瞬間、紫春は悟《さと》った。もう間に合わない、と。

顔の横にある耳が斜《なな》め上に引っ張られた。同時に腰《こし》のあたりに圧迫感《あっぱくかん》が現れ、袴を押しのけて何かが外に出てくる気配がする。それは紛《まぎ》れもなく、体の形が変化する感覚だった。

わずかな間のあと、その奇妙《きみょう》な感覚が収まった。

櫂染が驚愕《きょうがく》に染まった顔で紫春の手を離《はな》した。同時に櫂染の手から巾着が落ち、床に当たって音を立てた。微《かす》かな音だったのにやけに大きく響いたのは、それだけ牢《ろう》の中が静まり返っていたからだろう。李貴も動揺《どうよう》を隠《かく》せないのか、切れ長の目を見開いて紫春を見つめている。

彼らの視線の先にいる紫春は今や姿を変えており、頭には狐《きつね》に似た耳が現れ、腰からは九本の尻尾《しっぽ》が生えていた。

髪《かみ》と同じ黒の毛で覆《おお》われた耳はぴんと立ち、純白の毛をまとう尻尾は太く、長い。尻尾まで含《ふく》めれば、今や紫春の背丈は李貴と櫂染とさほど変わらない。

「……九尾《きゅうび》！」

そう叫《さけ》んだ櫂染は李貴と紫春の間に身を滑《すべ》らせ、ためらいなく腰の剣《けん》を抜《ぬ》いた。刃先《はさき》はまっすぐに紫春を狙《ねら》い、銀の刃《やいば》がぎらりと光る。冷ややかな恐怖《きょうふ》が一瞬《いっしゅん》にして体中を駆け巡《めぐ》り、紫春はとっさに両手で耳を隠して尻尾を体に巻き付けた。

九尾の証《しるし》である耳と尻尾は、普段《ふだん》は薬で隠している。今日も、本来であれば粽《ちまき》を家で食べたあとに薬を飲むつもりだった。不測の事態に備えて薬を巾着に入れて持ち歩いていたのに、櫂染の目が離れなかったため飲む暇《ひま》もなかった。

戦慄《せんりつ》して立っていることすらままならず、腰を抜かした紫春は床に座り込んだ。自然と涙がこみ上げて視界が歪《ゆが》む。李貴と櫂染を見上げながら、座り込んだまま後退するも、すぐに尻尾が壁《かべ》に触《ふ》れた。

壁に張り付いた状態のまま、紫春は怯《おび》えで乱れる呼吸の隙間《すきま》に切願する。

「何も……何も、しませんから。お願い、します。殺さないで……」

心臓が軋む。ぼろぼろと勝手に涙がこぼれ、頬《ほお》を濡《ぬ》らし、顎《あご》を伝って床に落ちる。緊迫《きんぱく》した空気を破ったのは、李貴の声だった。

「……やっと会えた」

その小さな、かすれた声は、独白に似た響《ひび》きを有していた。李貴は剣を手にした櫂染を押しのけて前に出る。櫂染が「李貴？」と怪訝《けげん》そうに尋《たず》ねる声も耳に入っていない様子で、膝《ひざ》を折って紫春と目を合わせた。凜《りん》とした光を宿していた黒の双眸《そうぼう》が、頼《たよ》りなげに揺《ゆ》らいでいる。

「……泣かないでくれ」

これまではしっかりとした芯《しん》を持っていたはずの李貴の声は震《ふる》え、吐息《といき》の欠片《かけら》が口からこぼれて落ちる。

「俺は……」

李貴のその先の言葉は聞こえてこなかった。李貴は顔を伏《ふ》せ、右手を胸の真ん中に当てた。そこにある何か大切なものに、そっと触れるような仕草だった。

李貴は右手を胸に当てたまま、顔を上げて紫春と目を合わせた。弱々しい瞳《ひとみ》で紫春を見つめると、李貴はおずおずと右手を伸ばし、指先で紫春の頰を濡らす涙《なみだ》に触れた。紫春がびく、と身をすくめると途端《とたん》に李貴は手を引っ込め、今度は自らの衣《ころも》の袖《そで》でそっと紫春の涙を拭《ぬぐ》い始めた。その手つきは優しく、紫春の体から力が抜けていく。

「怖《こわ》がらせてすまない。大丈夫《だいじょうぶ》だ。俺は何もしない。これも返そう」

次に聞こえてきた李貴の声は、先ほどまでと同じ調子に戻っていた。李貴は右手でそばに落ちていた紫春の巾着を拾うと、空いた左手で紫春の手を取り、紫春の手にしっかりと巾着を握《にぎ》らせる。紫春の手を包み込む李貴の両手は大きく、温かい。

李貴は膝を折った姿勢のまま、肩越《かたご》しに振《ふ》り返って櫂染に告げた。

「九尾であるというのなら、鼻が利《き》いて毒の臭いを嗅《か》ぎつけたというのも嘘ではあるまい」

「李貴！　あなたまさか、九尾を信じるんですか」

「九尾とはいえ、命の恩人には変わりない。俺の命だ。聞け」

「……大変失礼いたしました」

櫂染が渋々《しぶしぶ》ながらも剣を収めたのを見届けてから、李貴はそっと紫春の腕《うで》を取った。

「俺の臣下の無礼は俺の無礼だ。深く謝罪しよう。立てるか？」

「……はい。大丈夫、です」

李貴に支えてもらい、紫春はまだ少し震えが残る足で立ち上がった。ひとまず斬《き》り伏せられる心配はなさそうだと安堵《あんど》する一方で、李貴の態度への疑念と戸惑《とまど》いが芽生え始める。

人々は九尾を恐《おそ》れ、忌《い》み嫌《きら》い、敵視する。櫂染の反応こそが、多くの人々が九尾を目の前にしたときの振る舞いだと言ってもいい。ところが李貴は紫春への敵意などまったく見せず、紫春の身を案じる言葉まで口にしている。

紫春はおずおずと李貴を窺《うかが》った。李貴の清らかな瞳は依然《いぜん》として静かだ。

「名を聞いていなかったな。教えてほしい」

「あ……俺は、紫春といいます。薬師《くすし》です」

「紫春か。良い名だ。歳を聞いても？」

「この春、二十歳《はたち》になりました」

「そうか。二十歳か」

李貴は紫春の両手を取ると、真剣《しんけん》な顔で告げた。

「では紫春。俺の伴侶《はんりょ》になってほしい」

牢の空気に、ぴしりと罅《ひび》が入ったような気がした。

「……はい？」

李貴に手を握られた紫春の背後で、尻尾の毛が驚《おどろ》きによって膨《ふく》らんだ気配がした。李貴に求婚《きゅうこん》されたように聞こえたが、おそらく聞き間違《まちが》いだろう。九尾は確かに嗅覚《きゅうかく》が優《すぐ》れているが、聴覚《ちょうかく》は人間と同程度なのだ。聞き間違いであってほしい。

しかし、紫春の願いもむなしく、李貴は再び同じ言葉を口にした。

「紫春。俺の伴侶になってほしい」

「……はい？」

混乱する紫春もまた、先ほどとまったく同じ反応を示した。だが李貴は紫春の困惑《こんわく》の理由が理解できないようで、無言で小首を傾《かし》げたのち、合点《がてん》がいったというように顔を戻《もど》す。

「む、名乗るのを忘れていた。名乗らずに求婚するなど礼を欠いていたな」

もちろん、紫春の当惑《とうわく》の原因は李貴が名乗りもせずに求婚したことではないのだが、眉《まゆ》一つ動かさない李貴に、冗談《じょうだん》を口にしている様子は欠片もなかった。

李貴は軽く咳払《せきばら》いをすると、姿勢を正した。

「俺は宗《そう》家の李貴という。皇帝《こうてい》の第二子にあたる。歳は二十二だ」

皇帝の第二子ということは、つまりは、皇太子に次ぐ立場である第二皇子だ。

雲の上にいるような、国の最高位に近い青年に求婚されているという現状を正しく認識《にんしき》したとき、紫春の頭は限界を迎《むか》えて停止した。

「李貴！　簡単にご自分の身分を明かさないでください！　あとなんですか！　求婚って！」

「ついでに言うと、この男は了《りょう》家の糴染だ。俺の側近で、幼馴染《おさななじみ》でもある」

糴染の悲鳴に近い叫び声と、淡々《たんたん》と話す李貴の声が遠くで聞こえる。右の耳から入った言葉が、紫春の頭の中に意味を残さずに左の耳から出ていく。

本来であれば今頃《いまごろ》は三十個の粽を腹に収め、上機嫌《じょうきげん》で仕事に取り掛《か》かっていたはずだ。それがどうして皇子の命を救い、九尾だと知られた挙句に求婚されているのだろう。

固まった頭の片隅《かたすみ》で必死に考えて、紫春はこの場を切り抜ける最善案を導き出した。

巾着《きんちゃく》を開けて丸薬を取り出す。紫春の小指の爪《つめ》ほどの大きさの黒い丸薬を一つ飲み込むと、耳と尻尾が引っ張られる感覚がして、瞬《また》く間に耳と尻尾が消え失《う》せた。

「失礼します！」

人の姿に戻った紫春はそう叫び、脱兎《だっと》のごとく駆《か》け出した。背後から紫春を呼ぶ李貴の声が聞こえたが、振り返らなかった。牢を飛び出し、行所の外へ出て、香林街を駆け抜ける。

あの人は、あの美しい皇子は、何を考えているのだろう。
考えても、考えても答えは出ない。それでも頭が勝手に動いて考えずにはいられない。
信じがたい李貴の求婚から逃《のが》れるように、紫春は街外れの家に向かって走った。

第二章

夜の名残《なごり》を薄《うす》く残す早朝の日差しが、香林街《こうりんがい》の外れにある小さな家の中に差し込んでいる。南側の天井《てんじょう》付近にある格子《こうし》窓が光を取り入れるため、朝早い時間帯でも室内は明るい。淡《あわ》い陽光が東側と北側に並ぶ薬箱の棚《たな》に落ち、西側にある簡素な厨《くりや》も、中央に置かれた円卓《えんたく》と椅子《いす》も、研《と》ぎ澄《す》まされたような朝の春光を浴びている。

そんな爽《さわ》やかな早朝の空気が満ちる部屋とは対照的に、厨で湯を沸《わ》かす紫春の胸の内は、陰《いん》鬱《うつ》な気分で占《し》められていた。

昨晩は、李貴の求婚の言葉が頭の中で反芻《はんすう》されて一睡《いっすい》もできなかった。目の下に隈《くま》を刻んだ紫春は、白湯《さゆ》を器《うつわ》に注いで円卓の前の椅子に座る。白湯を飲んで気分を切《か》り替えようと器に口をつけた紫春だったが、頭の中に立ち込めた靄《もや》は、熱いものは慎重《しんちょう》に、少しずつ口に含《ふく》むという慣れ親しんだ動作さえ覆《おお》い隠《かく》していた。

ゆえに冷水を飲む際と同様に躊躇《ちゅうちょ》なく白湯を口に含んだ紫春は、白湯の熱さに悶絶《もんぜつ》した。

「熱っ！」

紫春が反射的に器を放《ほう》り投げると、湯気を立てる白湯もまた宙を舞《ま》う。自分が愚行《ぐこう》を犯《おか》したと瞬時《しゅんじ》に悟《さと》った紫春は「うわっ！」と叫《さけ》びながら椅子をひっくり返して部屋の隅《すみ》に逃《に》げ、頭から白湯を被《かぶ》ることを回避《かいひ》した。

床《ゆか》に転がった器の周辺には白湯がこぼれ、まだ湯気が立ちのぼっている。

紫春はしばし器と湯気を見て、大きく肩《かた》を落とした。頭の上にある狐《きつね》の耳も同時に情けなく折れ、豊かな毛をまとった九本の尻尾《しっぽ》も力なく垂れ下がる。

まったく眠《ねむ》れずに朝を迎えたことも、睡眠《すいみん》不足のせいで危《あや》うく舌を火傷《やけど》しかけたことも、熱湯を頭から被る寸前の事態に陥《おちい》ったことも、すべては李貴の突然《とつぜん》の求婚が原因だ。出会ったばかりの者──しかも九尾《きゅうび》に求婚するなど、正気の沙汰《さた》とは思えない。

「……はあ」

紫春は胸に渦巻《うずま》く困惑をため息に乗せて吐《は》き出した。李貴の言動は一晩が経過した現在でも理解不能であり、未《いま》だ彼の言葉が頭にこびりついているものの、いつまでも悶々《もんもん》としているわけにはいかない。薬師として、やるべきことは多々あるのだ。

紫春が白湯の器を拾おうとしたとき、南側にある玄関《げんかん》の扉《とびら》が叩《たた》かれる音がした。

反射的に身が強張《こわば》って、背中で尻尾の毛が膨らんだ。香林街の外れにあるこの家の付近に他《ほか》の民家はなく、診療《しんりょう》や薬を必要とする患者《かんじゃ》が紫春のもとを訪《おとず》れるのはもう少し日が昇《のぼ》ってからだ。そのため、まだ耳と尻尾を隠す薬を飲んでいない。

慌《あわ》てた紫春は即座《そくざ》に棚から丸薬を取り出したが、戸を叩く音に続いて聞き覚えのある声が響《ひび》き、ぴたりと動きを止めた。

「紫春。いないのか」

外から聞こえてくる声は、李貴のものだった。

李貴の存在を認識した途端《とたん》、膨れ上がった尻尾がさらに膨張《ぼうちょう》する。九尾は衝撃《しょうげき》を受けたり、怒《いか》りを覚えたりすると尻尾が膨らむのだ。あまり優美でないので尻尾が膨らむことは極力避《さ》けたいのだが、声の主は撤退《てったい》する気などさらさらないようで、扉を叩き続ける。

「紫春。怪《あや》しい者ではないぞ。俺だ」

「早朝から押し掛けて扉を叩き続けるなど、怪しい者以外の何者でもないと思いますがね」

櫂染の声が続く。どうやら今日も二人で連れ立って香林街に来たらしい。

動揺《どうよう》した紫春は意味もなく家の中をさまよい歩きながら、膨らんだ尻尾を左右に振《ふ》る。床に転がったままだった白湯の器を蹴《け》り飛ばした音で我に返り、足音を消して扉に近づくと、薄く扉を開けた。

「おお、開いた」

扉の隙間《すきま》に見えた李貴は表情を変えないままそう呟《つぶや》いた。そんな彼の隣《となり》には、四角い布の包みを両手で持つ櫂染がいる。

紫春は扉をそれ以上は開けずに、おずおずと尋《たず》ねた。

「どうして、ここがおわかりになったのです……？」

「馬を行所に預けたときに、行吏に聞いた。ひと気のない街外れに住んでいるから、行けばすぐにわかると」

「では、どのようなご用でいらっしゃったのでしょうか……?」

「迷惑《めいわく》をかけた昨日の詫《わ》びと、礼をしに来た。櫂染」

李貴に促《うなが》された櫂染が前に進み出たとき、紫春の鼻は上品な甘い香《かお》りを捉《とら》えた。櫂染が手にしている包みから、蓮《はす》の実を使った餡《あん》の匂《にお》いがする。おそらく、包みの中身は菓子《かし》だろう。

反射的に尻尾を振る紫春の前で、櫂染は包みを李貴に預け、拱手《きょうしゅ》して深々と頭を下げた。

「昨日は無礼な振る舞いをいたしました。お望みとあらばこの櫂染、血を捧《ささ》げてお詫びいたしましょう」

右に左にと揺《ゆ》れていた紫春の尻尾がさらに膨《ふく》らみ、固まる。

武人は深く詫び入る際に、己《おのれ》の得物で自らの腕《うで》を傷つけ、血を捧げて相手に謝罪すると聞いたことがある。武人にとっては従うべきしきたりだということは理解しているが、紫春は櫂染の血を捧げられても困るだけだ。紫春は慌てて櫂染に声をかけた。

「頭を上げてください! 血なんていりませんから……その、いきなり九尾が現れたらあんな反応をされるのは当然だと思います。別に怒《おこ》っていませんので、大丈夫《だいじょうぶ》です」

剣《けん》を向けられこそしたが、李貴が止めてくれたおかげで紫春は傷一つなく家に帰ることができた。加えて今、紫春に謝罪する櫂染には、李貴に命じられて渋々《しぶしぶ》といった様子はない。櫂染が自らの意思で謝罪を選んだならば、これ以上は事を荒立《あらだ》てないほうがいいだろう。九尾であることを隠して暮らしている紫春にとって、静かな平穏《へいおん》こそが最も大切なのだ。

「寛大《かんだい》なお心に感謝いたします」

そう言って頭を上げた櫂染は李貴から包みを受け取ると、紫春に差し出した。

「では、せめてこちらを。彩弦楼《さいげんろう》の菓子です。蓮月餡《れんげつあん》という人気の品ですよ」

「さ、彩弦楼の蓮月餡！」

紫春は思わず声を張り上げ、大きな丸い目を輝《かがや》かせた。

彩弦楼とは、北楊《ほくよう》に店を構える老舗《しにせ》高級菓子店である。皇族である宗家御用達《ごようたし》の店であり、顧客《こきゃく》は主に位ある貴人や大商人などの富豪《ふごう》だ。

その彩弦楼において、最も人気を集める菓子が蓮月餡だ。小麦で作った薄い皮で蓮の実の餡を包んだ品で、満月をかたどった円形をしていることからこの名がついた。餡をたっぷりと入れているためずっしりと重いが、上品な甘さでいくらでも食べられてしまうらしい。頬《ほお》が落ちるほど美味《うま》いと噂《うわさ》の蓮月餡を差し出されては、紫春の行動は一択《たく》だった。

「ありがとうございます！　いただきます！」

紫春は迷いなく扉を開け放ち、尻尾を大きく振って櫂染から包みを受け取った。両手にかかる包みの重みは幸福と同義であり、漂《ただよ》う甘い匂いに心が弾《はず》んだ。

ところが、紫春が夢見心地《ごこち》な気分でいられたのも束《つか》の間のことだった。ふと蓮月餡の包みから顔を上げると、目の前から李貴と櫂染の姿が忽然《こつぜん》と消えていた。

瞬時に全身を嫌《いや》な予感が駆《か》け巡《めぐ》り、紫春は振り返った。

そこで、愕然《がくぜん》とした。

李貴と櫂染はいつの間にか家の中に入り込んでおり、李貴は椅子に腰《こし》をかけ、櫂染は棚の薬箱を興味深そうに眺《なが》めている。一瞬《いっしゅん》の隙《すき》をついて忍《しの》び込んだらしい。

正直に言って、初対面でいきなり求婚《きゅうこん》をしてくる変人皇子とこれ以上関《かか》わりたくない。玄関《げんかん》先《さき》だけで用を済ませようと思っていたのに、扉を大きく開けたせいで珍客《ちんきゃく》の侵入《しんにゅう》を許してしまった。今朝の紫春は愚行が過ぎる。

紫春は己の行動を悔《く》いたが、招き入れた以上は今さら追い返すわけにもいかない。諦《あきら》めた紫春は扉を閉め、床に転がっていた白湯の器を拾うと、茶を淹《い》れるため厨に立った。

「紫春」

背後から李貴に名を呼ばれ、紫春は茶を準備する手を止めて用心深く振り返る。

「……なんでしょう」

「菓子につられて扉を開けるのは、迂闊《うかつ》が過ぎると思うぞ」

李貴の言葉に、壁際《かべぎわ》に立つ櫂染も頷《うなず》く。紫春は不満で尻尾の先を丸めるが、紫春自身も己の軽率《けいそつ》さを痛感していることもあり、李貴の発言を否定する言葉は思い浮《う》かばなかった。

「そんな迂闊な紫春を香林街で一人にさせておくのは俺としても不安だ」

「はあ……」

「ということで、俺の伴侶《はんりょ》となり北楊で共に暮らさないか」

「お、お断りします……」

「その菓子も毎日買ってやるが」

「お断りします！」

さすがに菓子で懐柔《かいじゅう》され求婚を受け入れるほど浅慮《せんりょ》ではない。暗に馬鹿《ばか》にされている気がして再び尻尾が膨らみ始めるが、李貴は怒りを表す紫春とは対照的に「おお、尻尾が膨らんだ」と淡々《たんたん》と告げるばかりだ。平静を崩《くず》さない彼を見ていると紫春ばかりが振り回されている現状が情けなく思え、苛立《いらだ》ちが沈《しず》むと共に尻尾が萎《しぼ》んで垂れる。

そんな紫春の姿を眺め、李貴は告げる。

「紫春は尻尾がよく動くのだな。丸まったり、膨らんだり、垂れたり。うん、可愛《かわい》らしいな」

予想外の感想が紫春の頭を揺さぶり、意味をなさない音として頭の中を浮遊《ふゆう》する。

呆然《ぼうぜん》とする紫春の背後で、尻尾が再度驚愕《きょうがく》で膨張した。

「か、可愛らしいと、おっしゃいました……？」

「うん」

動揺する紫春の視線の先で、元凶《げんきょう》である李貴はあくまで涼《すず》しい顔をしている。紫春は目のやり場がわからず顔を伏《ふ》せ、両手で袴《はかま》を握《にぎ》り締《し》めた。

この尻尾は、人々にとっては嫌忌《けんき》の対象だ。ゆえに紫春にとっては隠《かく》すべきものだ。可愛らしいなどと言われてしまっては、反応に困って言葉を失う。

「……昨日から、どのようなおつもりなのですか」

「どのような、とは」

「俺は九尾《きゅうび》です。求婚どころか、まともにお声をかけていただけるような者でもありません」

李貴の返答はない。紫春がこわごわと李貴を窺《うかが》うと、感情を表に出さないまま紫春を見つめていた李貴は、やや間を置いてから言った。

「俺は、お前のことは、ただ紫春だと思っている」

「……え？」

李貴の発言の真意を測りかねた紫春は尋ね返したが、それに続く李貴の返答はない。彼は無言でまばたきだけを繰《く》り返している。紫春もまた言葉なく李貴を凝視《ぎょうし》していると、李貴は不意に紫春から視線を外した。

李貴が見やったのは、壁際に立っている櫂染だった。櫂染は呆《あき》れた様子で嘆息《たんそく》する。

「ご自分の言葉で頑張《がんば》って伝えなさい。すぐに私を頼《たよ》るんじゃありません」

李貴は「む……」と不満げな声を漏《も》らしたものの、櫂染から紫春に視線を戻《もど》し、顎《あご》に手を当てた。思案に暮れているようだ。もしかしたら口下手なのかもしれない。

長考する素振《そぶ》りを見せたのち、李貴は口を開く。

「俺は、九尾を理性なき化け物とみなす世の認識《にんしき》は、誤っていると考えている」

李貴は一つ一つの言葉を慎重《しんちょう》に選んでいる様子で、ゆっくりと告げた。

「だから俺にとって、紫春はただ、俺を救ってくれた恩人であるだけだ。九尾がどう思われていようと、俺が紫春を好ましく思う気持ちは変わらない」

李貴はそこで一度口を閉じた。一瞬だけ目を伏せてから、再び紫春と目を合わせる。

「……九尾であるがゆえに、たくさん傷つけられてきたんだろう。だからこそ、先ほどのような発言が紫春自身の口から出るのだと俺は思う」

胸の奥に、鋭《するど》い杭《くい》を打ち込まれたような痛みが走った。

紫春は九尾に伝わる薬の知識と技術を用い、誇《ほこ》りを持って薬師《くすし》の仕事をしている。凛々《りり》しく立つ耳も、純白の毛に覆《おお》われた尻尾《しっぽ》も、実のところはひそかな自慢《じまん》だ。九尾としての自分を否定したくなどないのに、否定して、隠していなければ紫春は生きていけない。

耳と尻尾を隠せば、紫春は人々と共に暮らしていける。しかし薬が切れれば紫春は九尾の姿に戻り、紫春を信頼《しんらい》してくれていた人々だって、きっと紫春を嫌厭《けんえん》する。

九尾というだけで理不尽《りふじん》に傷つけられることに怯《おび》え、自らの矜持《きょうじ》を自らの足で踏《ふ》み躙《にじ》り、他者を騙《だま》している自責の念に苦しむ。それは途方《とほう》もない痛みと孤独《こどく》に満ちた日々だった。月の見えない夜に放《ほう》り出されたような孤独の中で、紫春は痛みに耐《た》えてきた。

「生きるために己を卑下《ひげ》せざるを得ない紫春からしてみれば、迫害《はくがい》される苦痛を知らずに生きてこられた俺の言葉など、所詮《しょせん》は安全な対岸から投げつけられる綺麗《きれい》事に過ぎないだろう。怒《いか》りを覚えるかもしれないし、困るだけかもしれない」

胸の内を見透《みす》かされた気がして、紫春は息を詰《つ》まらせた。李貴の言葉は確かに柔《やわ》らかいが、喜びよりも困惑《こんわく》が先に来る。心の真ん中でしっかり受け止めるには、躊躇《ちゅうちょ》が残る。

「だが、それでも俺は……紫春に、伝えたいんだ。俺は、九尾そのものを悪とみなすことは絶対にしない。ただ九尾であるという理由だけで、紫春を愚弄《ぐろう》したり痛めつけたりすることもしない。紫春を紫春として、一人の人間として尊重する。自分と同じ人として、声をかける」

李貴の声に、切実な色が滲《にじ》む。嘘《うそ》がないことがわかる声音《こわね》は紫春の鼓膜《こまく》を通じて胸の奥までも震《ふる》わせ、紫春はいつしか放心して李貴の清らかな瞳《ひとみ》を見つめていた。

「そのうえで、俺は、疑われることなど恐《おそ》れず毒から俺を救った紫春の優《やさ》しさが、とても尊く美しいものだと思う」

李貴の言葉が、紫春の心の真ん中に落ちた。そこから穏《おだ》やかで心地《ここち》よい波紋《はもん》が生まれ、温かなものが溢《あふ》れ出す。

李貴は紫春の傷と痛みと孤独を認識したうえで、乾《かわ》いてひび割れた紫春の心に届くように懸《けん》命《めい》に言葉を探している。九尾という存在そのものを肯定《こうてい》したうえで、紫春個人にそっと手を伸《の》ばしている。

李貴はきっと、他人の痛みに寄り添《そ》おうとする心がある。他者の痛みなど所詮は全部理解できないと知りながらも、わかろうと努力している。

それは思慮《しりょ》深さと一体になった、大きな優しさだ。

心に根を張る痛みが、ふっと薄《うす》れた気がした。

「伝わっただろうか」

「……はい」

「では、俺の伴侶になってくれるだろうか」

「それは、なりません」

「む……」

李貴は不服そうに口を固く引き結んだ。李貴が紫春を一人の人間として尊重してくれることはありがたいのだが、それとこれとは別である。それでも、求婚を一蹴《いっしゅう》して李貴を落胆《らくたん》させることにわずかな罪悪感を覚えるくらいには、紫春の胸には李貴への情が湧《わ》いていた。求婚には応じられないが、せめてやんわりと説得して穏便《おんびん》に事を収めようと紫春は言う。

「……その、伴侶は人生を共にする大切な存在です。俺としても、じっくり時間をかけて決めたいと言いますか。俺はまだ、李貴様のことをあまりよく知りませんので」

現時点における紫春の李貴に対する認識は『思慮深く誠実な面もあるが妙《みょう》な言動で紫春を振《ふ》り回す変人皇子』である。

「それに、李貴様はお立場がお立場なんですから、なおさらよく知らない相手に求婚するのは控《ひか》えたほうがよろしいかと。心配する人がたくさんいます」

紫春がちらりと櫂染に目をやると、櫂染は何度も大きく頷いた。首がもげるのではないかと思うほどの動きで同意を示す櫂染からは、あくまで求婚には反対だが李貴を止められなかった彼の気苦労が窺える。

そんな櫂染を横目で窺ったあと、李貴は紫春に視線を戻した。

「つまり、もっと時間をかけて互《たが》いを知ればよいということか」

「え？」

「わかった。ゆっくり口説こう。では、また来る」

李貴は立ち上がり、玄関《げんかん》に向かって歩き出した。遠回しに求婚《きゅうこん》を断る作戦だったがどうやら失敗したらしく、なぜだかゆっくり口説かれることになってしまった。狼狽《ろうばい》する紫春の視界の端《はし》で、櫂染は腰《こし》と額にそれぞれ片手を当てて俯《うつむ》いていたが、やがてため息をその場に残して李貴に続いた。

家の外に出た李貴は不意に足を止め、振り返った。

半身に構えて紫春を見つめる李貴の顔は、頬《ほお》が少しだけ緩《ゆる》んでいるように見えた。微笑《びしょう》とも呼べないほどの表情は柔らかく、風《ふ》に吹かれて艶《つや》やかな髪《かみ》がさらりと流れる。

「紫春。また会えてよかった」

飾《かざ》らない言葉が紫春の耳に届いて、紫春の胸がどきりと鳴る。

立ち尽《つ》くす紫春を置いて、李貴は櫂染と共に去っていった。

香林街の商店で生薬を買い求める紫春の背中に、尖《とが》った視線が突《つ》き刺《さ》さっている。

「はい、紫春さん。葛根《かっこん》と、芍薬《しゃくやく》と、麻黄《まおう》ですね」

「……ありがとうございます」

紫春が商店の娘《むすめ》から生薬を受け取っている間も、背中には絶えず棘《とげ》のある視線が注がれている。紫春は代金を渡《わた》してそそくさと店から離《はな》れようとしたが、背を向ける前に、娘が何かを思い出した様子で紫春に声をかけた。

「あ！　母のことなんですが、腹痛が治らないみたいで。後で診《み》てもらってもいいですか？」

「ああ、そういうことでしたら、ご遠慮《えんりょ》なさらずに。それが俺の仕事ですから」

紫春がにこやかに娘に告げると、彼女は「よかった」と顔をほころばせた。

紫春は今度こそ娘に別れを告げて、商店に背を向ける。人が行き交《か》う通りを歩き出すと、鋭い視線の主がすかさず紫春の隣《となり》に並んだ。

「紫春。あの娘とは親しいのか」

先日と同じく、黒装束《しょうぞく》に身を包んだ李貴である。

李貴と櫂染が早朝に現れた翌々日、紫春が商店に買い物に行こうと家を出たら、家の前に李貴と櫂染がいた。紫春の家に櫂染を置いて紫春に同行した李貴は、商店の娘と話す紫春にとげとげしい視線を向けていたのだ。

「親しいというわけでは……お世話になっているお店の娘さんで、軽く話をする程度です」

北楊から数多くの品を仕入れる商店は、紫春の注文を受けて必要な生薬を取り寄せてくれている。薬師としてはなくてはならない存在だ。頻繁《ひんぱん》に店を利用しているので、店頭に立つ娘と軽く言葉を交わすようになったのも自然なことであり、そこに特段の意味はない。

「それに、俺と彼女は歳も近いので。彼女も俺には話しかけやすいんでしょう」

「俺も歳は近いと思うが。紫春は二十で俺は二十二だぞ。近いぞ」

李貴はなぜだか胸を張って主張する。返答に困った紫春は強引《ごういん》に話題を変えることにした。

「それより、櫂染様と離れて大丈夫《だいじょうぶ》ですか？　もしまた刺客《しかく》が現れたら……」

「問題ない。大抵《たいてい》の輩《やから》は自分で対処できる」

李貴は剣紐《けんひも》で吊《つ》った剣を手で示した。

「むしろ、剣や刀を向けてこられるほうが都合がいい。先日のような毒のほうが厄介《やっかい》だ」

「そう、なのですか」

ここで紫春は気づいた。そもそも、李貴が一人でも問題ないと判断したからこそ、櫂染は紫春の家に残ったのだ。今さら紫春が無遠慮《ぶえんりょ》に口を挟《はさ》むことではなかった。

紫春は隣を歩く李貴の顔をちらりと見上げる。端整《たんせい》な横顔に表情はない。

皇子という立場上、命を狙《ねら》われることは珍《めずら》しくないのかもしれない。だが、先日の毒殺が失敗した以上、刺客は今もどこかで李貴の命を奪《うば》うべく画策しているはずであり、その程度のことは李貴も櫂染も承知しているだろう。命に危険がある現状を理解してもなお平常心を保っていられる李貴は信じがたいほど肝《きも》が据《す》わっているのか、ただ単に慣れてしまったのか。

後者だとすれば、李貴はこれまでどれほど苛酷《かこく》な日々を過ごしてきたのだろうか。李貴が語らない彼の人生の苦悩《くのう》に思いを馳《は》せ、胸の中に暗雲が立ち込め始めたとき、不意に、李貴の言葉に胸の真ん中を射貫《いぬ》かれた。

「それに、せっかく口説いている相手と二人きりになれる機会だというのに、櫂染がいては興ざめだろう」

「く、口説いている相手……」

心臓が大きく鳴り、紫春は思わず足を止めた。色恋沙汰《いろこいざた》とは無縁《むえん》の生活を送ってきたため、好意を向けられることには不慣れだ。往来でよくこんな気恥《きは》ずかしいことを言えるものだ、と誤魔化《ごまか》すように考えて目をそらすと、李貴は小首を傾《かし》げた。

「む、その様子では、ゆっくり口説くという俺の意思は伝わっていなかっただろうか」

「い、いえ……それはお聞きしましたが……」

「そうか。でも、念のためもう一度言っておこう」

「え」

「俺はゆっくり時間をかけて、本気で紫春を口説く。俺が紫春を口説くということは既《すで》に決定したことだから、覆《くつがえ》ることはない。だから俺に惚《ほ》れてくれ」

先ほどよりもずっと気恥ずかしい台詞《せりふ》が頭上から降ってきて、紫春はさっと顔を赤らめて沈《ちん》黙《もく》した。李貴の求愛は恋愛《れんあい》に関する経験がまったくない紫春が対処できる範囲《はんい》を遥《はる》かに超《こ》えていて、紫春の平常心をやすやすと破壊《はかい》する。それを無表情でやってのけるから、たちが悪い。

紫春は頰を紅潮させたまま、叫《さけ》んだ。

「……お断りします！　他《ほか》をあたってください！」

「待て、紫春。紫春はこの世に一人なので、他はあたれないと思うが」

「そういう意味じゃありません！」

紫春は付き合いきれないという意思を込めて早足で歩き出したが、李貴は紫春の些細《ささい》な抵抗《ていこう》などものともせず即座《そくざ》に隣に並び、思案顔で顎《あご》に手を当てる。しまいには紫春の顔を覗《のぞ》き込んで「ではどういう意味だ？」などと尋《たず》ねる始末である。紫春は何も答えず顔を背《そむ》けた。

必要な生薬は買い終わったから、あとは帰路に就《つ》くのみだ。さっさと家に帰って李貴と二人きりの状況《じょうきょう》から抜け出そうと足を動かしていたところ、食欲《しょくよく》を大いに刺激《しげき》する匂《にお》いが漂《ただよ》ってきて、紫春の腹が盛大な音を立てた。

この匂いは、しっかりと味をつけた豚肉《ぶたにく》と野菜を厚い生地《きじ》で包んで蒸《む》した、包子《パオズ》である。

匂いにつられた紫春が視線を動かすと、酒楼《しゅろう》の店先に出た屋台が視界に入った。先日、紫春が粽《ちまき》を買おうとした屋台であり、今日は売り子として酒楼の女将《おかみ》が立っている。

「紫春！　包子どうだい？　蒸したてだよ！」

紫春に気づいた女将は歯を見せて笑い、紫春を屋台に手招きした。女将の声に答えるように再び紫春の腹が鳴り、紫春はとっさに生薬の包みを抱《かか》え込んだ。

包子にはたいへん心を惹《ひ》かれるが、目下のところ、紫春が最優先すべきは腹を満たすことではなく迅速《じんそく》な帰宅だ。ぐるると鳴り続ける腹を押さえ込み、紫春は首を横に振った。

「今日はいいです！　また今度──」

「女将よ。二つもらおう」

紫春を遮《さえぎ》ってそう告げたのは李貴だった。どうやら紫春の腹の音はしっかり聞かれていたらしい。紫春は屋台へ歩み寄る李貴の衣《ころも》を慌《あわ》てて引く。

「だ、大丈夫です！　我慢《がまん》できます！」

「俺が食わせてやりたい。ゆえに、これは俺の我儘《わがまま》だ。付き合ってくれ」

返ってきた言葉は存外に優《やさ》しく、紫春は黙《だま》り込んだ。こうも優しくされると若干《じゃっかん》の居心地《いごこち》の悪ささえ感じてしまう。同時に、九尾《きゅうび》とわかっていながら平然と紫春の隣にいようとする李貴に好意を向けられると、胸の奥がきゅっと締《し》め付けられるような、こそばゆい感覚がする。

「なんだい兄《にい》ちゃん！　紫春のこと口説いてんのかい？」

「ああ。求婚をしたのだが断られてしまったので、ゆっくり口説いている最中だ」

「そうかい！　本気で嫌《きら》われない程度に頑張《がんば》りな！」

女将と李貴が交わすやり取りを前にして、紫春は絶句して口を半開きにした。そうと知らずに不敬な行いをしている女将も、馬鹿正直《ばか》に紫春に求愛していることを明かす李貴も止めることはできず、紫春は焦《あせ》りと羞恥《しゅうち》を抱えてあたふたと二人に視線を送る。

「美味《うま》いもんいっぱい食わせてやるといい。紫春は本当によく食うんだ」

「そうか。紫春はよく食うのか。可愛《かわい》らしいな」

「見てて気持ちいいくらいだよ！　うちの店は紫春に支えられてるようなもんだ！」

「む、そうか。可愛らしいな」

　李貴は可愛らしい以外の言葉を知らないのだろうか。そんな素直《すなお》な疑問がぽんと頭の中に生まれた紫春だが、可愛らしいと言われている対象が自分自身だと思うと、気恥ずかしさが一気に疑問を飲み込んだ。嵐《あらし》をじっとやり過ごすように、火照《ほて》った顔を伏《ふ》せて隠《かく》す。

「ところで女将よ。紫春の好物を知っているだろうか」

「ふふ……もう一つおまけで買ってくれたら教えるよ！」

　商売上手な女将だ。買わなくていい、という紫春の無言の懇願《こんがん》もむなしく、李貴は間髪《かんはつ》を容《い》れずに「買おう」と答えた。これだから金持ちは、と紫春は心の中で文句を言う。

「紫春は鹿肉《しか》が好きだよ！　特に、野菜をたくさん入れて鹿鍋《しかなべ》にするのがお気に入りさ。街の猟師《りょうし》が狩《か》ってきたときなんかは分けてもらえるからね。はい、包子、三つね！」

　笹《ささ》の葉でくるまれた三つの包子が李貴の手に渡り、李貴は代金を女将に渡す。女将の礼を背中で受けて歩き出すと、嵐を乗り切って疲弊《ひへい》した紫春の鼻先に、包子が二つ差し出された。

「ほら。熱いうちに食え」

紫春は李貴を恨《うら》みがましく見上げるものの、往来にてさんざん紫春の心を乱した張本人である李貴はまったく悪びれる様子がない。食べ物でご機嫌取《きげんと》りをされている気がして少々腹立たしいが、李貴の厚意《こうい》を無下にするのは気が引けて、紫春は包子を受け取った。

「……ありがとうございます。でも、一つは櫂染様の分ではないのですか」

「あの男に買ってやる義理はない」

仲が良《い》いのか悪いのかよくわからない主従である。紫春は「はあ……」と曖昧《あいまい》に返して二つの包子を見つめた。

二つとも自分の胃に収めるとなると喜びより遠慮《えんりょ》が勝《まさ》る。しかし返そうとしたところで李貴は受け取らないだろうし、持ち帰って櫂染に渡《わた》すのもよしとしないことは予想がついた。

ならば、と紫春は一つの包子を半分に割り、片方を李貴に差し出した。紫春の行動が予想外であったのか、李貴は切れ長の目をわずかに見開き、半分の包子を見つめている。

「遠慮しなくていいが」

「美味《おい》しいものは、分け合って食べたほうが美味しいんです」

「味は変わらんと思う」

「気持ちの問題です！　馬鹿なことを言っている、みたいな顔しないでください！」

「そんな顔はしていないが……そうか。では、受け取ろう」

半分の包子を受け取った李貴は、なぜだか神妙《しんみょう》な面持《おもも》ちで断面をまじまじと観察する。その真剣《しんけん》な様子が少しおかしくて、紫春は頰《ほお》を緩《ゆる》めながら包子を口に入れた。途端《とたん》に肉汁《にくじゅう》と野菜の旨味《うまみ》、加えて柔《やわ》らかな生地のほのかな甘味が口いっぱいに広がる。

「美味いか？」

紫春は包子の味を堪能《たんのう》しながら何度も頷《うなず》いた。返ってきた言葉は「そうか」と素っ気ないものだが、紫春を見つめる李貴のまなざしは驚《おどろ》くほど温かく、優しい。

李貴のまなざしの根幹にあるものが紫春への好意だと気づいた瞬間《しゅんかん》、紫春は包子を喉《のど》に詰《つ》まらせそうになった。常に無表情の仮面を被《かぶ》っているような人なのに、紫春にはこれほどまでに穏《おだ》やかな目を向けるのだと思うと、己《おのれ》の意に反して心臓の鼓動《こどう》が速くなっていく。紫春は平静を保つように自身に言い聞かせ、口の中のものをゆっくりと飲み込んだ。

千切った包子の欠片《かけら》を上品に口に入れて「美味いな」と呟《つぶや》いた李貴は、しみじみと言う。

「それにしても、鹿肉か。いいことを聞いた」

「あ！　買ってきたら駄目《だめ》ですよ！　そんなにしていただかなくて結構ですから。安いものじゃありませんし。俺だって、猟師さんが分けてくれるから食べられるんです」

山間にある香林街に住んでいるから猟師のお裾《すそ》分《わ》けをもらえるのであって、市場では鹿肉は高値で売買される代物《しろもの》だ。屋台の包子とはわけが違《ちが》う。

「む……そうか」

紫春の剣幕《けんまく》にやや面食《めんく》らったのか、李貴はそれ以上言及《げんきゅう》せずに包子を口に入れた。さすがにこの突拍子《とっぴょうし》もない皇子も大人しくなるだろうと思った紫春だが、その予想は、大きく外れることとなるのだった。

とある晴天の日、紫春が家を出ると、家の前には李貴と櫂染と鹿がいた。

「なっ……なんですか、この鹿は！」

紫春は衝撃《しょうげき》と動揺《どうよう》を隠せないまま、誇《ほこ》らしげに立つ李貴と、冷たい目で李貴を見る櫂染と、地面に倒《たお》れて動かない鹿を順番に見た。

この日の李貴と櫂染は袖《そで》の細い長衣に細身の褲《こ》を合わせた動きやすい格好で、数本の矢が入った矢筒《やづつ》と弓を背負っている。そんな彼らの足元に横たわるのは立派な体格の雄鹿《おじか》だ。豊かな茶の毛に覆《おお》われた体には、しなやかな肉がついていることが見て取れた。

紫春が李貴に包子《パオズ》を買ってもらった日から五日が経過していた。近頃《ちかごろ》は姿を見せないからいよいよ諦《あきら》めたのかと思っていた矢先に、李貴と櫂染と鹿の登場だ。驚愕《きょうがく》で揺《ゆ》れる頭の片隅《かたすみ》で、紫春は先日李貴と交《か》わした会話を思い出し、李貴に向かって声を張り上げる。

「し、鹿……買ってきたら駄目だって言ったでしょう！」

「買ってきたのではない。狩ってきた」

「はい……？」

呆《ほう》けた声を漏《も》らした紫春は、そこでようやく李貴の発言と彼の装いが結びつき、狩りに出たのだということを理解した。だが、理解したといっても未《いま》だ衝撃は冷めやらず、混乱した紫春は、無意識のうちに説明を求める視線を櫂染に送る。

「紫春は鹿が好きらしいが、買うのはやめろと言われたので狩りに行くぞ、と。日の出前に私を叩《たた》き起こした李貴の言葉です。ようするに、屁理屈《へりくつ》」

櫂染は呪詛《じゅそ》を吐《は》くように詳細《しょうさい》を語るが、李貴は櫂染の声に滲《にじ》む怨情《えんじょう》などものともせず、弓と矢筒を地面に置いて小ぶりな刀を取り出した。獲物《えもの》の解体に使う狩猟《しゅりょう》刀である。

「少し待て。さばいてやる」

「さばけるんですか……？」

「山に籠《こも》っていたことがあるからな。どれ、やるか。櫂染、手伝え」

狩猟刀を握《にぎ》った李貴は鹿のそばに膝《ひざ》をつく。瞬時《しゅんじ》に嫌《いや》な予感が全身を駆《か》け巡《めぐ》った紫春は、とっさに狩猟刀を握る李貴の腕《うで》にしがみついた。

「うわー！　やめてください！　ここでやらないでください！」

「なぜだ。抱《だ》き着いてくるのは歓迎《かんげい》だが、今は危ないぞ」

「抱き着いているわけじゃありません！　家の前が血まみれになります！」

紫春はもはや半泣きで懇願する。この突拍子もない皇子はやはり突拍子もない皇子だった。

少しは大人しくなるだろう、と考えていた五日前の自分の愚《おろ》かさに涙《なみだ》がこぼれそうだ。

「櫂染様！　なんとかしてください！」

紫春は自分だけでは手に負えないと判断して櫂染に助けを求めたものの、櫂染は我関せずとばかりに明後日《あさって》の方角を向いている。櫂染の背中は付き合いきれないという彼の心情を如実《にょじつ》に物語っているが、臣下たるもの、主《あるじ》の奇行《きこう》を止める手伝いくらいしてほしいと紫春は思う。

持てる力のすべてを使って李貴を止め、街の猟師が使う解体場に案内し、鹿を解体する。李貴の言葉に嘘《うそ》はなかったようで、彼はとても皇子とは思えぬ手際《てぎわ》の良さを発揮し、偶然《ぐうぜん》に居合わせた猟師に感心されていた。

切り分けた肉は数人で食べきれる量ではないので、商店や酒楼《しゅろう》など、世話になっている人々に配る。街の人々は美丈夫《びじょうふ》である李貴と彼に付き従う櫂染に興味津々《きょうみしんしん》で、紫春は二人の正体を誤魔化《ごまか》すのにたいそう苦労した。加えて少しでも隙《すき》を見せると、李貴が「俺はいずれ紫春の伴《はん》侶《りょ》になる男だ」と願望のままに答え始めるので、取り消すのにもたいそう苦労した。

肉を配り終えた紫春は、自分の分の肉を持って帰路に就《つ》いた。疲労困憊《ひろうこんぱい》な紫春の傍《かたわ》らで、李貴と櫂染は平然と歩いている。元の体力に雲泥《うんでい》の差があるのか、李貴に振《ふ》り回された紫春が特別疲弊しているのか。おそらく両方だ。

李貴は疲《つか》れ切った様子の紫春を不思議そうに見つめた。

「紫春。どうしてそんなに疲れている？」

「李貴様が大嘘《おおうそ》をついて回られるからですが？」

取り繕《つくろ》うこともできずにこぼれた紫春の本音に、櫂染が吹《ふ》き出した気配がした。しかし当の李貴は意味がわからないらしく、真顔で小首を傾《かし》げている。

「俺はいずれ紫春の伴侶になるので、事実だと思うが」

紫春は助けを求めて櫂染を見たが、櫂染は紫春と目を合わせる前にさっと目をそらした。助けが期待できないと悟《さと》った紫春は、半ばうんざりしながら李貴に向き直る。

「あの、李貴様。俺は李貴様の求婚《きゅうこん》をお受けすることはできません」

「なぜだ」

「なぜって……李貴様こそ、どうしてそこまで俺を伴侶にと望まれるのです」

「愛しているからだが」

「あ、愛……いえ、そういうことではなく……」

面と向かって会話しているのにどこか嚙《か》み合わない。直截《ちょくせつ》的な愛の言葉を放《ほう》り投げられた紫春は、もはや何を言えばよいかわからなくなって沈黙《ちんもく》した。横目で櫂染を見たが、櫂染は再び即座《そくざ》に目をそらす。

「ゆくゆくは紫春を北楊に呼び寄せ、共に暮らしたい。俺は立場上、婚姻《こんいん》の際はいろいろと複雑な手順を踏《ふ》む必要があるので、できれば婚姻の儀《ぎ》を挙げる前がいいな。準備の時間がいる」

「……李貴様、あのですね」

「だが、北楊に来るのは一年後でも二年後でも、十年後でも構わない。俺はいくらでも待つ」

「……え？」

発言の真意が理解できず、紫春は目をしばたたかせた。李貴は「む」と声を漏らし、しばし思案に暮れる素振《そぶ》りを見せてから、再度口を開く。

「紫春が俺を愛してくれるまで、何年でも待つという意味だ。俺を愛してもいないのに伴侶になれとは言っていない。そんなものは嫌だろう」

「え、あ、はい。嫌です」

やんわりと嘘をついて曖昧《あいまい》に否定することもできず、誤魔化すこともできず、紫春の口から再び本音が飛び出した。あとから失言に気づいて慌《あわ》てて口を手で塞《ふさ》ぐも、もう遅《おそ》い。

しかし、李貴は当然とばかりに軽く頷《うなず》いた。

「紫春が嫌なことはしない。俺を愛してから、俺のもとに来てくれ」

胸の奥がきゅっと締《し》まる感覚に襲《おそ》われ、紫春は思わず李貴の視線から逃《に》げるように目を伏《ふ》せた。じんわりと溶《と》けるような熱さとほのかな甘さが、締め付けられた胸に広がる。

突然《とつぜん》の求婚も、何度断られても諦めずに押し掛《か》けることも、紫春と伴侶になることを決定事項《じこう》とすることも、愛したら自分のもとに来てくれという発言も、高慢《こうまん》で尊大だ。その一方で、李貴は権力を笠《かさ》に着て無理やり紫春に迫《せま》ることはない。

紫春を一人の人間として尊重する、という李貴の言葉が脳裏《のうり》に蘇《よみがえ》った。彼の中では、そんな姿勢が当たり前のものとして存在している。それが正しいことだと信じている。ゆえに、妙《みょう》な言動の合間に律儀《りちぎ》で誠実なところが垣間見《かいまみ》えるのだ。

だからこそ、紫春は李貴を完全に突《つ》っ撥《ぱ》ねることに躊躇《ちゅうちょ》を抱《いだ》く。手酷《てひど》く拒絶《きょぜつ》するには李貴は優《やさ》しすぎるし、紫春の孤独《こどく》を癒《いや》してくれているのは事実だ。

李貴は夜道を照らす月にも似ている。静かだが、確かに清らかな光を注いでくれる。

「……李貴様」

「うん？」

「あの……鹿《しか》、ありがとうございました」

紫春を喜ばせるために鹿を狩《か》ってきてくれたのに、まだ礼を言っていなかった。紫春がおずおずと李貴を見上げながら告げると、李貴は無表情のまま「うん」と再び頷いた。

少しくらい笑《え》みでも浮《う》かべてみればずっと雰囲気《ふんいき》が柔《やわ》らかくなるだろうが、李貴はやはり表情を変えない。そんな頑《かたく》なところがなぜだか可愛《かわい》らしく思えて、紫春は軽く笑う。

「今日は鹿鍋《しかなべ》にしましょう。野菜と、山菜もたくさん入れて。李貴様も、櫂染様も、たくさん召《め》し上がってくださいね」

「俺も、櫂染も、いいのか？」

「もちろんです。あ、ご都合がよろしければ、ですけど」

「大丈夫《だいじょうぶ》だ。ありがたくいただこう」

一人で暮らしているので、普段《ふだん》は他者と食事を共にする機会など滅多《めった》にない。紫春は両親と兄一人、妹二人という六人家族で育ったこともあり、やはり誰《だれ》かと囲む食卓《しょくたく》には格別の楽しさや心地《ここち》好《よ》さを感じる。軽い足取りで家に向かっていると、李貴が胸を張った。

「美味《うま》いものは、分け合って食べたほうが美味いからな。覚えたぞ」

「そうです！　今日は街の人たちにもたくさん分けたので、より美味《おい》しいですよ」

鹿肉と野菜、山菜をたっぷりと入れて煮込《にこ》んだ鍋を想像すると、自然と頰《ほお》が緩《ゆる》む。少し香辛《こうしん》料《りょう》で香《かお》りづけをするのもいいかもしれない。李貴はどのような味付けが好みだろう。家にある調味料の組み合わせを考えていたら、李貴に「紫春」と名を呼ばれた。

李貴の顔を見上げると、李貴は驚《おどろ》くほど優しい目で紫春を見ていた。彼のまなざしに込められたぬくもりが、紫春の胸を大きく跳《は》ねさせる。

「やはり、紫春の隣《となり》は心地がいいな」

「そ、それは……ありがとうございます……」

面と向かって言われると返す言葉に迷う。紫春がどぎまぎと視線をさまよわせていると、李貴は先ほどと同じ穏《おだ》やかな目を向けて「うん」と頷く。

「……いくらでも待つと言ったのに、ずっと一緒《いっしょ》にいたくなってしまうな」

その声は、ひとりごとのようにも聞こえた。おそらくは、無意識のうちに飛び出した本音だっただろう。李貴の心の表面に開いた隙間《すきま》から、彼の心の奥深くを覗《のぞ》き見したような気分になって、紫春は少しだけ頬が熱くなる気配を感じ取った。

李貴の好意は紫春が戸惑《とまど》うほどまっすぐで、純粋《じゅんすい》で、大きい。愛される理由もわからないまま受け止めきれないほどの愛を向けられて、揺《ゆ》さぶられて、紫春の心は決壊《けっかい》寸前だ。

きっと与《あた》えられるままに李貴の愛を受け取ったら、紫春の心は押しつぶされてしまう。

だが、紫春も李貴の隣にいることを心地好く思い始めているのは、抗《あらが》いようのない事実だ。

それでも、どこかでわかっていた。心の柔らかい部分をそよ風に撫《な》でられるような、温かい時間は長くは続かない。いずれ、紫春は李貴の前から姿を消さなければならないだろう。

だから紫春は思う。これまで抱いたことのない、心の芯《しん》が優しく震《ふる》えるこの感覚を、大切に覚えていよう、と。


しとしとと降り注ぐ柔らかい雨が、香林街を静かに濡《ぬ》らしている。

紫春は少しだけ開けた玄関《げんかん》の扉《とびら》から外を窺《うかが》った。家の周辺の木々や草木は雨に打たれ、躍《おど》るように揺れている。家の軒下《のきした》には身を寄せ合って雨をしのぐ二匹《ひき》の猫《ねこ》がいて、仲睦《なかむつ》まじい姿に心が和《なご》んだ。

今の時期に降る雨は春が終わる証《しるし》で、雨が上がればすぐにこの地は初夏を迎《むか》える。季節が移れば人々の不調も変わってくるものだ。そろそろ夏の準備をする頃合《ころあ》いだろう。

そんなことを考えながら扉を閉めた紫春は、背後から聞こえてきた会話に、頭の上の耳をぴくりと動かした。

「櫂染。俺が湯を沸《わ》かすので、茶を淹《い》れてくれ」

「はいはい。あなた、このお茶、お気に入りですね」

紫春は尻尾《しっぽ》の間から窺うようにして後方に視線を送る。家の中では、当然のように居座る李貴と櫂染が、今まさに茶を淹れようとしているところだった。

紫春が李貴と櫂染に出会ってからひと月が過ぎ、もはや紫春の家に二人がいることに違和感《いわかん》はない。今日は家の扉に『休』の札をかけてあり、街の人にも事前に休日であることを知らせていたので、薬を求めて紫春の家を訪《おとず》れる人もおらず、おのおの好き勝手に過ごしていた。

李貴が厨《くりや》に立って湯を沸かし、櫂染が卓《たく》の上に茶器を用意する。湯で茶壷《ちゃつぼ》や茶杯《ちゃはい》を温め、茶壷に茶葉を入れて湯を注ぐ。櫂染の流れるような所作に見惚《みほ》れていたら、あっという間に三人分の茶杯に茶が注がれ、上品で爽《さわ》やかな香気《こうき》が部屋に広がった。

李貴が持参したこの茶は香りと共に味わいも豊かで、まろやかな口当たりと甘味が特徴《とくちょう》的だ。澄《す》んだ琥珀《こはく》の水色《すいしょく》も美しい。茶の風味を思い浮かべると、紫春の尻尾は自然と揺れる。

心が弾《はず》むままに尻尾を振《ふ》っていると、ふと、李貴が尻尾を凝視《ぎょうし》していることに気が付いた。

李貴の品の良い顔立ちには普段と同じように感情はないが、目は爛々《らんらん》と輝《かがや》いている。

嫌《いや》な予感がした。

「紫春。尻尾を触りたい」

李貴が淡々《たんたん》と放った言葉が耳に突《つ》き刺《さ》さり、紫春の尻尾は瞬時《しゅんじ》に膨《ふく》れ上がった。

予想はできていたとはいえ、いざ告げられると心臓が飛び跳ねる。紫春はばくばくと暴れる心臓の音を聞きながら、自らの尻尾を両手で抱《だ》き締めて後退し、李貴から距離《きょり》を取った。

「し、尻尾は駄目《だめ》です！」

「なぜだ」

「なぜって……」

九尾《きゅうび》にとって、他者の尻尾に触《ふ》れるということは、深い愛情を示す行為《こうい》に他《ほか》ならない。

成人した者が家族以外の尻尾を触りたいと告げるのは『あなたと恋仲《こいなか》になりたい』と申し出ているのと同義で、この申し出を受け入れ尻尾に触れさせることは、すなわち『恋仲になることを了承《りょうしょう》する』という意味になる。そのため、求婚《きゅうこん》の際は『一生あなたの尻尾の手入れをします』という意味を込め、香油《こうゆ》を染《し》み込ませて香りをつけた櫛《くし》を贈《おく》るのだ。

紫春は赤くなった顔を伏せ、李貴の視線から逃《のが》れた。李貴が尻尾にまつわる九尾のこの慣習を知っているとは考えにくい。それでも李貴の突然の申し出は、家族以外の者から尻尾に触れたいと言われたことがない――つまり、九尾の慣習にのっとった愛の告白を受けたことがない紫春を動転させるには、十分すぎるほどのものだった。

今まで幾度《いくど》となく李貴から求婚されてきたが、あまりの現実味のなさに、紫春はどこか夢の中のような話にも思えていたのだろう。だが、李貴にその気はないとはいえ、面と向かって「尻尾に触りたい」と告げられると、慣習が脳裏《のうり》にちらついて平常心が粉々に打ち砕《くだ》かれる。

紫春が上目遣《うわめづか》いでそっと李貴を窺うと、李貴は何が嫌なのか、とでも言いたげな顔で小首を傾《かし》げている。そんな李貴と目が合った瞬間《しゅんかん》、紫春の顔が一気に熱を持った。

「だ、駄目です！　とにかく尻尾は駄目です！」

「……そうか。紫春が嫌ならば、無理強《むりじ》いはしない」

李貴はわずかに声量を落として引き下がった。

眉《まゆ》一つ動かさず、顔色一つ変えていないというのに、紫春の目には李貴がひどく落胆《らくたん》したように見えた。どうして紫春の尻尾に触れないくらいでここまで落ち込むのか、と不思議に思うと同時に、李貴の頼《たの》みを一蹴《いっしゅう》した罪悪感が紫春の心にじわじわと広がっていく。

紫春は両手で尻尾を抱《かか》えたまま逡巡《しゅんじゅん》する。さすがに尻尾に触れさせることはできないが、たいそう気落ちした様子の李貴を放《ほう》っておくのも気が引ける。慣習からくる恥《は》じらいと、良心の呵責《かしゃく》の間で揺れ動く紫春の心は、少しの間のあと、最適な答えに辿《たど》り着いた。

「そうだ！　耳ならいいですよ！」

豊かな毛に覆《おお》われた尻尾同様に、頭の上で凛々《りり》しく立つ耳も紫春のひそかな自慢《じまん》だ。きっと李貴も満足してくれるだろうと考えた紫春は、李貴に近寄って得意げに頭を差し出した。

ところが、紫春の予想とは裏腹に、李貴はぴくりとも動かない。

沈黙が流れた。言葉を失った紫春はまばたきだけを繰り返す人形に成り果て、李貴を見つめる。李貴もまた人形のように動かず、紫春に視線を落としている。

どうやら辿り着いた答えは最適ではなかったのだと紫春が気づいたのは、まばたきをさらに五回繰り返した後のことだった。

「あ……」

紫春の胸の中で遅《おく》れてやってきた羞恥《しゅうち》が暴れ始め、顔がみるみる赤く染まる。

「いや、その、これは……」

李貴の顔を見ていられずに俯《うつむ》き、耳を伏《ふ》せた。自ら触ってほしいと言わんばかりに嬉々《きき》として耳を差し出すとは、冷静になって考えてみればずいぶんと恥知《はじし》らずな行動ではないか。

紫春はあまりの気恥《きは》ずかしさから尻尾をぐるぐると体に巻き付けた。いっそこのまま尻尾に埋《うず》もれて隠《かく》れてしまいたいと思いながら、紫春は李貴から離《はな》れようと一歩後退したが、続いて足を動かす前に何かが耳に触れた。

「む、柔《やわ》らかいな」

そっと顔を上げると、李貴が紫春の頭の上に両手を伸《の》ばしていた。人の指に優《やさ》しく耳を撫でられている感覚から察するに、李貴が両手で紫春の両耳に触れているらしい。

「うん、温かくて素晴《すば》らしい耳だ。礼を言う」

「……ご無理なさらなくても、結構ですよ?」

「無理……？　いや、それはこちらの言うことだ。無理をさせてしまっただろう」

李貴は紫春の耳をそっと揉《も》むように撫でながら言う。

「紫春は優しいから、尻尾を触れずに落ち込んだ俺を見かねて、無理して耳を触る許しをくれたのだろうと。無理をさせるのはしのびないが、せっかく許しをくれたのに断るのもどうかと思って、少し考えてしまった」

先ほどの間は李貴の気づかいの表れであったようだ。彼の優しさが身に染みて申し訳なさが増すものの、胸の奥では喜びに似た温かいものが溢《あふ》れて、紫春は視線を落とす。

李貴に触れられている耳が熱い。胸の奥がきゅっと締《し》め付けられて、息が少しだけ苦しい。紫春は溢れ出す何かを堪《こら》えるように尻尾を抱き締めた。緊張《きんちょう》で身を硬直《こうちょく》させているのに確かに心地《ここち》よく、感じたことのない甘い感情で心が満たされる。

早く終わってほしいような、永遠に続いてほしいような不思議な時間を終わらせたのは、櫂染の声だった。

「どれ。では、私もいいですか？」

「あ、はい。どうぞ」

紫春の許可を得た櫂染は紫春の耳に向かって手を伸ばした。しかし、櫂染の指先が紫春の耳に触れるより、李貴の手が櫂染の手の甲《こう》をぴしゃりと叩《たた》くほうが早かった。

「待て、櫂染。紫春に触れるならば俺の許しも得てからにしろ」

「あなたはどういった立場で偉《えら》そうにものを言っているんです」

「いずれ伴侶《はんりょ》になる男の立場だ。紫春の意思を尊重したいのはやまやまだが、正直なところ、俺以外の人間が紫春に触れるのは嫌だ。ゆえに、俺は今からこの問題について紫春と協議をする。結論が出るまで、お前は軒下で雨をしのぐ猫さんを撫《な》でていろ」

話が妙《みょう》な方向に転がり始めた。頭上から降ってくる李貴の独占欲《どくせんよく》を受け止めきれず、紫春は耳に触れる李貴の手を振り払《はら》った。

「協議なんてしませんよ！　李貴様も、もう終わりです！」

紫春が李貴から距離を取ると、李貴は再び落胆して名残惜《なごりお》しそうな目を向けた。今度はほだされまい、と紫春は顔を背《そむ》ける。

「伴侶になると言いますが、そろそろ諦《あきら》めたらいかがです？　しつこい男は嫌《きら》われますよ」

「ゆっくりと口説いているだけだから問題ない。俺と紫春はいずれ、類稀《たぐいまれ》なる愛情で結ばれた二人だと楊華《ようか》内外に名が知れ渡《わた》るだろう」

「驚《おどろ》くべき謎《なぞ》の自信に感心すればいいのか、阿呆《あほう》と言えばいいのか。どちらがお好みで？」

李貴と櫂染が交《か》わす気の置けないやり取りを聞きながら、紫春は自分の耳にそっと触れる。そこは普段《ふだん》ではありえないほどの熱を帯びていた。李貴の手によって温められたわけではないことは知っていた。

耳には尻尾《しっぽ》のような慣習はないとはいえ、誰彼構《だれかれかま》わず触れることを許すわけがない。加えて李貴の気落ちした顔を見たとき、九尾の慣習を知らない彼には尻尾を許してもいいのではないかと、一瞬《いっしゅん》だけ思いそうになった。自分の心なのに自分で制御《せいぎょ》できずにどこかへ走っていきそうで、少しだけ怖《こわ》い。同時に、心にじわじわと染み込んでいく感情は、確かに温かく、甘い。

複雑な紫春の心を包み込むように、雨音が聞こえていた。

雨を含《ふく》んだ土と草木の豊かな匂《にお》いが、ふわりと紫春の鼻先をかすめた。

春の終わりの雨が香林街を濡《ぬ》らした数日後、紫春は家の近くの山中を歩いていた。空は青々と澄《す》んでいて、木々の間から降り注ぐ木漏《こも》れ日がゆらゆら揺《ゆ》れる。春よりも柔らかく暖かい空気が紫春を包み込み、耳に届くのは木々の葉が触れ合う音と軽《かろ》やかな鳥の鳴き声だ。

季節が移ろい気温が上昇《じょうしょう》したことで、香林街の人々は早くも不調を訴《うった》え始めていた。今日は朝から正午まで患者《かんじゃ》が途絶《とだ》えず、ようやく訪《おとず》れた束《つか》の間の休息に、紫春は外の空気を吸おうと外に出てきたのだ。といっても、患者が訪れたらすぐに対応できるよう、常に家の様子を確認《かくにん》できる範囲《はんい》内を歩いている。

紫春は肩越《かたご》しに振《ふ》り返り、後方にある家を窺《うかが》った。誰《だれ》かが家を訪ねている気配はない。薬を求めてくる患者はもちろん、李貴と櫂染の姿もない。

思わず肩を落として、紫春はすぐに我に返った。李貴の求婚には応《こた》えられないのだから、そう何度も来られては困る。李貴と櫂染があまりに頻繁《ひんぱん》に訪れるものだから、もはや二人がいることが日常になってしまっただけで、断じて彼らを待ちわびているわけではない。

それでも、彼らがいてくれると、日々に一輪の花が咲《さ》いているような気持ちになる。

李貴と櫂染は、紫春が九尾であることを当然のように受け入れてくれている。とある理由で一族がいる里を出たときから長く孤独《こどく》の中にいた紫春にとって、二人の存在は——特に李貴の存在は、固まった心の救いになっている。

救われてはならないとわかっているはずなのに、あのぬくもりを求めそうになる。

体の中に氷の杭《くい》を打ち込まれたように、体温がすっと下がっていく感覚がした。暗い考えを振り払うように歩き出す。

そもそも、李貴はどうしてここまで強く紫春を伴侶に望むのだろう。

疑問が脳裏をよぎったとき、何かが焦《こ》げた臭《にお》いがした。

覚えのある臭いに、頭の奥から決して消えない恐怖《きょうふ》が引きずり出された。一瞬にして自分を取り巻く空気が一変したことを悟《さと》った紫春は、一歩も踏《ふ》み出せずに硬直する。

息ができない。体が小刻みに震《ふる》え、全身が脈打ち、冷や汗《あせ》が吹《ふ》き出してくる。

これは、あの男の気配だ。

「よう、桂春《けいしゅん》。元気か？」

軽やかな声が聞こえたと同時に、若い男が紫春の目の前に音もなく舞《ま》い降りた。

紫春と同じくらいの背丈《せたけ》の痩《や》せた男だった。緩《ゆる》く癖《くせ》がついた黒髪《くろかみ》を頭の後ろで乱雑に束ね、長い前髪は横に流している。細く垂れた目と口元に湛《たた》えた微笑が人当たりの良さそうな雰囲気《ふんいき》を作り出しているが、その実、黒の双眸《そうぼう》の奥には何か底知れない不気味さがある。

彼の上衣《うわぎ》は袖《そで》が細いもので、下衣は足捌《あしさば》きが容易な細身の袴《こ》だ。彼の足を覆うのは草の蔓《つる》を染めて編み込んだ履《くつ》であり、足音を吸収する効果がある。いかに俊敏《しゅんびん》に、気配を消して動くかを重視して作られたこの黒の装束《しょうぞく》は、紫春もかつてはよく目にしていたものだった。

紫春の故郷である、九尾《きゅうび》の里における武人の装束だ。

現れた男の頭には狐《きつね》の耳があり、腰《こし》からは黒い毛に覆われた九本の尻尾が伸びていた。

「……霹政《へきせい》」

彼の名を呼んだ紫春の声はかすれていた。霹政は細い目を歪《ゆが》め、笑う。

「久しぶりだな、桂春。ああ、今はお前、紫春と名乗っているんだったか。ま、どうでもいいか。どうせ里に帰れば桂春に戻《もど》るんだ」

霹政の手が紫春の顔に伸び、指先が紫春の頬《ほお》に触《ふ》れた。紫春は冷たい指の感触《かんしょく》に身を強張《こわば》らせ、反射的に後退しようとするも、足は恐怖で震えるばかりで動かない。

「おいおい、警戒《けいかい》すんなよ。許嫁《いいなずけ》との二年ぶりの再会だろ？　もっと喜べよ」

紫春の顔に指を這《は》わせる霹政は鼻先が触れ合う寸前まで顔を寄せ、紫春の首を摑《つか》んだ。息が詰《つ》まり、紫春の口から微《かす》かな呻《うめ》き声が混ざった吐息《といき》が漏《も》れる。紫春はとっさに首を摑む霹政の手首を握《にぎ》るが、紫春よりずっと大きな霹政の手はびくともしない。

紫春の抵抗《ていこう》などものともせず、霹政は紫春の耳元に口を寄せた。

「選べよ。自分の足で素直《すなお》に里に帰るか、俺に抱《かか》えられて帰るか。俺はどっちでもいい。ま、少しくらい泣いて喚《わめ》いて抵抗されたほうが俺としては楽しめるかな」

「里には……帰らない……」

紫春は涙目《なみだめ》で霹政を睨《にら》みつけ、首を掴む霹政の手首に爪《つめ》を立てる。紫春がどれだけ抗《あらが》ったところで彼には敵《かな》わないのだと理解していても、大人しく従う気は毛頭なかった。

「……そうかよ」

霹政の顔から、すっと笑《え》みが消えた。殴《なぐ》られるか、蹴《け》り飛ばされるか。紫春は襲《おそ》い来るであろう痛みと衝撃《しょうげき》に怯《おび》え、思わず目を閉じる。

ところが、予想した痛みも衝撃も、紫春を襲うことはなかった。

微風《びふう》が紫春の頬を撫でた。同時に、首を掴まれていた息苦しさが消えた。紫春が目を開けた瞬間《しゅんかん》、誰かの腕《うで》に体を抱《だ》き寄せられ、よく知っている人の匂いを感じ取った。

視界を横から切り裂《さ》くように、銀の剣先《けんさき》が霹政に向かって突《つ》き出された。だが霹政は剣に貫《つらぬ》かれるより早く地面を蹴り、そばにあった木の枝の上へと身を躍《おど》らせた。

「紫春。無事か」

聞き慣れた声が頭上から降ってきて、紫春はおずおずと視線を上げる。右手で剣を構え、左

手で紫春を守るように抱き締めているのは、黒の衣《ころも》に身を包んだ李貴だった。李貴の隣《となり》には櫂染の姿があり、李貴同様に険しい面持《おもも》ちで剣を構えている。

「李貴様……」

李貴の存在を認識した途端《とたん》に、言いようのない安堵《あんど》が溢《あふ》れて全身を駆《か》け巡《めぐ》った。息をするたび慣れ親しんだ李貴の匂いが胸に広がって、冷えた体が熱を取り戻す。

「怪我《けが》はないようだな。紫春に会いに来たら留守だったので捜《さが》しに来たんだが……まさか、九尾に襲われているとは」

李貴は霹政に鋭《するど》いまなざしを向けたが、霹政は臆《おく》することなく高らかに笑う。

「はっはは！　皇子様が助けに来るとはな！　ずいぶんと気に入られたじゃないか、桂春」

ここで、紫春は違和感《いわかん》を覚えた。李貴は自らの立場を口にしていない。突如《とつじょ》として現れた李貴が皇子であると、霹政が知り得る手段はないはずだった。

頭の片隅《かたすみ》で思考を巡らせ、紫春はとある可能性に思い至った。まさか、と紫春の背中に悪寒《おかん》が走ったのと、李貴が霹政に問いかけたのは同時だった。

「……貴様、先日、酒楼《しゅろう》で俺に毒を盛った者か？」

「大当たり！　なかなか用心深い皇子様に毒を盛るのは大変だったんだぜ？　ま、そういう依頼《いらい》だからやるけどさ。それを桂春が邪魔《じゃま》しやがって。俺の苦労も考えろっての」

霹政は芝居《しばい》がかった仕草で大仰《おおぎょう》に肩をすくめた。霹政が動くたびに彼が立つ木の枝が揺れるものの、彼が体勢を崩《くず》すことはない。

李貴の命を狙《ねら》う何者かが霹政に暗殺を依頼し、霹政が動いた。おそらく薬を飲んで耳と尻尾を隠《かく》し、自身の臭いも徹底《てってい》的に消したうえで、ひそかに毒を料理に入れたのだ。

明確な殺意を向けられた李貴はすっと目を細めた。冷静な面持ちを崩さないまま、李貴は静かに尋《たず》ねる。

「貴様が言う桂春とは、紫春のことか」

「あ？　ああ、皇子様、気になるのそこ？　そうだよ。こいつは蘭《らん》家の桂春。紫春ってのは、俺から逃《に》げるための偽《ぎ》名《めい》だろ。あ、ちなみに俺、こいつの許嫁な？　あんたがいくら求婚《きゅうこん》しても、出しゃばってくる隙《すき》はないから諦《あきら》めな」

「俺の求婚を知っているとは、ずいぶんと詳《くわ》しいな。どこかで見ていたのか」

「まあな。あんまり近づくと皇子様とか側近の兄さんとかに気づかれそうだったから、遠目からだけど。ま、でも、ここひと月の様子はじっくりと」

霹政の視線が紫春に移り、蛇《へび》にも似た目が紫春を射貫《いぬ》いた。

「なあ、桂春。そろそろ終わりにしようぜ？　お前も疲《つか》れただろ？　十分頑張《がんば》ったよ」

「何を、言って……」

「香林街に辿《たど》り着くまでに何回か居場所を転々としてたな？　俺を出し抜いて里から逃げて、住む場所を見つけて、俺が近づいてきたことを察知したら別の場所に移動して……その繰《く》り返しだ。間抜《まぬ》けで迂闊《うかつ》で甘っちょろいお前にしては奮闘《ふんとう》したほうだよ」

霹政はそこで笑みを消し、続けて問いかけた。

「お前、本当に、心の底から、耳と尻尾《しっぽ》と名を隠す程度で、俺の目を誤魔化《ごまか》せたと思うか？」

冷たい言葉が容赦《ようしゃ》なく紫春の頭を揺さぶった。かき乱された頭の中に一つの仮説が浮上《ふじょう》し、紫春は反射的に目を見開く。霹政は紫春の思考を読んだのか、大きく頷《うなず》いた。

「そのまさかだよ。ずっとお前がどこにいるのかは把握《はあく》してた」

「じゃあ、なんで今さら……」

霹政は紫春が里を出てからの二年間、一度も姿を現すことはなかった。だからこそ紫春は、霹政は紫春の居場所を突き止めているわけではなく、紫春が残した些細《ささい》な情報を頼《たよ》りに紫春の足取りを追っているだけだと考えていた。紫春の居所を知っていたのに紫春を捕《と》らえようとせず、二年間も自由にさせていた霹政の行動は不可解で、合理性に欠ける。

「ああ、それは、お前が今、いちばん幸せそうだから」

「は……？」

「そこの皇子様に気に入られてからのここひと月、お前、ずいぶんと楽しそうだったじゃないか。九尾でも優《やさ》しくしてくれたのが嬉《うれ》しかったんだろ？　単純だよなあ。俺はお前のそういう単純なとこ、けっこう好きだぜ？　単純で可愛《かわい》らしい。単純で馬鹿《ばか》で愚《おろ》かで可愛いよ、桂春」

霹政は、再び目を歪めて笑みを浮《う》かべた。

「幸福が手に入ったところで全部奪《うば》ったほうが面白《おもしろ》い。もともとないものを願わせるより、一度手に入ったものを奪い取ったほうが大きな痛みを与《あた》えられる。少しずつ追い詰めて、じわじわ恐怖を与えて、ちょうどいい頃合《ころあ》いで一気に嚙《か》みつく。その狩《か》りの醍醐味《だいごみ》を味わうために、俺は一人でお前を追ってきたんだよ。他《ほか》のやつに獲物《えもの》を取られるなんて我慢《がまん》ならねぇからな」

は、と中途半端《ちゅうとはんぱ》に開いた紫春の口から、呆然《ぼうぜん》とした吐息が漏れた。

「泣いて、喚いて、死ぬ気で逃げて、抗って、その果てになんとか薬師《くすし》としてやっていけるって希望なんて馬鹿らしいもん見出《みいだ》したお前を、一気に絶望させるんだよ。叩《たた》き落とす前に上げるんだ。人間が本気で絶望した顔、お前、見たことあるか？　ないだろ？　あれほど傑作《けっさく》なもんはねぇよなあ！」

嘲笑《ちょうしょう》が山の中に響《ひび》く。霹政の思考は紫春にとってはまるで理解できないもので、まったく別の理《ことわり》に従って生きている者なのだと、まざまざと思い知らされた。理解不能と判断した紫春の脳から生まれるのは、極《きわ》めて純度の高い畏怖《いふ》の念だ。

「そうやって絶望させて、二度と逆らう気にならないようにしてやるよ」

木の上から霹政の姿が消えた。一瞬《いっしゅん》の間のあと、紫春の目の前に霹政の顔が現れた。

李貴も櫂染も反応できない速さで木の下に降り立った霹政は、指先で紫春の頰を撫《な》でた。

「お前は俺のものだ、桂春」

焦《こ》げたような臭気《しゅうき》が紫春の鼻を刺激《しげき》する。李貴と櫂染の剣先が霹政に向けられるが、霹政の身を剣先が抉《えぐ》ることはなかった。いつの間にか、霹政は木の枝の上に戻っていた。

「お前は俺のもので、俺に力を継承《けいしょう》する。そう決まってんだよ。それが定めだ。だから里の長《おさ》もお前のことは俺に一任したし、渋々《しぶしぶ》だが俺のやり方も認めてる」

定め。それは里にいるとき、何度も繰り返し耳にした言葉だった。何度も繰り返し、言い聞かせられた言葉だった。

不快感と、嫌悪《けんお》感《かん》と、恐怖《きょうふ》と、絶望。仄暗《ほのぐら》い感情が重なり合って胸を裂く。こんな男に踏《ふ》み躙《にじ》られてたまるかと思うのに声は出ない。手足の感覚が薄《うす》れ、体重を支えきれずに足から力が抜け、かくんと膝《ひざ》が折れる。

しかし、紫春の体が地面に崩れ落ちることはなかった。李貴の腕が、紫春を支えていた。

「ふざけるな。紫春は紫春だ。誰《だれ》のものでもない」

「……んん？　皇子様だって桂春に求婚してるくらいだ。自分のもんにしたいんだろ？」

「たとえ紫春が俺の求婚を受け入れてくれたとしても、それは紫春が俺のものになるということではない。紫春は誰のものでもない。誰かの都合で好きにされるいわれはない」

「……ふはっ。あんた面白いな、皇子様」

「許嫁《いいなずけ》だと言うから身構えたが、貴様など俺の敵ではない。紫春が嫌《いや》がっているだろう。相手の嫌がることはしてはいけないと教わらなかったのか、貴様は」

霹政はぴくりと耳を動かし、わずかに尻尾を膨《ふく》らませて「……で？」と李貴を見下ろした。

「む、伝わらなかったか。紫春に仇《あだ》をなすならば容赦《ようしゃ》はしない。紫春は必ず俺が守る」

「……へえ」

そう呟《つぶや》いた霹政は、右の手のひらを空に向けた。

本能的な警戒感《けいかいかん》が瞬時《しゅんじ》に紫春の頭に湧《わ》き起こり、紫春は李貴の腕《うで》を強く引いて叫《さけ》んだ。

「李貴様！」

紫春が叫んだのと、霹政の手に拳《こぶし》大の炎《ほのお》が生まれたのは同時だった。手のひらに生まれた炎を投げるように霹政が手を振《ふ》ると、炎は二手に分かれ、刃《やいば》の形に姿を変え、目にもとまらぬ速さで李貴と櫂染に向かって飛んでくる。

「くっ……」

李貴は左腕で紫春を抱《かか》えたまま後ろに飛びのいた。一瞬遅《おく》れて、李貴が立っていた場所に炎の刃が落ちた。人間など軽く飲み込めるほどの火柱が立ち上がり、ごうごうと燃える炎の熱気が肌《はだ》に突き刺《さ》さる。吸い込む空気も熱く、肺を刺激し、紫春は眩《まぶ》しさに目を手で覆《おお》った。

「李貴！　ご無事ですか！」

「問題ない」

少し離《はな》れたところから櫂染の声が聞こえた。声から察する限り、櫂染も無事のようだ。

「おお、ただの人間にしちゃあ、いい反応だ。いいねえ！　なかなかだよ、あんたら」

目を輝《かがや》かせた霹政は、手のひらを火柱に向け、再び大きく手を振りながら拳を握《にぎ》った。すると燃え盛っていた炎は瞬時に消え失《う》せ、草が焦げた痕跡《こんせき》だけが地面に残る。

「あんたらを二人まとめて相手にするのは骨が折れそうだから、今日は挨拶《あいさつ》だけだ。色月《しきげつ》の頃に迎《むか》えにきてやるよ。紫春って名を捨てる心の準備でもしておくんだな」

そう言い捨てて、霹政は枝の上で身を翻《ひるがえ》した。黒い残像が見えたのも一瞬のことで、火柱が消えたときと同様に、霹政の姿が消えた。

静寂《せいじゃく》が戻《もど》る。霹政の気配は既《すで》にどこにもない。焦げ臭《くさ》い空気が立ち込めた周囲にはまだ張り詰《つ》めた緊張感《きんちょうかん》が満ちていて、紫春は何も言えずにぐっと拳を握った。

沈黙《ちんもく》を破ったのは李貴の声だった。

「紫春」

「……はい」

返事をした紫春が視線を上げると、李貴は真剣《しんけん》な目で紫春を見つめていた。

「事情を話してほしい。もちろん無理にとは言わない。だが、俺は紫春を守りたい」

もう黙《だま》ったままではいられないことは察していた。心の隅《すみ》に一輪の花が咲《さ》いていた穏《おだ》やかな時の中には戻れないのだと、紫春は理解していた。かりそめの安寧《あんねい》は終わり、裏に隠《かく》れていた冷たく荒廃《こうはい》した真実が現実味を帯びて足元に広がる。

「お話しします。俺と、霹政と、九尾《きゅうび》の里のことを」

紫春の言葉に、李貴は黙って頷いた。

「俺が生まれた九尾の里は、楊華の西にある深い森の中にあります」

霹政が去った直後、紫春は扉《とびら》に『休』の札を下げた家の中で、円卓《えんたく》を囲んで座る李貴と櫂染に語り始めた。

「里には三百人ほどの九尾が暮らしています。俺の生家である蘭家は、里に複数存在する薬師の家の一つです。里に伝わってきた薬術を受け継《つ》ぎ、継承していく役目を担《にな》っています」

李貴と櫂染は口を挟《はさ》まず、無言で紫春の話に耳を傾《かたむ》けている。家の中は異様なほど静かで、紫春の声がやけに大きく響いた。

「さっきの霹政は、代々暗殺術を受け継いできた明《めい》家の生まれです。里には同じような家が他にもいくつかあって、その家の九尾たちが主に里の外から依頼《いらい》を受けて誰かを暗殺しに行きます。里で武人といえば、暗殺を生業《なりわい》とする者を指すんです」

九尾を恐《おそ》れる人々は、九尾といえば全員が毒や暗器を使って人を殺すものと思い込んでいるが、実際のところは大きく異なる。暗殺術を使う者はごく一部で、大半は里の外の人々と同じように畑を耕し、森で狩りをし、家族を愛し、子を育てて暮らしている。

蘭家の者は薬師という役割ゆえに毒に関する知識を持つが、それはあくまで体内に毒素が入った者を治療《ちりょう》するためだ。多くの九尾と同様、蘭家の者が毒で他者を殺《あや》めたことはない。

「俺は蘭家で薬術を学んで育ちましたが……薬師として生きる道は俺にはありませんでした。里の長によって武人である霹政との婚姻《こんいん》が決められていて、霹政との婚姻成立後は、明家で暗殺に使う毒を作るように命じられていたからです」

九尾の里には厳格な掟《おきて》が存在し、里の長は掟にのっとって九尾に命令を下す。掟を破り、長に従わないことは許されない。それが九尾の定めだった。

「霹政との婚姻の儀《ぎ》は、二年前の春、俺が十八になる日に行われる予定でした。九尾は婚姻の儀を行った夜に二人で床《とこ》を共にして契《ちぎ》りを交《か》わし、その相手と添《そ》い遂《と》げます。だから俺は十八になる前日に里から逃《に》げました。自分以外の誰かに勝手に人生を決められることが耐《た》えられなかったんです」

家族に迷惑《めいわく》がかからないように、家にはこっそりと離縁《りえん》状を残してきた。掟には長の決定に従わない者への厳罰《げんばつ》が記されていると同時に、掟を破った者との縁が切れていればその者の家族に害をなすことは許されないという規定も存在する。つまり霹政が蘭家の者を人質《ひとじち》に取り、紫春を脅《おど》すことも不可能になるのだ。皮肉な話ではあるが、家族は掟によって守られる。

「里から逃げてからは、耳と尻尾《しっぽ》を隠して薬師として生活していました。薬術の知識と技術さえあれば監行吏《かんぎょうり》に薬師として認められて、薬結《やくけつ》をもらえますから」

その土地の薬師として仕事をするためには地方役人の長である監行吏の承認《しょうにん》が必要だが、一連の手続きに戸籍《こせき》は不要だ。ゆえに楊華の戸籍を持たない紫春でも、霹政から逃《のが》れるために作った紫春という名で薬師《くすし》として生きることが可能だった。

「それでも、何回も住む場所を変えました。霹政の気配が近づいてくるのを感じたらすぐに別の街に移動して、住むところを見つけたらまた監行吏に申請《しんせい》して……その繰《く》り返しです。香林街に来たのも半年くらい前なんですよ。でも、長く続いたほうです」

森の中で野宿をして獣《けもの》に襲《おそ》われそうになったり、山賊《さんぞく》に追いかけられて殺されそうになったりしたこともあった。九尾の姿を街の人に見られそうになったこともある。里の外で生きるのは紫春の想像を超《こ》えた苦難の連続で、何度、自分の尻尾を抱えて涙《なみだ》をこぼしたかわからない。

それでも、紫春は自分が決めた道を自分の足で歩きたかった。傷だらけになろうとも、泥《どろ》だらけになろうとも構わなかった。薬師として人を助けて生きると、その意志を支えに歩き続けた。足に絡《から》みついて歩みを阻《はば》む定めを振り払《はら》い、霹政が迫《せま》る恐怖を握り潰《つぶ》し、歩いた。

だが、その歩いている道さえも、霹政の手のひらの上だった。

空気の塊《かたまり》が胸の真ん中に詰まったようで、上手《うま》く息ができない。感情に任せて泣き叫んでしまいたいのに、声は喉《のど》の奥で萎《しぼ》んで消え、慟哭《どうこく》することすら不可能だ。悲憤《ひふん》は形容しがたいほどの虚無《きょむ》感《かん》に押しつぶされ、ただ冷たい諦念《ていねん》に似たものが心を占《し》める。

ぐ、と紫春は拳を握った。息を吸って、吐《は》く。慣れ親しんだ生薬の匂《にお》いの中に、李貴と櫂染の匂いがする。二人がいてくれると思うと次第《しだい》に虚無感は薄《うす》れ、心の乱れも落ち着き始めた。

紫春が平静を取り戻したと察したのか、李貴が口を開いた。

「しかし、あの霹政という者は、紫春に恋慕《れんぼ》の情を抱《いだ》いているとは思えなかったが。確かに紫春に異様な執着《しゅうちゃく》をしているようだったが、何か、別の思いが絡みついているような」

「李貴様のおっしゃるとおりです。霹政が俺を求めるのは、愛情からじゃありません」

霹政の目的を説明するためには、まずは九尾の妖力《ようりょく》や里における権力構造を語らなければならない。そう考えた紫春は小さく息を吐いて、全身を巡《めぐ》る気に意識を向かわせた。頭と腰《こし》のあたりを流れる気にそっと指先で触《ふ》れるように、紫春は自らの気を操《あやつ》る。

やがて耳と腰に違和感《いわかん》が現れ、その直後、頭から狐《きつね》の耳が生えて腰から尻尾が伸《の》びた。

「今、俺は全身の気を操って耳と尻尾を出しました。これは俺が持つ妖力によるものです」

「妖力……九尾が持つという、九尾狐《きゅうびこ》の力か？」

「そうです。そして、九尾の妖力は尻尾の毛の色によって異なります。九尾の尻尾は黒や茶、赤、黄金《こがね》など複数の色があって、霹政のような黒い尻尾は黒尾《こくび》といいます。黒尾が操る妖力は五行、つまり木、火、土、金、水の五つのいずれかであり、霹政は火です」

「なるほど。妙《みょう》な術を使うと思ったが、あの火は九尾の力だったのか」

「はい。加えて、九尾は尻尾の色で位が決まっています。五行を操る黒尾は九尾の中でも妖力が強く、上から二番目の位です。俺が逃げ出したときの長《おさ》も黒尾で、長の補佐《ほさ》役として権力を握っているのもほとんど黒尾でした」

李貴と櫂染の視線が紫春の尻尾に向く。彼らの視線の意味を察した紫春は続けた。

「最上位は白であり、白尾《はくび》といいます」

純白の毛で覆《おお》われた紫春の尻尾は、九尾の里においては他《ほか》のどの色よりも上位にあたる。

しかし、だからといって紫春に権力があったわけではない。

「すべての九尾の先祖である九尾狐は、尻尾が白かったと言われています。だからこそ白尾は里では最上位であり、里を守る九尾狐の守護の象徴《しょうちょう》と信じられているんですが……白尾は稀《まれ》な存在で、百年に一度ほどしか生まれません。今もおそらく俺一人でしょう。いない期間が長いので、実質的に里を牛耳《ぎゅうじ》っているのは黒尾です。白尾は九尾狐の守護の象徴として、当代の長や長に従う黒尾によって里が安泰《あんたい》であることを示すだけの存在なんです」

いわば、白尾は長や黒尾の権力に正当性を与《あた》える人形だ。表面上は崇《あが》められるが、実際のところは長や黒尾の都合のいいように扱《あつか》われ、利用される。

「……では、紫春はどのような妖力を持つんだ？　耳や尻尾を出すだけではないのだろう」

「はい。これに関してはお見せしたほうが早いんですが……李貴様、櫂染様、どこかお怪我《けが》はありませんか？　頭が痛いとか、肩《かた》が凝《こ》ったとか、そういった不調でもいいんですが」

紫春の問いが思いがけないものだったのか、李貴と櫂染は怪訝《けげん》そうな目をしたものの、すぐに自分の体を観察し始める。やがて、李貴が手の甲《こう》を紫春に差し出した。

「先ほど、少し火傷《やけど》をしていたようだ」

確かに李貴の肌《はだ》の一部が赤くなり、腫《は》れている。霹政の炎《ほのお》によるものだろう。

「では、失礼します」

紫春は差し出された李貴の手を取り、そっと息を吹《ふ》きかけた。

すると、赤く腫れた肌に変化が現れた。瞬《また》く間に赤みと腫れが消え失《う》せ、元来の滑《なめ》らかな肌に戻《もど》っていく。

李貴と櫂染が息を呑《の》んだ気配がした直後には、火傷は痕《あと》も残さずに完治していた。

「白尾の力です。李貴様の体に流れる気の量を増やし、流れを操り、怪我をしたところに働きかけ、火傷を治しました」

「そんな、ことが……可能なのか」

呆然《ぼうぜん》と呟《つぶや》いた李貴の顔に、確かな衝撃《しょうげき》が浮《う》かんでいるのが見て取れた。櫂染も李貴の隣《となり》で瞠《どう》目《もく》し、火傷が消えた李貴の手を凝視《ぎょうし》している。

「気というものはすなわち、命の力です。気の量が減れば体の働きは弱まり、病にもなりやすくなります。気の流れが滞《とどこお》れば不調が生じます。白尾の力はそんな気を操るもので、量を増やしたり、流れを整えたりすることで命の状態を向上させるんです。怪我や不調を治し、体の能力を強化する力とお考えください」

「それは……考えようによっては、不老不死の術に近いようにも思えるな」

「はい。かつては白尾の力の話を聞きつけた皇帝《こうてい》が、不老不死を求めて白尾を訪ねてくることがあったらしいです。どこまで本当のことかわかりませんが」

紫春は李貴の火傷が完治したことを再度確認し、李貴の手を離《はな》した。

「でも、俺にはとてもそこまでの力はありません。体の能力を強化するといっても、力が強くなったり、走るのが速くなったり、高く跳《と》べるようになったり、それくらいです。あとは不調の改善と、自分の耳と尻尾を出すくらいですね」

気を操れるといっても体の姿形を変えられるわけではない。そのため耳と尻尾を隠《かく》す際には薬を使い、戻る際には頭と腰の気の流れを整える。九尾《きゅうび》にとって耳と尻尾がない状態は異常であるから、気の流れを整えることで本来の姿に戻るのだ。不調の改善と理屈《りくつ》は同じである。

薬師としては、白尾の力は仕事をするうえで非常に有用なものだが、九尾の姿でないと力は使えない。そのため普段《ふだん》の診療《しんりょう》では力は使えず、歯痒《はがゆ》い思いをすることもしばしばある。

李貴は火傷が消えた手の甲を眺《なが》め、紫春に視線を移して問いかけた。

「では、霹政が紫春を求めるのは、紫春が最上位である白尾だからということか？」

「はい。霹政は俺の力を継承《けいしょう》して、ゆくゆくは長になろうとしています」

その力の継承こそが、紫春が里に戻ることを避《さ》ける決定的な要因の一つだった。

「白尾は生涯《しょうがい》でたった一人だけに力を継承することができるんです。霹政へ力の継承が行われると、俺の妖力が霹政の妖力に働きかけ、霹政の黒尾としての妖力が強化されます。また、霹政も尻尾が白となり、元来の黒尾の力と白尾の力、両方を持つ九尾になります。白尾の継承者はこうして圧倒《あっとう》的な力を手にして、やがて長となる習わしです。長になった霹政は……おそらくく楊華に対して反乱を起こします」

李貴と櫂染の瞳《ひとみ》が揺《ゆ》らぎ、彼らが身にまとう空気が鋭《するど》さを増した。

「……九尾はこれまで、里の外との関《かか》わりは最小限にするべき、という考えのもとで暮らしてきました。外の人間たちに国の要人の暗殺を依頼《いらい》され、暗殺に出向くことはあっても、積極的に国と関わろうとはしないんです。暗殺はあくまで仕事。でも、霹政は違《ちが》います。強い野心を抱《いだ》き、自らの力を誇示《こじ》して里の外までも屈服《くっぷく》させようとしています」

兵の数では楊華が圧倒的に上回るが、九尾の武人には磨《みが》き上げた暗殺術と九尾狐の妖力があり、標的に悟《さと》られずに接近し得物を振《ふ》るう戦いを得意とする。兵と兵が衝突《しょうとつ》する従来の戦《いくさ》とは違った様相の戦いとなることは容易に想像ができた。異能を使う九尾の反乱など予想もしていなかった兵は、姿も見せずに迫りくる敵を前に、どれだけ冷静に対処できるだろうか。

霹政が白尾となり、九尾の里の長になれば、楊華は未曽有《みぞう》の危機に襲われる可能性が高い。

「だから……だから、絶対、俺は霹政に捕《つか》まるわけにはいきません」

立ち上がった紫春は壁際《かべぎわ》に歩み寄り、いくつかの薬箱から生薬を取り出した。植物の根や花といった生薬を小さな薄布に包んでいく紫春の背後から、李貴の声が聞こえてくる。

「紫春。何をしている」

「香林街にはもういられません。必要なものだけ持って、出ていきます」

この家はもともと香林街にいた薬師が使っていた家で、その薬師が街を出てからは、治安維《い》持《じ》の意味合いで行所《ぎょうしょ》が管理していた。紫春は今まで安く貸してもらっていたのだ。急に街を離れることになったと報告すれば、後のことは行所に任せられる。

「大丈夫《だいじょうぶ》です。さっきお話ししたように、今までもこうやって転々としてきました。もう慣れています。耳と尻尾《しっぽ》さえ隠せば、どこでだってやっていけるんです」

紫春は早口で言い切った。止まりそうになる手を無理やり動かし、李貴に向けそうになる視線を手元に固定して、大丈夫だと、自分自身に対しても強く語りかける。

「……それに、中には、九尾だってわかっても俺を助けてくれる人もいます」

李貴と出会う前にも、一人だけいたのだ。紫春の耳と尻尾を見ても手を貸してくれた人が。里から逃《に》げたばかりの、暗い夜のことだった。霹政に迫《せま》られた紫春は山の中でとある男に出会い、彼の機転で窮地《きゅうち》を脱《だつ》した。まだ若い男だったと思うが、彼の顔は髭《ひげ》と汚《よご》れた髪《かみ》で隠れていて、年齢《ねんれい》は正確には把握《はあく》できなかった。それでも、顔も名もわからない彼のぬくもりは紫春の胸に宿り続け、ふとした瞬間《しゅんかん》に、彼の茉莉花《まつりか》の香《こう》の匂いがふわりと蘇《よみがえ》って心を撫《な》でる。

あの夜の記憶《きおく》があるから、きっと紫春はこの二年間を生きてこられたのだ。自らの固い意志が崩《くず》れそうになったときも、救われた夜の記憶が紫春を支えてくれていた。

これから先はきっと、李貴と櫂染と過ごした時もまた、紫春の足元を照らしてくれる。

紫春は振り返り、言葉なく紫春を見つめる李貴と櫂染に告げた。

「……李貴様、櫂染様。短い間でしたが、ありがとうございました。お二人のことは忘れません。楽しかったです」

紫春は無理に顔を動かして笑った。強張《こわば》った顔の筋肉は思ったように動かず、幾分《いくぶん》ぎこちない笑みになってしまったことを察した。それでも紫春は笑うしかなかった。一片《ぺん》の心残りもないような顔で、綺麗《きれい》に別れたかった。

一輪の花が咲《さ》いているような時の中にいた。月のない夜に似た暗闇《くらやみ》に放《ほう》り出され、孤独《こどく》に生きてきた紫春を李貴が救ってくれた。李貴がいたから、櫂染も紫春を受け入れてくれた。月光のような、凛《り》々しく皓々《こうこう》とした輝《かがや》きを持つ李貴のぬくもりに、紫春は確かに救われた。

だから紫春は、李貴がくれたものをすべて胸に抱《かか》えて持っていく。

紫春は再び李貴と櫂染に背を向けた。再び荷造りをしようとした紫春だったが、左手を誰《だれ》かに摑《つか》まれて動きを止める。

驚《おどろ》いて視線を向けると、紫春の手を摑んでいるのは李貴だった。

「霹政が迎《むか》えに来ると言っていた色月《しきげつ》とはなんだ？　それに関してはまだ聞いていない」

痛いところを衝《つ》かれた紫春は息を呑み、唇《くちびる》を嚙《か》み締《し》めてうなだれた。

「色月は……子ができやすい時期のことです。人によって少しずれはありますが、だいたい夏の初めから、秋の中盤《ちゅうばん》にかけてです。あとひと月もすれば、色月に入り始める九尾も出てくるでしょう。ふた月もすれば本格的な色月を迎えます」

九尾は、この色月の時期が最も子を授《さず》かりやすい。そのため里では春から初夏にかけて生まれる子が多く、紫春もそのうちの一人だ。

そんな中で、紫春には他《ほか》の男の九尾と大きく異なる点がある。

「そして……白尾《はくび》は、男でも子を宿します」

左手首を摑む李貴が、確かに動じた気配が伝わってきた。

「俺の体の中には子を宿せるところがあります。婚姻《こんいん》の相手である霹政の子を産める体なんです。加えて、白尾の力の継承は体を重ねることで行われます」

九尾は婚姻の夜に相手と体を重ね、契《ちぎ》りを交《か》わす。すなわち白尾にとって、婚姻の相手は継承の相手となる。だからこそ白尾に婚姻相手を選ぶ自由はなく、白尾を除く九尾の中で最も有能な者に力を継承するため、長《おさ》が未婚《みこん》の黒尾《こくび》の中から相手を選ぶのだ。

「だから、霹政が色月に俺を迎えに来ると言ったのは、おそらく俺を里に連れて帰って、婚姻の儀《ぎ》を行い、そのまま力の継承と子作りを済ませる気だからでしょう。子がいないうちは、どれだけ暗殺で功績を上げても半人前とみなされますから」

里には、親になって初めて一人前だという風潮が色濃《いろこ》く残る。たとえ霹政が白尾になり、いずれ長になることを約束されたとしても、彼に子がいないうちは長の座も遠いままだ。

継承によって元来の黒尾の力を強化し、白尾の力をも手に入れ、親となり、長の座に収まったのちに、楊華を支配する。その霹政の野望をすべて叶《かな》えられる九尾は、白尾である紫春しかいない。だからこそ霹政は、紫春に対して異様な執着心《しゅうちゃくしん》を抱《いだ》いている。

色月に関しては、できることなら口にしたくなかった。里で待ち受けるものがおぞましすぎて、霹政が紫春に期待することが恐《おそ》ろしすぎて、言葉にすることすら避けたかったのだ。

「……霹政も、里の九尾も、必要なのは俺ではなくて白尾です。尻尾が白ければいいんです。俺は俺を利用しようとしてくる人たちに、自分の人生を決められたくないんです」

熱いものが目にこみ上げ、自然と自嘲《じちょう》的な笑みがこぼれた。それは白尾として生まれてきた紫春自身への、この世への呪《のろ》いに似ていた。すべてを呪ったところで、泣きながら嘲笑《あざわら》ったところで、紫春を取り巻く不条理な現状は何も変わらないと知っていた。知っていたが、どうしようもなかった。

「俺は……」

熱い吐息《といき》が混ざった声が震《ふる》えた。荒《あ》れ狂《くる》う感情は言葉の形をなさず、意味のない吐息に姿を変える。紫春の中で激しく燃え上がる何かが、外に出たいと叫《さけ》んでいる。

「俺は……霹政のものじゃない！　誰のものでもない！　俺は俺で、薬師《くすし》だ！　そう生きるって決めたんです！　誰にも邪魔《じゃま》なんかさせるか！」

紫春は李貴の手を振り払《はら》おうと強引《ごういん》に腕《うで》を引いた。しかし、李貴の腕は離れなかった。李貴は珍《めずら》しく表情に焦《あせ》りを滲《にじ》ませて、紫春を落ち着かせるように「紫春」と呼びかけた。それでも紫春は李貴の手から逃《のが》れようと腕を振り、身を捩《よじ》り、抗《あらが》い続けた。紫春の目からぼろぼろと大《おお》粒《つぶ》の涙《なみだ》がこぼれ、頬《ほお》を伝い、顎《あご》から滴《したた》り落ちる。

「紫春！」

李貴が声を荒《あら》らげた。いつも平坦《へいたん》な調子で話す李貴の怒号《どごう》を聞いたのは初めてのことで、紫春は思わず身を竦《すく》ませた。李貴はそんな紫春の体に腕を回し、ぎゅっと紫春を抱《だ》き締めた。

李貴は紫春の頭の上で立つ狐《きつね》の耳に口を寄せ、ささやいた。

「行くな。俺が守る。守らせてくれ」

「……駄目《だめ》です」

「なぜだ」

「これは……俺の問題です！」

きっと、李貴はあらゆる手段を講じて紫春を守ろうとしてくれるだろう。霹政に襲《おそ》われていた紫春をとっさに助け、臆《おく》することなく霹政を敵と見定めて剣《けん》を向けたことから、それは容易に想像がついた。だが、霹政から紫春を守るということは、それだけの危険が李貴に降りかかるということだ。だから李貴を巻き込んではいけないのだ。

紫春が李貴の腕の中から抜《ぬ》け出そうともがいていたら、李貴が紫春の両肩《りょうかた》を摑んだ。

「貫《つらぬ》きたい意地があるのなら、這《は》いつくばってでも進みたい道があるのなら、諦《あきら》めきれないのなら、俺を利用するくらいしてみせろ！　俺を剣に、俺を盾《たて》にしてみせろ！　お前の決意はその程度のものか？」

互《たが》いの吐息が顔に触《ふ》れるほどの距離《きょり》で問いかけられて、紫春は唇を嚙み締めた。頭上から降り注いだ言葉を頭の中で反芻《はんすう》して、赤くなった目で李貴を見上げる。

「どうして……どうして、そんな、意地の悪いことをおっしゃるんですか」

紫春の目から流れる水滴《すいてき》が、頰の上を伝っていく。

「李貴様を……巻き込めるわけがないでしょう」

李貴の腕は力強く、抱擁《ほうよう》は温かく、気を抜くと縋《すが》り付いてしまいそうになる。理性で封《ふう》じた素直《すなお》な心が、冷静な思考で押し殺した弱く脆《もろ》い部分が、李貴の手を取りたいと泣いている。紫春の心は既《すで》にどうしようもないほど李貴に引き寄せられていて、無理に引き剝《は》がそうとするとひどく痛む。

いっそのこと突き放してくれればよかったのだ。面倒《めんどう》な事情を抱えた紫春など見放してくれればよかった。こんなぬくもりは知らないままでよかった。李貴を危険に晒《さら》すことになるのなら、紫春は月のない孤独な夜に放り出されたままでよかったのだ。そう願う頭の片隅《かたすみ》で、李貴は決してそんな非情なことはしない人なのだと確信している。

「……すまない。言葉が悪かった」

脱力感《だつりよく》に苛《さいな》まれた紫春の体を、李貴は再び抱き締めた。

「守らせてくれ。北楊に来てくれれば俺が守れる。このまま一人で行かせられるわけがない」

李貴はどこか必死な様子で言葉を続けた。声に滲む切実な色が、腕に込められた力が、李貴の内心をありありと表していた。絶対に離《はな》さないと声高《こわだか》に主張しているようにも思えた。

「俺はあの男の標的だ。無関係ではない。霹政は俺にとっても討《う》つべき敵だ。あのような男など、俺の剣の前では塵《ちり》に等しい。どのような力を使ってこようとな」

ぐらり、と紫春の心が揺《ゆ》れる。駄目だと思っても止まらない。感情のままに李貴の手を取りそうになって、助けてくださいというひとことを口にしそうになる。

「……駄目です。駄目なんです」

「何が駄目だ？　俺はそう簡単に死なない。紫春を守れるくらいの力はある」

紫春は李貴の胸元《むなもと》に額を押し付け、逃《に》げるように頭《かぶり》を振《ふ》る。だが、李貴の手は離れない。

「紫春。駄目じゃない。駄目じゃないんだ。紫春はもう、一人で頑張《がんば》らなくていい」

李貴は紫春を抱き締め、頭を撫《な》で、幼子に言い聞かせるように声をかけ続けた。

「大丈夫《だいじょうぶ》だ、紫春」

李貴の声が、言葉が、温かな手の感触《かんしょく》が、紫春の心に巣食った躊躇《ちゅうちょ》を少しずつ溶《と》かす。紫春は迷いを残しながらも、かすれた声で尋《たず》ねた。

「俺は……李貴様に、助けていただいても、いいんですか？」

「そうだ。助けられていい。守られていい。一人で闘《たたか》うのはもう終わりだ。よく、頑張った」

最後に残った躊躇の欠片《かけら》が、崩《くず》れて消えた。

紫春は小さく頷《うなず》いた。額を李貴の胸に押し付けたまま、眉根《まゆね》を寄せ、嗚咽《おえつ》を漏《も》らす。李貴の背中に腕を回して、泣きじゃくりながら李貴の衣《ころも》を摑んだ。

李貴は紫春を抱えたまま後方を見やり、櫂染に視線を向けた。

「異論はないな、櫂染」

「一つだけあります。あのような者、李貴が相手にするまでもありませんよ。私が一瞬《いっしゅん》で負かしてやりましょう。主《あるじ》が守ると決めた者を守るのも、臣下の務めですから」

腰《こし》の剣に触れる櫂染の声はぴんと張り詰《つ》めていて、決して揺らがない自信を秘《ひ》めている。

櫂染の発言は実に頼《たの》もしく思えるものだったが、李貴は不満そうな目を櫂染に向けた。

「……敵は俺が討ちたいのだが」

「あなたねえ、普通《ふつう》、皇子ともあろうお方は臣下に任せて下がっているものですよ。紫春にいいところを見せたいのはわかりますが」

「櫂染一人に任せるのは少々気が引ける。大変だろう」

「だから日頃《ひごろ》から信頼《しんらい》できる側近を増やしておけとあれほど……」

「いらん。櫂染だけでいい」

「矛盾《むじゅん》していませんか？」

「していない。櫂染一人に任せるのは大変だろうから、俺も剣を振ろう」

「ですから！　それが問題だと――」

李貴と櫂染は、とても命を狙《ねら》われている皇子と側近とは思えない軽《かろ》やかな応酬《おうしゅう》を繰《く》り広げている。そんな二人の動じない姿は何よりも心強く、抱いたことのないほどの安堵《あんど》が紫春の心を和《やわ》らげた。

李貴の手が、紫春の背中を優《やさ》しく叩《たた》いた。

「大丈夫だ、紫春。俺がそばにいる。ついでに言うと、櫂染もいる」

「ついでにするんじゃありませんよ」

普段《ふだん》どおりの調子の李貴の声と、不服そうな櫂染の声を聞きながら、紫春は再び頷いた。

第三章

楊華《ようか》の都である北楊《ほくよう》は国内最大の都市であり、東西南北を堅牢《けんろう》な城壁《じょうへき》に囲まれている。

李貴と櫂染にすべての事情を説明したあと、紫春は二人に連れられて香林街《こうりんがい》を出た。李貴の馬に揺られること数刻、中《さる》の刻の鐘《かね》が鳴る頃《ころ》には北楊に到着《とうちゃく》し、紫春は北楊の南にある南城門《なんじょうもん》を抜けて中央大路を歩いている。

紫春は北楊の中心を南北に走る中央大路のあまりの広さに目を見張りながら、興味深く辺りを窺《うかが》った。大都市を訪《おとず》れたことのない紫春からしてみれば、中央大路はもはや通りというより広場だ。その広場にも思える通りを行き交《か》うのは膨大《ぼうだい》な数の人々であり、住民らしき者はもちろん、遠方から訪れた商人や旅人の姿も見て取れた。

楊華の外から来訪した者も多いのか、目や髪《かみ》の色、装束《しょうぞく》も多様だ。聞き慣れない異国の言葉が喧騒《けんそう》に混ざって耳に届き、日々の暮らしの中で染《し》みついた土や油の匂《にお》いと共に、知らない香《こう》辛料《しんりょう》や香油《こうゆ》の匂いが鼻腔《びこう》をくすぐる。

「北楊は楊華の内外から人が集まる。遠い異国の者も多いだろう」

紫春の隣《となり》で李貴が言う。

「二百年ほど前まで楊華は周辺の小国と争っていたが、戦《いくさ》が終わり周辺を平定してからは、対話によって外の国々と穏便《おんびん》な関係を築こうとし始めた。友好的な意思を示すため、宗家の娘《むすめ》が外国へ嫁《よめ》に行った例も数多くある。広く通商が行われるようになり、いつしか北楊は世界中の人や物、多様な文化が集まる街になった。異国の宗教の寺院もあるぞ」

「なるほど……さすがです。俺は楊華の歴史なんて詳《くわ》しくないですから、勉強になります」

「俺の立場では当然のことだ」

素っ気なく返した李貴の隣から、櫂染が口を挟《はさ》んだ。

「張り切っているんですよ、この男。紫春に自分が住む北楊を見せたいんでしょう。香林街から来たのだから西城門《さいじようもん》から入ったほうが宮城《きゆうじよう》に近いのに、わざわざ南城門から入るなんて。馬からも下りたというのに」

北楊の中で馬や乗り物に乗ることができる者は、宗家とごく一部の高官に限られる。つまり馬に乗っているだけで自らの高い身分を周囲に知らしめることになるのだ。李貴は身分をひけらかすような行いが嫌《きら》いらしく、南城門で馬から下りていた。

「中央大路を歩いたほうが楽しいだろう。こっちは酒楼《しゆろう》や点心の店も多い。なあ、紫春」

「……非常に申し上げにくいのですが、あまりよく見えません」

幅広《はばひろ》い大路の両脇《りようわき》に並ぶ建物までは相当な距離があり、遠目に見えるその建物が店なのかどうかさえ定《さだ》かでない。加えて人の数が膨大だ。李貴や櫂染ほどの背丈《せたけ》があれば見える景色も違《ちが》ってくるだろうが、小柄《こがら》な紫春の視界はほとんど通行人で埋《う》め尽《つ》くされていた。

そのとき、すれ違いざまに一人の男と肩《かた》が軽くぶつかり合った。よろけた紫春がとっさに斜《なな》め後ろに目をやると、男は「失礼」と詫《わ》び、紫春もまた「すみません」と返して前を向く。

そこで、紫春は愕然《がくぜん》とした。

人の波に飲まれたのか、李貴と櫂染が消えている。

振り返ったあの一瞬《いっしゅん》で二人とはぐれたのだと悟《さと》った紫春は、慌《あわ》てて視線をさまよわせて二人を捜《さが》した。しかし紫春の必死の願いもむなしく、人混《ひとご》みの中に二人の姿はない。

不安と焦《あせ》りが足元から押し寄せ、指先が冷える。李貴の名を呼ぼうとしたが、はっと思いとどまって口を閉じた。皇子である李貴の存在が周囲に知られないように、街中で名を呼ぶのは控《ひか》えるように言われていた。ならば嗅覚《きゅうかく》を駆使《くし》して二人を捜そうと鼻に意識を集中させたが、雑多な匂いによって二人の匂いはかき消されていた。

呆然《ぼうぜん》と立ち尽くしそうになったとき、聞き慣れた声が耳に届いた。

「紫春！」

李貴に名を呼ばれた次の瞬間、誰《だれ》かの手が紫春の右手を握《にぎ》った。反射的に右側に視線を向けると、李貴が人混みを掻《か》き分けるようにして紫春の手を摑《つか》んでいた。

「すまない。目を離《はな》した。大丈夫か？」

「はい……俺こそすみません」

少し遅《おく》れて、櫂染が「いました？」と人混みから顔を出した。李貴は櫂染に軽く頷いて、紫春の手を握ったまま歩き出した。

「あの、手……もう大丈夫です」

「はぐれると危ない」

李貴の大きな手は熱く、剣《けん》の稽古《けいこ》でできたと思われる硬《かた》い肉刺《まめ》がいくつも残っていた。握られた右手が熱を帯び、ぬくもりが紫春の全身に広がる。紫春は少しだけ速くなった心臓の鼓動《こどう》の音を聞きながら、斜め上にある李貴の横顔をそっと窺った。李貴の横顔は普段と同じように静かで、胸中を読み取ることはできない。

李貴は積極的に紫春と距離《きょり》を縮めようとしてくるのに、顔にも声にも感情が表れない。そのため、紫春は時おり、自分ばかりが心を乱されるのが不公平に思えるのだ。

李貴の胸の内には、どのような想《おも》いが溢《あふ》れているのだろう。不意に、紫春は李貴の心を覗《のぞ》いてみたい衝動《しょうどう》に駆《か》られた。彼の思考を、感情を、知りたいと思った。素直《すなお》な感情が表れた彼の顔を、見てみたいと思った。

紫春は衝動のままに、李貴の手を軽く握り返した。

すると李貴の手がぴくりと動き、紫春の右手を摑む力がほんの少しだけ強くなった。

見上げた李貴の表情に変化はない。しかし、確かに繋《つな》いだ手を通じて何かをやり取りした気がした。たったそれだけのことがなぜだか嬉《うれ》しくて、紫春の心がぽんと跳《は》ねる。

「紫春」

「はい」

「また今度、市街を歩くぞ。次はいろいろな店を案内する」

はぐれる前に告げた、あまりよく見えていないという紫春の言葉を気にしていたらしい。

紫春は自然と頬《ほお》を緩《ゆる》めて、李貴の手を握る右手に、さらに少しだけ力を込めた。

「はい。約束ですよ」

紫春の答えに、李貴は「うん」と頷《うなず》いた。その瞬間、李貴の横顔が微《かす》かに柔《やわ》らかくなったように見えたのは気のせいだろうか。

微笑《ほほえ》みとは呼べぬほどの些細《ささい》な表情の変化が、紫春の心を確かに弾《はず》ませる。

いつになるかもわからない不確かな約束を胸に抱《いだ》いて、紫春は中央大路を歩いた。


中央大路を進むと、やがて北楊を取り囲んでいるものと同様の堅牢な城壁が現れた。正面に南城門と同じく上部に楼がある構造の門がそびえ、左右に城壁が続いている。

重厚《じゅうこう》な門は絶えず人が出入りしていた。薄衣《うすぎぬ》を重ねた上に外衣を羽織り、袴《はかま》の裾《すそ》を優雅《ゆうが》に揺《ゆ》らして歩く彼らは、おそらく官吏《かんり》だろう。

「この門の先が皇城《こうじょう》で、皇城のさらに奥にあるのが、俺たちが普段暮らしている宮城になる。紫春を招くのは宮城にある俺の住処《すみか》だから、もう少し歩くぞ」

そう告げた李貴は、紫春の手を引いて門の左手へと歩き出した。てっきり門を抜《ぬ》けて皇城を通り、宮城に向かうと思っていた紫春は、李貴に尋《たず》ねる。

「この中を抜けないんですか？」

「皇城は中文省《ちゅうぶんしょう》や刑務部《けいむぶ》などが集合する官庁街だ。科挙や武挙を乗り越《こ》えた官僚《かんりょう》がいるし、中には宗家の人間もいる。紫春に無粋《ぶすい》な視線を向けられるのは避《さ》けたい」

「無粋な視線……」

李貴が言わんとするところに理解が及《およ》ばず、紫春は小声で呟《つぶや》いた。紫春の疑問を察したらしく、櫂染が李貴を視線で示しながら助け船を出す。

「皇城も、宮城も、権謀術数《けんぼうじゅっすう》が渦巻《うずま》く権力闘争《とうそう》の場です。この男が大事そうに連れている紫春の存在が知られれば、紫春がこの男に取り入るのにどう有用なのか、見極《みきわ》めようとする視線が殺到《さっとう》しますよ。中には接触《せっしょく》を図《はか》る者も出てくるでしょう。あなたはこういったことには不慣れで、加えて驚《おどろ》くほど迂闊《うかつ》なので、遠ざけておくのは無難な選択《せんたく》です」

「なるほど……あと櫂染様、ひとこと多いです」

「事実でしょう。蓮月餡《れんげつあん》で扉《とびら》を開けてしまうくらいには迂闊です」

櫂染は眉《まゆ》一つ動かさずにぴしゃりと返す。図星の紫春はぐうの音も出ない。

反論の言葉を持たない紫春に代わるように、李貴が不満げに口を挟んだ。

「櫂染。俺を抜きにして紫春と楽しそうに話すな」

「今の、楽しそうに聞こえました？」

「俺は紫春にひとこと多いなどと言われたことがない。遠慮《えんりょ》のなさに親しげなものを感じる」

「今の、親しげに聞こえました？　あと、あなたは言葉が足りないんだから、そんなこと言われるわけがないでしょう」

　櫂染がうんざりした様子で紫春を見た。なんとかしろ、という櫂染の視線に込められた無言の要望を感じ取った紫春は、とっさに李貴の手を強く握る。

「ほら！　俺と手を繋いでいるじゃないですか。櫂染様とは繋ぎませんよ」

「む……そうか。俺だけか」

「そうです！」

「ならいい」

　機嫌《きげん》が直ったらしく、李貴は視線を前に戻《もど》した。清らかな美貌《びぼう》に無表情を張り付け、無愛想《ぶあいそう》な態度で武装しているようなところがある一方で、李貴は時おり子供じみた嫉妬《しっと》を見せることがある。垣間見《かいまみ》える彼の意外な一面が可愛《かわい》らしくも思えて、紫春はふっと表情を和《やわ》らげた。

　やがて皇城を囲む城壁《じょうへき》の角に辿《たど》り着いた。城壁に沿って右に曲がり、まっすぐに進む。すると先ほどの門より少し小さな門が現れ、李貴はそこで紫春の手を離した。李貴のぬくもりが消え失《う》せたことに若干《じゃっかん》の名残《なごり》惜《お》しさを感じて右手を見つめていたら、頭上から「どうした？」という李貴の声が降ってきて、紫春は気恥《きは》ずかしさからすぐさま首を横に振《ふ》った。

「な、なんでもないです……」

「そうか？」

李貴は不思議そうな目を紫春に向けたものの、それ以上は尋ねず門に視線を向けた。

「この門の先が皇城の奥にある宮城になる。中には高位の者もいるだろうが、俺より偉《えら》いやつはそうそういない。誰と遭遇《そうぐう》しても俺が対応するから、紫春は櫂染と同じように俺の後ろで頭を下げていればいい」

紫春は宮廷《きゅうてい》での礼儀《れいぎ》作法など一切《いっさい》知らない。不安と緊張《きんちょう》を覚えながらも、紫春は李貴と櫂染に続いて門の内側へと足を踏《ふ》み入れた。

門の内側には、丁寧《ていねい》に造られた庭園が広がっていた。

門から伸《の》びる道には磨《みが》かれた平らな石が敷《し》き詰《つ》められている。城壁に沿って植えられた木々が城壁を隠《かく》すせいか、囲われている窮屈《きゅうくつ》さは感じない。山間を模しているのか、ところどころに人の背丈よりも大きな岩が置かれている。

そんな豊かな緑や岩々で整備された庭の中に、複数の殿舎《でんしゃ》が建っていた。紫春が立つ場所から殿舎までは距離があるので細部までは視認《しにん》できないが、朱《しゅ》に塗《ぬ》られた壁《かべ》や柱、斜陽《しゃよう》を受けて輝《かがや》く屋《や》根瓦《ねがわら》、殿舎と殿舎を繋ぐ渡《わた》り廊下《ろうか》、庭の眺望《ちょうぼう》を楽しむための亭《ちん》など、宗家の住まいにふさわしい厳《おごそ》かな姿が窺《うかが》える。

耳を澄《す》ませると、微かな水音が聞き取れた。視界の隅《すみ》に小さな赤い橋が見えるから、水路か池があるらしい。吹《ふ》き抜ける風は草木の匂《にお》いをはらみ、清涼感《せいりょうかん》のある空気が胸に広がる。

「こっちだ」

圧巻の光景を前にして立ち尽《つ》くしていた紫春は李貴の声で我に返り、李貴に続いて左手の方向へと歩き出した。しかし、すぐに前方から真っ赤な輿《こし》が現れ、足を止める。

業火《ごうか》を思わせる紅蓮《ぐれん》の帳《とばり》で覆《おお》われた、煌びやかな輿だった。屋形《やかた》に豪勢《ごうせい》な金の装飾《そうしょく》が施《ほどこ》されていることから、乗っている者はおそらく相当身分が高いと考えられる。肩《かた》で輿を担《かつ》ぐ者の数も多く、ざっと二十名ほどはいるだろう。

異様に豪華《ごうか》な輿の登場に紫春が狼狽《ろうばい》していると、立ち止まった李貴が紫春を手で制した。自分の後ろにいろ、と言わんばかりに手を振るので、紫春はそそくさと李貴の背後に隠れる。

輿はやがて李貴の前で止まり、担ぎ手が地面に輿を下ろした。ゆっくりと動いた帳の隙間《すきま》から覗いたのは、若い男の顔だ。

燿染が拱手《きょうしゅ》し、深々と頭を下げた。宮城に入る前に李貴から告げられた言葉を思い出し、紫春も慌《あわ》てて燿染同様に礼をする。

紫春が首《こうべ》を垂れた直後、輿に乗る男の声が響《ひび》き渡った。

「これは、これは、兄上。今、お戻りですか？」

どこか気だるげな、緩慢《かんまん》な話し方をする男だった。声が聞こえたと同時に帳の内側から毒々しいほどに甘い香《こう》の匂いが漂《ただよ》ってきて、紫春は思わず息を止める。

「ああ。李晃《りこう》、お前はこんな時間から外へ？」

「ええ。野暮《やぼ》用が、ありまして」

輿にいる男は名を李晃というようだ。李貴を兄と呼ぶのだから、李貴と李晃は兄弟なのだろうが、一瞬《いっしゅん》だけ見えた李晃の顔立ちはあまり李貴と似ていなかった。紫春は緊張で背中に汗《あせ》を滲《にじ》ませながら、頭の片隅《かたすみ》でそんなことを考える。

「ところで兄上、櫂染の隣《となり》にいるのは？」

紫春はびく、と肩を震《ふる》わせた。顔を上げずとも、李晃が舐《な》めるような視線で紫春を観察していることが伝わってきていた。どうすることもできずに無言で身を強張《こわば》らせていると、李貴の静かな声が続いた。

「俺の友人だ。客人として涼月宮《りょうげつきゅう》に招く」

「友人……はあ、そうですか。友人、ですか」

やたらと意味深長な言い方が気にかかったものの、皇子の前で許しもなく顔を上げられるわけもない。紫春は地面を見たまま李晃の視線に耐《た》える。

「涼月宮での日々が、よいものでありますように。では、兄上。失礼いたします」

地面を踏みしめる音がして、担ぎ手が輿を担ぎ直した気配がした。輿はそのままゆっくりと動き、微動《びどう》だにせず頭を下げ続ける紫春の横を通り過ぎていく。

すれ違《ちが》いざまに紫春が横目で輿を窺うと、帳の隙間から紫春を見る李晃と目が合った。

まさか視線が衝突《しょうとつ》するとは思わず、紫春は瞠目《どうもく》する。その反応に満足したように、李晃は垂れた細い目を歪《ゆが》めて笑った。嘲笑《ちょうしょう》に似た不気味な笑《え》みを向けられた紫春の心臓は跳《は》ね上がり、汗が滲んだ背中を寒いものが駆《か》け上がった。

担ぎ手に運ばれた輿が遠ざかる。紫春は頭を上げ、そっと後ろを振り返った。離《はな》れていく紅蓮の輿からは異様な禍々《まがまが》しさを感じた。

「弟の李晃だ。炎華宮《えんかきゅう》に住んでいるが、今から行く涼月宮とは離れている。あまり顔を合わせることはないだろう」

李貴の声が聞こえてきても、音を立てる紫春の心臓はなかなか大人しくならず、心に広がった妙《みょう》な不快感を拭《ぬぐ》い去ることはできなかった。まだ李晃の粘着質《ねんちゃくしつ》な視線が全身にまとわりついている気さえする。

李晃の視線と表情には、どのような意味が込められていたのだろう。

「……相変わらず、輿から降りようとしませんね。兄の御前《ごぜん》だというのに」

櫂染が漏《も》らした呟《つぶや》きに振り返ると、櫂染は苦々しい表情で去っていった輿を眺《なが》めていた。

「櫂染。紫春の前でその話はやめろ」

「……失礼」

「もう日が暮れる。涼月宮に急ぐぞ」

歩き出した李貴に続く。櫂染の呟きが耳に残っているが、尋《たず》ねられる雰囲気《ふんいき》ではなかった。

おそらく、本来であれば兄である李貴の前で李晃は輿から降りるべきなのだろうが、李晃は輿に乗ったままだった。表面上は兄弟のたわいのないやり取りに見えたが、李晃の態度は李貴への侮蔑《ぶべつ》が表れたものだったことに気づき、紫春は人知れず身震《みぶる》いをする。風に揺《ゆ》れる木々や花の姿を横目に、石が敷かれた道を歩く。殿舎の回廊《かいろう》にある灯籠《とうろう》には徐々《じょじょ》に火が入り始め、夜の訪《おとず》れを告げている。水路には清らかな澄んだ水が流れ、小さな魚の姿も見えた。朱に塗られた橋をいくつか渡り、やがて李貴はとある殿舎の前で足を止めた。

「ここが涼月宮だ」

李貴の住む涼月宮は、宮城の他《ほか》の殿舎と比べて幾分《いくぶん》小ぶりな建物だった。柱や壁の一部は落ち着いた深い青に塗られ、屋根の端《はし》に銀の装飾が施されている。生《お》い茂《しげ》った木々に囲まれ、静謐《せいひつ》な空気が満ちていることも相まって、静かな夜空に浮《う》かぶ月のような佇まいだった。まさに、涼月宮の名にふさわしい外観をしている。

「中を案内する」

「お、お邪魔《じゃま》します……」

さっさと内部に足を踏み入れる李貴に続いて、紫春はこわごわと中に入った。

正面の入り口を抜《ぬ》ける。玄関《げんかん》の前には丸窓があり、低木が植えられた中庭が見えた。左右に横切る形で廊下が伸びていて、李貴は右へと進む。

意外にも、李貴を迎《むか》える者の姿はない。廊下を歩いていても誰《だれ》ともすれ違わず、紫春は前を行く李貴に尋ねた。

「あんまり人はいないんですか？」

「ああ。涼月宮に出入りするのは俺と櫂染と、厨《くりや》番と掃除《そうじ》番くらいだ。あまり多くの者が出入りするようになると、そのぶん警戒《けいかい》すべき者の数が増えるからな」

思いがけない理由に紫春が閉口すると、李貴は平然と続ける。

「だが、今この涼月宮に出入りしている者は信頼《しんらい》できる者だ。それに皆《みな》、武器を扱《あつか》える武人でもある。紫春のことも守ってくれるから、安心してほしい」

「はい……」

「涼月宮はたいして広くない。俺の部屋と、櫂染の部屋と、客間が二つ。あとは厨や湯殿《ゆどの》、広間くらいだ。迷うことはないと思う。紫春は客間の一つを使ってくれ。ここだ」

李貴はとある部屋の前で足を止め、扉《とびら》を開けて中へと入った。

紫春も続けて足を踏み入れ、部屋の中を見渡《みわた》した。天蓋《てんがい》がついて帳が下ろされた寝台《しんだい》と、椅《い》子《す》と卓《たく》が一つずつ。中庭に面した丸窓があり、窓の横にある戸を開けると、中庭を囲む回廊へと出られるようになっている。

広さは香林街で患者《かんじゃ》を診《み》ていた部屋より少し広い程度だろう。もっとも、薬箱を収めた棚《たな》が壁際《かべぎわ》を占《し》めていないぶん、涼月宮のこの部屋のほうがずっと広く感じられた。

しかし、仮にも宗家である李貴の住まいにある部屋としては、不自然な狭《せま》さに思えた。

「俺の部屋はこの部屋の隣で、そのさらに隣が櫂染の部屋だ。何かあればすぐ駆け付ける」

「わ、わかりました……」

李貴の部屋が隣と知って、ありがたいと思うと同時に緊張《きんちょう》が走った。今までは数日に一度会う程度だったが、今後はおそらく毎日顔を合わせるだろう。公務がある李貴と一日中共に過ごすことはないにせよ、李貴と一緒《いっしょ》にいる時間がぐんと増えるのは確かだ。

ここで紫春はようやく、涼月宮で生活するということは、李貴と一つ屋根の下で共に暮らすということなのだと理解した。紫春は李貴の求婚《きゅうこん》を受け入れたわけではないし、霹政から逃《のが》れるための一時的な生活とはいえ、共に暮らすとなれば夫婦《めおと》のようにも思えて、心臓が普段《ふだん》より少しだけ速い鼓動《こどう》を刻む。

同時に、うっすらとした後ろめたさが心に広がり始めた。求婚を受け入れたわけでもないのに、李貴の優《やさ》しさに付け込んで涼月宮に招かれた紫春は、李貴に対してひどく酷《こく》な行いをしているのではないだろうか。

李貴との距離《きょり》が縮まったことには戸惑《とまど》いもあるが、李貴がいる時間は心地《ここち》よく、彼のそばにいられることは確かに嬉《うれ》しい。一方で、温かな時間を享受《きょうじゅ》するばかりの紫春の態度は彼に対して不誠実なものにも思えて、申し訳なさで心の隅《すみ》が擦《す》り切れるように痛む。

李貴への親愛と罪悪感を同時に抱《かか》えた自分の心は、いったいどう扱えばよいのだろう。

「厨と湯殿の案内もしておく。荷を置いて、来てくれ」

李貴の声で我に返り、紫春は荷を椅子の上に置いた。先に部屋を出ていた李貴を追いかけ、廊下《ろうか》に向かうのだった。

李貴との一つ屋根の下での生活に身構えていた紫春だったが、実際の日々は紫春の予想とはまるで異なるものだった。

涼月宮に来てひと月が過ぎたその日、紫春は中庭を囲む回廊で立ち尽《つ》くしていた。

紫春は小さく息を吐《は》き出すと、欄干《らんかん》に肘《ひじ》を預けた。目の前にある中庭は曇天《どんてん》から降り注ぐ小《こ》雨《さめ》に打たれ、木々の葉や地面に敷《し》かれた玉砂利《じゃり》が艶《つや》めいている。聞こえてくるのは雨音のみで、その音はどことなく物寂《ものさび》しげだ。

涼月宮自体が木々に囲まれているためか、雨に濡《ぬ》れた中庭は雨の森に近い匂《にお》いがする。森の中で育った紫春としては、街中の雑多な匂いよりよほど心が静まる匂いだが、今の紫春にとってはやたらと煩《わずら》わしい。

慣れ親しんだ匂いさえ嫌気《いやけ》が差してしまうのは、ささくれ立った紫春の心のせいだろう。

このひと月、紫春は李貴とほとんど顔を合わせていなかった。李貴は紫春が目覚める前に涼月宮を出て、皇城で公務にあたり、紫春の就寝《しゅうしん》後に涼月宮に戻《もど》ってくる。櫂染も同様だ。

多忙《たぼう》な李貴とあまりにもすれ違うため、紫春は一度、早朝に起床《きしょう》して李貴の見送りに出た。久しぶりに顔を合わせたことに対して少しは喜色を露《あら》わにしてくれるかと思いきや、李貴は表情を変えずに「こんなに早く起きなくていいんだぞ」と告げ、櫂染を連れて出ていった。

李貴の素っ気ない態度は普段どおりのものであり、紫春への言葉も、わざわざ早起きしなくていいからゆっくり寝《ね》ていろ、という意味だろう。頭ではそう理解していても心は思うようにならず、なぜだかひどく気落ちして日々を過ごしている。

「……はあ」

こぼれたため息が、雨を含《ふく》んだ空気に溶《と》けて消える。

たとえ李貴の友人として招かれた身であっても、やはり何もせずに世話になるばかりでは落ち着かない。せめて食事の支《し》度《たく》や掃除を手伝おうとしたのだが、厨番や掃除番は決して紫春の手を借りようとはしなかった。彼らからしてみれば紫春は主《あるじ》の客人なのだから当然だろうが、紫春は自分の無力を思い知らされた気分になる。

早朝から夜遅《おそ》くまで公務をこなして、李貴はきっと疲《つか》れ切っているはずだ。体調を崩《くず》していないだろうか。李貴を案じる思いばかりが溢《あふ》れていくが、彼との距離は大きい。

早朝に李貴を見送ったときの光景が、色鮮《いろあざ》やかなまま紫春の頭の中に浮かぶ。

涼月宮を出ていく李貴の隣《となり》には、櫂染がいた。当然のように李貴の隣にいる櫂染の姿が、李貴の隣に己《おのれ》の居場所が確立されている櫂染の姿が、紫春の目には眩《まぶ》しく見えた。

せめて櫂染のように剣《けん》が使えたら、紫春も李貴のそばにいられただろうか。

李貴様、と心の中で彼を呼ぶ。

お見送りしようとしたのはご迷惑《めいわく》でしたか、と。無愛想《ぶあいそう》な態度を取られたとはいえ、紫春は少しでも李貴の姿を見られて心が華《はな》やいだ。李貴はそうではなかっただろうか。少しでも紫春に会えて嬉しいと、そうは思ってくれなかっただろうか。

燿染への憧憬《しょうけい》と羨望《せんぼう》は痛いくらいで、もはや嫉妬《しっと》に似ていた。李貴への感情はなぜだか仄暗《ほのぐら》く、一片《ぺん》の寂《さび》しさを伴《ともな》って心の隅に根を張る。恩人である二人に対して後ろ暗い感情は抱《いだ》きたくないのに、心はままならず、暗雲ばかりが立ち込める。

燿染への感情も、李貴への感情も、いったいどこから生まれてくるのだろうか。

心にこびりついた甘く切ない感情の正体を、紫春は知らなかった。

そのとき、背後から物音が聞こえた。微《かす》かに人が歩く音もする。

李貴が戻ってきたのだろうか。そう考えた紫春はとっさに回廊から部屋に戻り、扉を開けて廊下に出た。

廊下を歩いていた人物は、勢いよく飛び出してきた紫春を前にして目を丸くした。

「どうしました、紫春。そんなに慌《あわ》てて」

そこにいたのは燿染だった。紫春は「あ……」と口ごもるものの、ここで黙《だま》るのも不自然に思えて、やや目をそらしながら告げる。

「その……李貴様が、お戻りになったのかと」

「ああ、すみませんね。私です」

「いえ、櫂染様がお謝りになることでは……」

「顔に書いてありますよ。残念って。右の頰《ほお》に残、左の頰に念です」

「……はい？」

「わかりやすいってことですよ。あなたは全部、顔に出ます。あと尻尾《しっぽ》」

う、と紫春は言葉を詰《つ》まらせる。言い返す余地はない。今は薬で九尾《きゅうび》の耳と尻尾を隠《かく》しているものの、自分が他《ほか》の九尾よりよく尻尾を動かすことは自覚している。

「李貴もあなたくらいわかりやすいといいんですけどね……顔は動かないし声は平坦《へいたん》だし、言葉は足りないし、まったく……」

腕《うで》を組んだ櫂染は壁《かべ》に背を預け、嘆息《たんそく》した。顔を伏《ふ》せて眉間《みけん》を指先で揉《も》む仕草からは、彼が抱えた疲労《ひろう》の度合いが窺《うかが》える。

李貴の側近である櫂染は、護衛としての任だけではなく公務における李貴の補佐《ほさ》も行う。櫂染が漏《も》らしたぼやきから察するに、顔に感情を出さず、声の調子も一定で、言葉足らずな李貴の補佐は、非常に苦労するものであるらしい。

特に、こうも毎日根を詰めて公務を行っていれば、疲れが溜《た》まるのも仕方あるまい。

「ずいぶんとお忙《いそが》しそうですね。李貴様も、櫂染様も」

「本来ならばここまで忙しくないんですがね。李貴は働きすぎるところがあるんですよ」

「それは……どういうことですか？」

「李貴を頼《たよ》ってくる者が多いんです。あの男は一見近づきがたいですが、実際はお人好《ひとよ》しで誠実です。自分に助けを求めてくる者を決して無下にはしませんし、相手の身分によって対応を変えることもしません。そのため、李貴の人柄《ひとがら》を知る者は何か困った事態に直面すると、李貴を頼りにします。そうして、本来は李貴が対処する必要のないものまで抱え込むんですよ」

燿染の声に若干《じゃっかん》の苦々しさが混ざり、彼の眉間にうっすらと皺《しわ》が寄った。その態度を見る限り、燿染は李貴の現状を快く思っていないことは明らかだった。

「……李貴は、必要以上に皇族であろうとしますから」

燿染は少しだけ視線を落とし、言った。微かな哀切《あいせつ》が滲《にじ》む声だった。言葉の真意がわからずに紫春が無言で燿染を見つめていたら、燿染はもとどおりに紫春と目を合わせた。

「まあ、限界を超《こ》えないように制御《せいぎょ》しますよ。それも私の務めです」

続いた燿染の声は普段の調子に戻っていた。先ほどの燿染の発言が心に引っ掛《か》かっていたものの、追求することはできず、紫春は曖昧《あいまい》に頷《うなず》いた。

「これまでも、強引《ごういん》にでも休ませるために、李貴を時おり外に連れ出していたんです。香林街であなたと初めて会ったときもそうです」

「え、そうだったんですか？」

「ええ。紫春に会ってからは自ら積極的に香林街に向かうようになって……求婚云々《きゅうこんうんぬん》に関しては頭を抱えていましたが、李貴が自ら公務から離《はな》れる時間をとるようになったのは確かに僥倖《ぎょうこう》でした。といっても、香林街に行った後日に皺寄せは来ましたが」

「じゃあ……李貴様は、本当はかなりお忙しいのに、俺に会いに来てくれていたんですか」

「はい。紫春に会いたいのだと言って」

胸の奥が、きゅっと絞《しぼ》られたように痛んだ。

李貴は朝から晩まで公務に追われるほど忙しい日々の中、必死に時間を見つけて紫春に会いに来てくれていたのだ。多忙であることなどおくびにも出さずに。

思い起こされるのは、李貴の冷たく美しい静かな顔ばかりだ。表情は動かないし声の調子も変わらない。言葉も足りない。不器用な人なのだろう。大きすぎる感情を抱《かか》えているくせに伝えるのが下手で、相手を困惑《こんわく》させてしまうくらいには不器用だ。自分の心の中を伝えるのが下手なくせに、肝心《かんじん》の求婚の言葉は迷いも躊躇《ちゅうちょ》もなく告げられてしまうくらいには、不器用だ。

無表情の仮面と淡々《たんたん》とした声音《こわね》に隠された李貴の心の奥底を、もっと早くに知りたかったと紫春は思う。孤独《こどく》から救われるばかりで、積極的に李貴の心の声を聞こうとしなかった後悔《こうかい》が膨《ふく》れ上がる。

目を伏せて、拳《こぶし》を握《にぎ》った。求婚を断り続けた罪悪感が胸を占《し》め、息をするたび雨の匂いを含む空気が肺に突《つ》き刺《さ》さった。李貴のそばにいたいとどうしようもなく望んでいるのに、何食わぬ顔で李貴の隣に居続けることを、自分自身に許せない紫春もいる。

「……あなたは非常にわかりやすいので、なんとなく、李貴の求婚を断っていることへの罪悪感を抱えていることがわかってしまうのですが」

　櫂染は少し間を開けて、続ける。

「そんなもの、感じなくていいでしょう。出会ったばかりの人間にいきなり求婚するあの男がおかしいんです。出会ったその日に求婚されたら私だって断ります。理由もわからないのに」

「櫂染様も、わかりませんか？　李貴様が俺を伴侶《はんりょ》にと望まれる理由」

「わかりません。李貴はただ、あなたを愛していると」

　李貴が口にする愛というものは、紫春にとっては漠然《ばくぜん》としたものだった。向けられた際の熱さや甘さは、感覚的に理解している。しかしいざ紫春自身が抱くものとして考えてみると、急速に輪郭《りんかく》や彩度《さいど》を失い、ぼんやりとした存在になる。空に立ち上る煙《けむり》にも、夏の陽炎《かげろう》にも似ている。何が愛で、何が愛でないのか。境目はわからない。

「さて、そろそろ行きます。忘れ物を取りに戻っただけですので」

　櫂染は「では」と紫春の横を歩いていく。皇城にいる李貴のもとに向かうのだろう。李貴の隣に居場所がある櫂染の後ろ姿は、やはり眩しい。

　李貴に会いたいというこの気持ちは、李貴が言う愛と同じものなのだろうか。

　出口のない洞窟《どうくつ》の中に迷い込んだような紫春の耳に聞こえてくるのは、小雨《こさめ》が降り注ぐ音だけだった。

紫春は寝台《しんだい》に横になったまま、暗い部屋の中をぼんやりと見つめていた。降り続いた雨は日暮れ前には止《や》み、夕日が中庭を橙《だいだい》に染めていたから、外は月明かりに照らされているはずだ。しかし、夜半の今は丸窓を覆《おお》う戸を下ろしているため部屋の中に月光は差し込まず、暗闇《くらやみ》が紫春の鬱々《うつうつ》とした心に染《し》み込み、さらに気分を沈《しず》ませる。

紫春は寝返《ねがえ》りを打ち、寝台の横にある壁を見つめた。壁の向こうにあるのは李貴の部屋だ。昼間、涼月宮に戻《もど》ってきた櫂染と顔を合わせたこの日も、紫春が李貴と顔を合わせる機会はなかった。今頃《いまごろ》、李貴はおそらく隣の部屋で寝入《ねい》っているだろう。彼の眠《ねむ》りが穏《おだ》やかなものであるようにと祈《いの》りながら、紫春は壁に触《ふ》れた。ひやりとした硬《かた》い感触《かんしょく》がした。

香林街にいたときよりずっと近くにいるのに、李貴が遠い。

紫春は衾《ふすま》を頭から被《かぶ》った。褥《しとね》に額を押し付けてこのまま眠ってしまおうと目を閉じたとき、眠気《ねむけ》を邪魔《じゃま》するかのように、腹がぐるると不穏《ふおん》な音を立てた。

「……はあ」

腹が減ったと訴《うった》える体を起こす。世話になっている身で夜食をあさるなど気が引けるが、空腹を抱えたままではなかなか眠れないことは経験上知っていた。加えて、紫春の旺盛《おうせい》な食欲《しょくよく》には並々ならぬ理由がある。諸々《もろもろ》の事情を考慮《こうりょ》した紫春は、厨《くりや》を覗《のぞ》こうと寝台から下りた。

乱れた髪《かみ》と尻尾の毛を軽く整える。寝台に寝転《ねころ》がっている間に薬の効力が切れ、紫春は九尾の姿に戻っていた。といっても厨番や掃除番《そうじ》は既《すで》に涼月宮から去っているから、紫春が本来の姿で出歩いたところで問題はない。紫春は音を立てないようにゆっくりと部屋の扉《とびら》を開けた。

ところが次の瞬間《しゅんかん》、扉の隙間《すきま》から顔を出した紫春は、扉の前に佇《たたず》む大きな白い人影《ひとかげ》を見た。

鬼《おに》、という言葉が真っ白になった紫春の頭にぽんと浮《う》かび、紫春は反射的に叫《さけ》んだ。

「うわー！」

紫春は尻尾を最大限に膨らませ、床《ゆか》に尻《しり》もちをついた。座り込んだ姿勢のまま床に手をついて後退しようとしたが、鬼が発した「紫春」という聞き慣れた声に、動きを止める。

「すまない。驚《おどろ》かせたか」

「……李貴様？」

紫春の前に立っていたのは、白い単《ひとえ》の寝間着《ねまき》に身を包んだ李貴だった。普段《ふだん》は高く結《ゆ》っている髪を右肩《みぎかた》でゆるく束ねていて、昼間の姿より優美な印象を受ける。

鬼の正体が李貴だと認識《にんしき》した紫春が呆《ほう》けていると、騒々《そうぞう》しい足音と共に、李貴と同じく寝間着姿の櫂染が現れた。剣《けん》を手にした櫂染は李貴と座り込む紫春を交互《こうご》に見て、問う。

「敵襲《てきしゅう》ですか？　痴話《ちわ》喧嘩《げんか》ですか？」

「どちらでもない。敵はいないし、俺と紫春は仲良しなので痴話喧嘩はしない」

「そうですか。では関《かか》わりたくないので私は寝ます。あまり私の安眠《あんみん》を妨害《ぼうがい》しないように」

口を挟《はさ》めず、紫春は去っていく櫂染を黙って見送った。櫂染の姿が視界から消えたところで我に返り、李貴に尋《たず》ねる。

「李貴様！　どうされたんですか、こんな夜中に！　鬼かと思いましたよ！」

「近頃《ちかごろ》は顔を見ることもできなかったから、様子を見たいと思って。しかし寝ているところに押し入るのは無礼だろうと思い、どうするかここで考えていた」

李貴は膝《ひざ》を折ると、腰《こし》を下ろした紫春と目線を合わせた。

「俺が涼月宮に招いたというのに、しばらく話もできず、すまなかった。俺は、その……あまり、器用でないことは自覚しているんだ。紫春への気持ちと、公務への責任感を両立できないと言うべきか。いや……これはただの言い訳だな。すまない」

「……いいんです。俺は大丈夫《だいじょうぶ》です。それより、お会いできて嬉《うれ》しいです」

李貴の多忙《たぼう》の理由は櫂染から聞いている。助けを求めてくる者を放《ほう》っておけずに手を貸してしまうなど、なんとも人の好《よ》い李貴らしい話だ。李貴の顔を見られたことで会えない間に降り積もった憂鬱《ゆううつ》が消え失《う》せ、紫春の尻尾《しっぽ》は自然と揺《ゆ》れる。

李貴は左右に動く紫春の尻尾を眺《なが》め、しみじみと呟《つぶや》いた。

「そうやって尻尾を振《ふ》っている姿を見るのも久しぶりだ。やはり愛らしいな」

紫春は瞬時《しゅんじ》に頬《ほお》を染めたのち、顔を伏《ふ》せた。昼間、すべてが顔と尻尾に出ると櫂染に指摘《してき》されたこともあり、妙《みょう》に恥《は》ずかしい。同時に、李貴からもらう愛らしいという言葉に、心の奥が優《やさ》しく震《ふる》える。

不思議な気持ちだ。李貴に愛らしいと言われるとたまらなく嬉しい気持ちになり、そのぬくもりをいつまでも抱《だ》き締《し》めていたいのに、一方で息が詰《つ》まるような苦しさも覚える。

甘いような痛いような、そんな空気を破ったのは、ぐるる、という腹の音だった。

とっさに腹を手で押さえた紫春を見て、李貴は思案に暮れるように顎《あご》に手を当てた。

「……判断が甘かったな。紫春の飯は俺の五倍にしてくれと頼《たの》んでいたが、足りなかったか」

「五倍だったのですか……」

確かに平均的な一人前よりは多めにしてくれているとは思っていたが、李貴の食事の五倍あるとは思いもよらなかった。厨番は主《あるじ》の五倍飯を食《く》らう珍客《ちんきゃく》をどう思っただろう。

食費の面で李貴に負担をかけているのではないかと考え、紫春は耳を伏せる。

「すみません……俺は白尾《はくび》なので、どうしても食べる量が多いんです。俺が持つ白尾の力の維《い》持《じ》には、たくさん食べることが必要になりまして」

気を操《あやつ》るということは、命そのものを操るということだ。それだけの強大な力を扱《あつか》うためにはより多くの燃料が必要となるため、白尾は例外なく健啖家《けんたんか》なのだ。

「謝る必要はない。簡単なものでよければ俺が何か作ろう。おいで」

立ち上がって部屋を出た李貴はいったん彼自身の部屋に入ると、明かりのついた手提《てさ》げ灯籠《どうろう》を手に戻ってきた。李貴に連れられ、紫春は厨に向かう。

「李貴様はお料理もなさるんですか？」

「ああ。十五、六の頃《ころ》だったか。あまりにも食事に毒を盛られるので、自分で作ったほうが早いと思い、耀染と二人で覚えた。今の厨番は信頼《しんらい》できる者だから任せているが」

それは料理をするというより、料理をせざるを得ない状況《じょうきょう》だったということだろう。返事に困った紫春が黙《だま》ったまま李貴を見上げていると、李貴が淡々《たんたん》と言った。

「そんな顔をするな。料理を学んだおかげで、腹を空《す》かせた紫春に夜食を作ってやれる」

「……ありがとうございます」

再度耳を伏せ、染まる頬を隠《かく》すために顔も伏せたと同時に、自然と尻尾が左右に揺れた。

辿《たど》り着いた厨のかまどの上には、大きな鍋《なべ》が鎮座《ちんざ》していた。

李貴は鍋の蓋《ふた》を開け、中を覗き込む。

「朝餉《あさげ》の下準備がしてあるな。これを拝借して、鶏粥《とりがゆ》を作ろう」

「……いいんでしょうか？　明日の朝の分ですよね？　やっぱり俺、我慢《がまん》して――」

「俺も小腹が減った。遠慮《えんりょ》するな。それにここの主は俺だ。つまり俺は、そこそこ偉《えら》い」

皇子であるのだからたいそう偉いのだが、李貴が真面目《まじめ》な顔で言うものだから、紫春は思わず「……ふふっ」と笑《え》みをこぼした。この少しずれたような、とぼけたところが李貴の可愛《かわい》らしいところだ。

「李貴様は、面白《おもしろ》いお方ですね」

するとは李貴はかまどに火をつけようとしていた手を止め、振り返る。

「面白い？　俺が？」

「はい」

「そうか……面白いとは、初めて言われたな」

顎に手を当てた李貴は考え込む素振《そぶ》りを見せ、少しだけ弾《はず》んだ声で続けた。

「面白いというのは、いいものだな。紫春が笑ってくれる」

李貴の目元が少しだけ緩《ゆる》み、まなざしがふっと柔《やわ》らかくなる。些細《ささい》な表情の変化が紫春の胸に突《つ》き刺さり、心臓がひときわ大きく跳《は》ねた。

李貴は慣れた手つきでかまどに火をつけ、小ぶりな鍋を用意して刻んだ生姜《しょうが》を入れる。紫春はそんな李貴の後ろ姿を黙ったまま眺めていた。何か手伝ったほうがいいかと思うものの、足は動かず、ただ手際《てぎわ》よく夜食を作る李貴の後ろ姿を見つめる。

李貴の言葉はいつまでも紫春の耳に残り、感情が垣間見《かいまみ》えた表情と柔らかなまなざしが目に焼き付いている。李貴が温かな愛情を紫春に向けるたび、紫春自身でさえ触れられない心の奥深くが優しく震えるのだ。

この感情は親愛という名で片付けられるものなのだろうか。自問自答しても答えは出ない。

やがて鶏粥が完成し、それぞれ器《うつわ》を持って紫春の部屋へと戻った。卓《たく》を寝台の横に移動させて、紫春は寝台に、李貴は椅子《いす》に腰を下ろし、匙《さじ》を口に運ぶ。李貴が作った鶏粥は生姜の風味が米の甘味と鶏肉の旨味《うまみ》を引き立てる絶品で、紫春は匙を持ったまま絶賛したが、李貴はいつものない調子で「大袈裟《おおげさ》だな」と返しただけだった。それでも李貴と時間を共にしているだけで紫春の心は華《はな》やぎ、不思議と李貴の無愛想《ぶあいそう》など少しも気にならなかった。

互《たが》いの器が空になったところで、李貴が口火を切った。

「ところで、紫春。何か困っていることはないか？」

「……いえ、何不自由なく過ごせています。俺にはもったいないくらいです」

李貴の力になれない不甲斐《ふがい》なさや、李貴への後ろめたさが頭の中に浮上《ふじょう》したものの、正直に打ち明けることなどできなかった。それでも、返答までのわずかな間で、李貴は紫春が本心を隠したと悟《さと》ったのだろう。少しだけ紫春に顔を近づけて、紫春の顔をじっと見つめる。

「櫂染が、紫春が気を落としている様子だったと言っていたが……やはり紫春は、宮城でじっとしているのは性《しょう》に合わないようだな。顔にあまり覇気《はき》がない」

どうやら櫂染は、昼間紫春と顔を合わせたことを李貴に報告していたらしい。櫂染から話を聞いていたから、李貴は紫春の様子を見に来てくれたのだと思い至った。

「窮屈《きゅうくつ》な暮らしをさせてすまない。ここに連れてきたのも、俺の我儘《わがまま》のようなものだ」

「そんなことありません！　李貴様にはどれだけ感謝しても足りないくらいです」

李貴がいなかったら、今頃《いまごろ》、紫春はどうなっているかわからない。香林街を出て、あてもなくさまよう中で命を落としているかもしれない。そもそも、先日霹政と遭遇《そうぐう》したとき、紫春だけではあっけなく里に連れ戻《もど》されていただろう。

「それなのに俺は……何もできません。李貴様のお役に立ちたいのに」

紫春の発言が意外だったのか、李貴の双眸《そうぼう》がわずかに揺れ動いた。

「俺は、李貴様のお役にも立てず、李貴様の――」

愛情に付け込むような真似《まね》をしているんです。この言葉は声にならなかった。

李貴の求婚《きゅうこん》に応《こた》えられないくせに、李貴の庇護《ひご》を受けていることへの罪悪感。それを李貴に見せることは、それだけで傲慢《ごうまん》に思えた。

「紫春」

静かに名を呼ばれ、紫春は知らず知らずのうちに俯《うつむ》いていた顔を上げた。

「紫春は、無事でここにいてくれるだけでいい。無理に俺の想《おも》いに応えようとしなくていい。心は、理屈《りくつ》では操れない。自然に、自由に、心の赴《おもむ》くままに、何かを感じ、思えばいい。自由の中で生まれた想いこそ、真の紫春の心だ」

李貴は椅子から立ち上がり、寝台《しんだい》に座る紫春の隣《となり》に腰を下ろした。

「焦《あせ》らなくていい。心を急《せ》かさなくていい。俺は、何年でも、何十年でも待つから」

李貴の左手が紫春の右手に重なり、手の甲《こう》が李貴の体温に包まれた。李貴はためらいを残した仕草で紫春の手を握《にぎ》り、そっと指を絡《から》めた。

「人の想いは、良くも悪くも枷《かせ》になる。向けられた者の心も、向けている者の心も縛《しば》る。だから惑《まど》わされぬように常に己《おのれ》の心を磨《みが》き、芯《しん》を持ち、保たなければならない。それこそが、俺が剣《けん》の師に教わった武の基本だ。俺があまりにも毎回の稽古《けいこ》で櫂染に……いや、俺は、どうして紫春に武の話をしている？」

話がそれたことに途中《とちゅう》で気づいたらしい。李貴は真顔で小首を傾《かし》げた。

「……俺に聞かれましても」

「そうだな」

「……毎回の稽古で櫂染様にどうしたんですか？　負けたんですか？」

「話したくない。忘れろ。今は互角《ごかく》だ」

今は互角ということは、昔はさんざん負かされていたのだろう。話したくないと言うわりにはすべてを語っている。少し抜《ぬ》けている李貴の言動が可愛らしく思えた紫春が顔をほころばせると、李貴は不満げな目をしたのちに顔を背《そむ》けた。ふてくされた様子の李貴からは日頃《ひごろ》の硬《かた》い雰囲気《ふんいき》が消え去り、年相応の青年らしさが表れている。

どこか不格好な李貴の姿を見ていたら、ふと、紫春の中に衝動《しょうどう》が現れた。それは李貴の心をつぶさに知りたいという欲求《よっきゅう》だった。

「……李貴様。お聞きしてもいいですか？」

「どうした？」

「李貴様のおっしゃる、愛しているという気持ちは、どのような気持ちなのでしょう」

唐突《とうとつ》な問いを受け、李貴は「ふむ……」と顎に右手を当てた。

紫春は恋慕《れんぼ》の情を抱《いだ》いたことがなく、李貴への想いも親愛なのか恋《こい》なのか判断がつかない。二つの境目の上で、どちらにも振《ふ》り切ることができないまま、不安定に立ち尽《つ》くしている。

長考の末、李貴は言う。

「理屈ではない。ただ、愛《いと》おしいと強く思う」

李貴は慎重《しんちょう》に言葉を選ぶように続けた。

「俺は紫春を命に代えても守りたいし、誰《だれ》よりも笑っていてほしい。この世でいちばん幸福であってほしい。愛おしいという思いから、それらの感情が生まれてくる、と言うべきか」

李貴は右手で紫春の頭を軽く撫《な》でると、そのまま紫春の頬《ほお》に手を当てた。顔がわずかに近づいて、李貴の匂《にお》いがぐんと強くなる。うろたえた紫春はとっさに李貴から目をそらそうとしたが、釘付《くぎづ》けになったかのように、目が李貴から離《はな》せない。

心臓の鼓動《こどう》が、紫春の全身でうるさく鳴り響《ひび》いている。

「誰の隣を選ぶのかは紫春の自由だとわかっているのに、俺だけを見てほしいし、俺だけを選んでほしいと思う。駄目《だめ》だとわかっているのに、ずっとこの涼月宮に閉じ込めてしまいたい。紫春のすべてがほしいし、紫春になら、俺のすべてをやれる」

李貴は紫春の体に両腕《りょううで》を回し、紫春を強く抱《だ》き締《し》めた。痛いくらいの力だった。

紫春が声も出せずにいると、李貴は紫春の肩《かた》に額を押し付けた。ゆるく束ねた彼の髪《かみ》がさらりと流れ、紫春の耳に、かすれた声が届く。

「……そばにいてくれ、紫春」

その声は驚《おどろ》くほど弱々しかった。心のいちばん脆《もろ》く柔らかいところがむき出しになったような声にうろたえながらも、紫春は李貴の背中に腕を回す。

自分を見てほしいと、そばにいたいと、そんな簡単な言葉で表せるのだとしたら、紫春の胸で渦巻《うずま》くこの感情も恋慕と呼べるのだろうか。

紫春が無言で考えを巡《めぐ》らせていると、続いた李貴の言葉に、がん、と頭を殴《なぐ》られた。

「加えて言うと、俺は紫春と接吻《せっぷん》したいと思っている」

「せ、接吻、ですか……？」

「うん。わかるか？　接吻」

「わかります！」

李貴の声は普段《ふだん》の調子を取り戻していて、とても先ほどまでと同じ人の声とは思えない。尻《しっ》尾《ぽ》を膨《ふく》らませて顔を赤くした紫春はぐい、と李貴の体を押しのけ、李貴の抱擁《ほうよう》から抜け出す。

涼月宮にやってきて大きく生活が変化したことでつい忘れていたが、李貴は突拍子《とっぴょうし》もない言動で紫春を振り回す皇子なのだ。思わず李貴の形のよい薄《うす》い唇《くちびる》と紫春の唇が触《ふ》れ合うところを想像しかけて、紫春は頭《かぶり》を振って想像を断《た》ち切った。

ところが、李貴は動揺《どうよう》する紫春に追い打ちをかけるように、あくまで淡々《たんたん》と続けた。

「さらに加えて言うと、俺は紫春を抱きたい」

紫春の背後で、最大限に膨れ上がった尻尾が硬直《こうちょく》した。

息を呑《の》む。言葉は出ず、呼吸は止まり、紫春は朱《しゅ》に染まった顔を隠《かく》すこともできずに口を開けた。恥《は》じらいと困惑《こんわく》が一緒《いっしょ》になって全身を駆《か》け抜け、尻尾の色が赤になりそうだ。

「この場合の抱きたいとは、先ほどのように抱き締めるという意味合いではなく――」

「知ってます！　わかってます！」

「む。紫春は物知りなのだな。俺は櫂染に教えてもらうまで夜伽《よとぎ》の意味合いを知らなかった」

李貴が何かをぶつぶつ言っているが、もはや李貴の声は紫春の耳に入らなかった。夜伽の光景を想像しかけた紫春は心の中で奇声《きせい》に似た悲鳴を上げたのち、最大限に膨らんだ尻尾を全身に巻き付け、飛び込むようにして寝台に倒《たお》れ込んだ。

意図せずして面妖《めんよう》な動きをしてしまったが、これは不可抗力《ふかこうりょく》というものだ。羞恥《しゅうち》に耐《た》えきれず、繭《まゆ》のようになった尻尾に隠れた紫春が自らにそう言い聞かせていると、不思議そうな李貴の声が聞こえた。

「どうした、紫春。いきなり可愛《かわい》らしい毛玉のようになって」

「……そろそろ、休ませていただこうかと」

「なるほど、九尾《きゅうび》は休みたくなると毛玉のようになるということか」

「もうそういうことでいいです……」

二人で粥《かゆ》の器《うつわ》を厨《くりや》に運び、手早く片付けを済ませた。部屋の前で李貴と別れ、紫春は部屋に入ろうとしたのだが、李貴は自室に戻る素振《そぶ》りを見せずに佇《たたず》んでいた。

「李貴様？」

「久しぶりに会えたから、今夜は共に寝《ね》たい」

共に寝たいという部分だけが切り取られ、どこにも着地できずに紫春の頭の中を浮遊《ふゆう》する。

発言を嚙《か》み砕《くだ》き、李貴が言葉の裏に隠した、だが話の流れから明らかな要望を理解したとき、
紫春の尻尾は再び膨張《ぼうちょう》した。

「な、何をおっしゃって……もうこれ以上、尻尾は膨らみませんよ！」

「いや、別に尻尾を膨らませろと言っているわけでは……膨らんだ尻尾は可愛いが」

「し、尻尾を褒《ほ》めても、夜伽をするのは――」

「待て、紫春。誤解だ。抱かせろという意味ではない。添《そ》い寝だ。同じ寝台で寝るだけだ」

「……え」

珍《めずら》しく早口でまくし立てる李貴を前に、紫春は自分が大いに勘違《かんちが》いをしていたことに気づいた。先ほどまでとは別の意味で頰を紅潮させ、頭の上で耳を伏《ふ》せる。

「誤解をさせてすまない。紫春と離れがたくて、つい……」

「そ、そう、でしたか……」

「……その、俺が紫春と触れ合いたいと思っていることは事実だ。だが、俺は自分の欲《よく》を一方的に紫春に押し付けることは絶対にない。もしそういうことをするとしても、それは紫春もま

た望んでくれたときだ。これだけはわかってほしい」

「は、はい……」

「……共に寝たいなど、言うべきではなかったな。忘れてくれ」

李貴は「おやすみ」と付け足し、紫春に背を向けた。自室に向かおうとする李貴の後ろ姿を見たとき、紫春の中でふと、名残惜《なごりお》しさと寂《さび》しさが沸《わ》き起こった。

紫春は衝動のままに一歩踏《ふ》み出し、控《ひか》えめに李貴の右手の指を握《にぎ》った。

「紫春？」

「あ、あの……一緒に、寝ましょう」

気恥《きは》ずかしさで声が震《ふる》える。それでも紫春は、まっすぐに李貴を見つめて言った。

「まだ、一緒にいたいです」

李貴の切れ長の目が少しだけ大きくなり、次の瞬間《しゅんかん》、彼の目元にさっと朱が差した。見たことがない反応に紫春が驚愕《きょうがく》を隠せないでいると、李貴にぎゅっと抱き締められた。

「うん。一緒に寝よう」

耳元でささやかれた声は、普段より確かに弾《はず》んでいる。紫春は黙《だま》って頷《うなず》いた。

李貴を紫春の部屋の中に招き、二人で並んで寝台《しんだい》に横になる。一人で寝るには大きすぎるくらいの寝台だから、李貴と共に寝転《ねころ》がっても窮屈《きゅうくつ》さは感じない。

「紫春。抱き締めて眠《ねむ》ってもいいか？」

紫春が頬を染めたまま承諾《しょうだく》すると、李貴の腕が紫春の体に回されて抱き寄せられた。李貴の体温と匂いに包まれ、心臓がとくとくと音を立てる。李貴は紫春の耳元で「おやすみ」とささやくと、それきり動かなくなり、すぐに規則正しい寝息《ねいき》が聞こえてきた。

「……おやすみなさい」

静かに返して、目を閉じた。視界が閉《と》ざされると李貴のぬくもりと匂いをより強く感じる。彼が隣《となり》にいると思うとこれ以上ないくらいに安心して、すぐに深い眠気《ねむけ》がすり寄ってきた。

夜の空気に溶《と》けるように、紫春は眠りについた。

朝を告げる小鳥のさえずりが耳に届き、眠りから覚めた紫春は薄く目を開けた。

目覚めたばかりの薄暗《うすぐら》く狭《せま》い視界を、白いものが占《し》めている。加えて、その白いものから心地《ここち》よいぬくもりを感じる。紫春は半分眠ったまま、寝台の中で身じろぎをして温かく白いものに身を擦《す》り寄せたが、そこで、はたと気が付いた。

昨晩、一緒に寝た李貴の寝間着《ねまき》は白い単《ひとえ》だった。

おそるおそる顔を上げると、紫春に寄り添って目を閉じている李貴の顔が見えた。

熟睡《じゅくすい》しているらしく、長いまつ毛に縁《ふち》どられた瞼《まぶた》はぴくりとも動かない。肩口でゆるく束ねた長髪《ちょうはつ》は褥《しとね》に広がって少し乱れていて、昼間は見られない無防備な姿に心がくすぐられる。

寝顔を凝視《ぎょうし》するのは失礼かと思い目をそらしたものの、紫春はやや間を置いて、すぐに李貴の顔に視線を戻《もど》した。ずっと見ていたいほどに優美なのだ。

どうせ深く寝入っているのだから李貴には気づかれないだろう、という少し意地の悪い考えが頭の隅《すみ》に芽生えたが、ほどなくして、紫春は自分の考えが甘かったことを知る。

紫春の体に回されていた李貴の腕が動き、ぎゅっと強く抱き寄《だ》せられたのだ。

途端《とたん》に硬直する紫春の耳元で、李貴は寝起きのかすれ声でささやく。

「おはよう、紫春。なにやら可愛いことをしていたが」

「かっ……可愛い、ことと、言いますと……」

「俺の顔をじっと見ていた。なに、紫春ならば四六時中ずっと見ていていいぞ」

「起きていらっしゃったのですか！」

「視線には敏感《びんかん》でな。特に、寝ているときは狙《ねら》われやすいから」

さすが幾度《いくど》となく命を狙われてきた皇子である。たとえ眠っていても自分に向けられる視線は鋭《するど》く察知するらしい。

羞恥心《しゅうちしん》で朝から溶けそうになる紫春は寝台から出ようとしたものの、李貴にしっかりと抱き締《し》められているせいで身動きが取れない。それどころか、李貴は甘えるように紫春の肩《かた》に額を押し付ける始末だ。恥じらいを覚えつつも李貴の行動に可愛らしさを感じて、紫春は顔を真っ赤にして声を上げた。

「李貴様！　朝です！　公務に遅《おく》れますよ！」

「今日は昼過ぎから行く。さすがに少し休めと櫂染に怒《おこ》られた」

「た、確かに俺としても少しゆっくりしていただきたいですが……」

「それに、紫春だって俺を離《はな》そうとしていないだろう」

「はい？」

李貴は衾《ふすま》を足で蹴《け》り上げると、紫春の体に回している腕《うで》を持ち上げてみせた。

紫春の腰《こし》から伸《の》びる九本の太い尻尾《しっぽ》が、李貴の腕に絡《から》みついていた。

「なかなか強い力で巻きついているぞ。紫春に抱き締められているようで気分がいい」

少しばかり上機嫌《じょうきげん》な李貴の声は、紫春の右の耳から左の耳へと抜《ぬ》けていく。紫春は尻尾を動かして李貴の腕を解放し、体を起こすと、自分の尻尾を摑《つか》んで先端《せんたん》をまじまじと眺《なが》めた。

尻尾の先の毛が、元来の純白からうっすらと朱《しゅ》に変化している。これは紛《まぎ》れもなく、色月《しきげつ》が始まった証《しるし》だった。

といっても、紫春の尻尾の先はまだ目を凝《こ》らさないと視認《しにん》できない程度に淡《あわ》い朱色だから、本格的な色月を迎《むか》えるのは少し先だろう。おそらく、あとひと月ほどは時間がある。

色月が来ること自体は予想できているし、驚《おどろ》きはない。紫春が今、絶句して己《おのれ》の尻尾を凝視しているのには別の理由がある。

懸想《けそう》する相手がいる場合は、色月になるとその相手に尻尾を巻きつけたくなるらしい。

十八歳で初めて色月を迎えて、今年で三回目になる。しかし、紫春はこれまで恋《こい》をしたことがない。そのため、色月を迎えても誰《だれ》かに尻尾を巻きつけたい衝動《しょうどう》に駆《か》られたことはない。

就寝《しゅうしん》中に尻尾が李貴に絡みついていたということは、李貴に惹《ひ》かれる心があるということだ。

「紫春」

呆然《ぼうぜん》としていたところで名を呼ばれ、紫春は「はいっ！」と飛び上がる。

「尻尾の毛がずいぶんと乱れてしまっているな。朝はいつも櫛《くし》を通すのか？」

「そ、そうですね……寝《ね》ぐせがつくので、櫛で毛づくろいを……」

紫春は目をそらしながら、しどろもどろになって言う。李貴は尻尾を巻き付けられていた意味など知る由《よし》もないだろうが、動転した紫春は李貴を直視できなかった。

「では、今朝は毛づくろいを俺にやらせてもらえないだろうか？」

「……え」

李貴の発言の内容を正確に理解するまでに、少しの時間を要した。ようやく李貴の声が単なる音ではなく意味のある言葉として認識できたとき、紫春の尻尾が見事なまでに膨《ふく》れ上がった。

以前、尻尾に触《ふ》れたいと李貴に言われたとき、紫春は李貴の申し出を断った。それは九尾《きゅうび》にとって交際を申し込む言葉であり、承諾すれば交際を受け入れたことになるからだ。

李貴は、今度は尻尾の毛づくろいをしたいと言う。

尻尾の手入れをさせてくれと頼《たの》み込むことは、求婚《きゅうこん》と同義だ。

「……やはり、駄目《だめ》だろうか」

諦念《ていねん》が込められた李貴の声が鼓膜《こまく》に刺《さ》さり、紫春の心は揺《ゆ》れ動く。紫春は自らの尻尾を抱《かか》え込み、逡巡《しゅんじゅん》する。

李貴は九尾ではない。尻尾にまつわる九尾の慣習もおそらく知らない。李貴にとって紫春の尻尾に触れ、毛を整えることに深い意味はない。

九尾の慣習を除外して考えたとき、紫春の中には確かに、李貴にならば尻尾に触れられてもいいと思っている心がある。

「……いいですよ。お願いします」

躊躇《ちゅうちょ》に躊躇を重ねた末に、素直《すなお》な感情が乗った言葉がこぼれ落ちた。

紫春は尻尾の手入れに使っている櫛と、小さな硝子瓶《ガラスびん》に入った香油《こうゆ》を取り出し、李貴に渡《わた》した。寝台に腰を下ろして、同じく寝台に座った李貴に尻尾を差し出すように背を向ける。

胸の音が、轟音《ごうおん》のように鳴り響《ひび》いている。

「では、失礼する」

李貴の手が尻尾に触れ、櫛が毛を梳《す》いていく。紫春よりもずっと大きくて、骨ばった手の感《かん》触《しょく》が心地よい。鼻腔《びこう》をくすぐる香油の甘い芳香《ほうこう》は桂花《けいか》の匂《にお》いだ。どくどくと音を立てる心臓を抱《いだ》く胸の中に広がって、肺が甘さで満たされる。

「……うん、柔《やわ》らかいな。素晴《すば》らしい手触《てざわ》りだ。ずっと触っていたい」

李貴には背を向けているから、赤くなった顔は李貴には見られていないはずだ。鼓動《こどう》の速さが尻尾から李貴に伝わらないことを祈《いの》った。息を吸うたび、じんわりと何かが溶けるような小さな痛みがちくりと胸を刺す。

「紫春。力加減はこのくらいでいいか？」

「……はい。大丈夫《だいじょうぶ》です」

早く終わってほしい。それなのに、ずっと続いてほしい。今、この瞬間《しゅんかん》に時が止まり、外と隔絶《かくぜつ》されたところに李貴と二人きりで閉じ込められたっていいと、そう思ってしまう。

悠久《ゆうきゅう》にも思える時が過ぎ、李貴の手が止まった。

「これくらいでどうだろうか？」

紫春が尻尾を確認すると、乱れていた毛の流れはすっかり綺麗《きれい》に整えられていた。香油でしっとりと潤《うるお》った毛は、触り心地も寝起きのときより柔らかだ。

「わ……綺麗です。俺が自分でやるより綺麗です。ありがとうございます」

「気に入ってくれたならよかった」

紫春が毛の整った九本の尻尾を振《ふ》ると同時に、部屋の外で足音が聞こえた。続いて「李貴、起きてます？」という櫂染の声が響く。

「む、櫂染が呼んでいるな。行ってくる」

李貴は櫛と香油を寝台《しんだい》の上に残し、紫春を残して部屋を出ていった。残された紫春は頰《ほお》を染め、尻尾を抱えて寝台の上でうずくまる。

尻尾から漂《ただよ》う桂花の匂いの中に、確かに李貴の匂いがする。頭の奥まで甘く痺《しび》れている気がして、紫春は赤くなった顔を隠《かく》すように尻尾に顔を埋《うず》めた。

李貴に、恋をしているのだろうか。恋だと、認めてしまってもいいのだろうか。

親愛と恋慕《れんぼ》の境目の上で、限りなく恋慕に傾《かたむ》きそうになりながら、紫春の心は揺れる。

第四章

宮城《きゅうじょう》を吹き抜ける風《ふ》に乗って、夏らしい草木の濃《こ》い匂いが運ばれてくる。

蒼穹《そうきゅう》が広がるこの日、紫春は木々が生《お》い茂《しげ》る涼月宮《りょうげつきゅう》の周辺を歩いていた。

夏を迎えた北楊《ほくよう》に降り注ぐ陽光は日に日に強くなり、眩《まばゆ》い光は木漏《こも》れ日となって地面で揺れる。日差しの下に出れば多少の暑さを感じるものの、空気はさらりとしていて、不快なほどではなかった。楊華《ようか》の北に広がる山脈から吹き降りる風のおかげで、北楊は夏でも爽《さわ》やかで涼《すず》しいらしい。暑さが苦手な紫春にとってはありがたい気候だ。

紫春は木陰《こかげ》で深く息を吸い込んだ。澄《す》んだ空気は胸の中を清らかにし、自然と心も足取りも軽くなる。

李貴と添《そ》い寝をしてから数日が過ぎ、李貴は以前よりも紫春と共に過ごす時間を確保するようになった。多忙《たぼう》であることには変わりないが、基本的に朝餉《あさげ》や夕餉《ゆうげ》は涼月宮で紫春と共にとる。また、近日中には一緒《いっしょ》に宮城内の蔵書殿《ぞうしょでん》に向かう予定だ。

怖《こわ》いくらいに穏《おだ》やかな日々だった。だが、平和で安穏《あんのん》とした日々に安らぐ一方で、するりと忍《しの》び寄る不穏《ふおん》なものの気配も感じている。

今は薬で隠している紫春の尻尾は、日を追うごとに先端の朱色が濃くなっている。本格的な色月が近づいてきている証だ。

色月《しきげつ》の頃《ころ》に迎えに行くと告げた霹政の不気味な笑《え》みが、頭の中にこびりついている。

紫春は不安をため息に乗せて吐《は》き出すと、木の幹に背中を預けて、葉の隙間《すきま》から覗《のぞ》く青空を見上げた。澄み渡る鮮《あざ》やかな空とは対照的に、紫春の心に仄暗《ほのぐら》いものが広がっていく。

霹政の目的は紫春を里に連れ戻《もど》すことと、李貴の暗殺という依頼《いらい》の遂行《すいこう》だ。次はどのような手段で李貴を狙《ねら》うだろう。毒は一度失敗しているから、次は直接凶刃《きょうじん》を向けてくるか。

紫春が持つ白尾《はくび》の力を使えば大概《たいがい》の傷は即座《そくざ》に治癒《ちゆ》できるが、それはあくまで命がある状態での話だ。一度命を落としてしまったら、紫春の力でも生き返らせることはできない。

知らず知らずのうちに怖気《おぞけ》に襲《おそ》われていた紫春は、そこではっと我に返った。懸念《けねん》を追い払《はら》うように頭《かぶり》を振る。

たとえ霹政が現れたとて、容易に打ち負かされる李貴と櫂染ではない。以前、霹政と対峙《たいじ》したときの二人の身のこなしや霹政の発言から、二人の剣《けん》の実力が霹政と拮抗《きっこう》するものであることは明らかだ。紫春は二人を信じ、二人の足を引っ張らず、白尾の薬師《くすし》としてできることを冷静にこなすべきだ。

脳内に巣食った過剰《かじょう》な不安を無理やり追い出したとき、声が響いた。

「紫春殿。いらっしゃいませんか」

知らない男の声だった。涼月宮の正面入り口のほうから聞こえてくる。紫春は警戒《けいかい》しながらも木々の間から出て、入り口の前にいる訪問者の姿を窺《うかが》った。

見えたのは官服姿の壮年《そうねん》の男と、紅蓮《ぐれん》の輿《こし》の周囲に待機する担《かつ》ぎ手たちの姿だった。目に焼き付くほど鮮烈《せんれつ》な色合いの輿を認識《にんしき》した瞬間、紫春の胸が大きく鳴った。

「ああ、紫春殿。そちらでしたか」

官服姿の男が紫春に目を向けた。

「私は荘薫《しょうくん》と申します。李晃様のおそばを任されております」

李晃の名を聞いた途端《とたん》に、紫春の背中に嫌《いや》な汗《あせ》が浮《う》かんだ。宮城に来た日、涼月宮への道中で出くわした李晃から向けられた粘着質《ねんちゃくしつ》な視線は、今も鮮明《せんめい》に覚えている。

「李晃様が紫春殿をお茶にご招待したいと。どうぞ、お乗りください」

「はい……？」

困惑《こんわく》する紫春など気にも留めない様子で、荘薫は背後の輿を指し示した。よく観察してみると、その輿は先日に李晃が乗っていたものより幾分《いくぶん》小ぶりなものだった。

「お待ちください。李晃様はなぜ私を……」

「たいへんお忙《いそが》しい李貴様に代わり、あなたの話し相手になってやりたい、と。お優《やさ》しいお方なのです。あなたが涼月宮で退屈《たいくつ》な思いをされていることに、心を痛めておいでです。さあ」

荘薫は再度、輿を手で示した。有無《うむ》を言わせぬ口調に紫春は萎縮《いしゅく》しそうになりながら、固まった頭の片隅《かたすみ》で考える。

李晃の意図は不明だ。まさか本当に話し相手になって、紫春の退屈を紛《まぎ》らわせてやろうという魂胆《こんたん》ではあるまい。李貴を蔑《さげす》む態度を見る限り、何か裏があってのことだろう。しかし李貴の客人という立場とはいえ、何の身分もない紫春が李晃の誘《さそ》いを断るのは不敬にあたる。

逡巡の末、紫春は答えを出す。

「……では、一度、李貴様にお伝えしてもよろしいでしょうか。宮城での生活はすべて李貴様にお世話になっております。李貴様のお許しを得ずに涼月宮を離《はな》れるのは無礼かと」

「その必要はございません。李晃様と李貴様は仲のよろしいご兄弟です。断りなく涼月宮を離れたところで、李晃様のお誘いに応じてのこととなれば、李貴様もお怒《いか》りにはなりませんよ。あのお方は、たいそう寛大《かんだい》でいらっしゃるので」

鷹揚《おうよう》に述べる荘薫は紫春を輿へと促《うなが》したまま、ぴくりとも動かない。何があろうと主《あるじ》である李晃の命を遂行するという固い意志を感じさせる表情で、紫春を見つめている。

これ以上、ここでやんわりと拒絶《きょぜつ》を示したところで荘薫は引き下がらないだろう。頑《かたく》なな態度を取り続ければ李貴に迷惑《めいわく》がかかるかもしれない。

「……わかりました」

紫春の答えに、荘薫が慇懃《いんぎん》に笑った。

炎華宮《えんかきゅう》に連れてこられた紫春が通されたのは、金と赤の装飾《そうしょく》が施《ほどこ》された広大な一室だった。

紫春は炎華宮全体に漂う毒々しいほど甘い香《こう》の臭《にお》いに耐《た》えながら、部屋の中央に置かれた椅《い》子《す》の上で身を縮ませていた。椅子の前には卓《たく》があり、茶が注がれた茶杯《ちゃはい》と皿に載《の》った菓子《かし》が置かれているが、どちらも手つかずのままだ。一段高くなった部屋の奥を囲む形で天井《てんじょう》から薄《うす》い帳《とばり》が下ろされ、その向こうには豪奢《ごうしゃ》な寝椅子《ねいす》に寝転《ねころ》がった人物の姿が透《す》けて見えていた。

李貴の弟、李晃である。

「遠慮《えんりょ》せずに食うといい。茶も飲め。涼月宮ではたいそう、よく食っていると聞いたが？」

緩慢《かんまん》な話し口は初対面のときと同じだが、紫春への態度は先日とはうって変わっていた。帳越《ご》しでも侮蔑《ぶべつ》が滲《にじ》み出る視線をひしひしと感じるし、口調にも紫春を嘲《あざけ》る色が見える。

「それとも何か？　私の施しは受けられぬと申すか？」

「……いえ」

固まった口を無理やり動かして声を絞《しぼ》り出す。突《つ》き刺《さ》さる李晃の視線に不快感を覚えながら紫春は目を伏《ふ》せ、卓の上に視線を移した。

悪臭《あくしゅう》といっても過言ではないほどの激臭《げきしゅう》の中に、茶と菓子の微香《びこう》を捉《とら》えた。相当な上物であることが窺えるものの、吐き気や頭痛をもよおすような甘ったるい臭気を吸いながらでは何も口に入れる気にならない。といっても、形だけでも紫春をもてなそうという李晃の勧《すす》めを無視するわけにはいくまい。紫春は内心で顔をしかめながら茶杯を手に取る。

器《うつわ》を口に運ぼうとした紫春だが、異様な臭気を感じ取って手を止めた。

鼻の粘膜《ねんまく》に突き刺さる甘い刺激臭《しげきしゅう》で嗅覚《きゅうかく》が少し麻痺《まひ》しているらしく、わずかにしか嗅《か》ぎ取れないが、確かに茶の香《かお》りに苦味のある臭いが混ざっている。違和感《いわかん》を覚えた紫春は茶杯に口をつけて傾けたものの、茶は口に含《ふく》まずに飲んだふりをし、元のように茶杯を卓に置いた。

「美味《うま》いか？」

「……はい」

「そうか、そうか」

喉《のど》の奥を震《ふる》わせるようにして、李晃が笑う。

一刻も早くこの場所を離れたほうがいいと、紫春の直感が告げている。李晃には何か裏があるのだろうし、この炎華宮全体が何かどす黒いもので満たされている気がする。

どうやって抜《ぬ》け出そうか紫春が考え始めたとき、予想外の問いが飛んできた。

「ところで、お前は本当に愚兄《ぐけい》——李貴の友人か？」

紫春を相手に、李晃が自らの兄である李貴をへりくだって言う必要はない。つまり、李晃はあからさまに李貴を侮辱《ぶじょく》している。愚《おろ》かな兄、と。李貴への悪感情を露《あら》わにする李晃に対して警戒感《けいかいかん》を強めながら、紫春は「はい」と頷《うなず》いた。

「下賤《げせん》なお前が？」

「李貴様は、私のような下々の者にも、寛大なお心で接してくださいます」

はっきりとした口調で言い切って、紫春は李晃を睨《にら》む。不釣《ふつ》り合いだと暗に言われているのだろうかという考えが頭の片隅をよぎったが、李貴までも見下している以上、紫春一人に圧力をかけて李貴のそばから離れさせようという目論《もくろ》みではないはずだ。

李晃の意図について冷静に思考を巡《めぐ》らせると同時に、沸々《ふつふつ》と怒りが煮《に》え滾《たぎ》った。紫春自身が軽蔑《けいべつ》されることよりも、李貴が蔑まれることが我慢《がまん》ならない。李貴は誰《だれ》に対しても威圧《いあつ》的になることなく、相手を尊重する。慈悲《じひ》深く、誠実な人なのだ。李晃などに馬鹿《ばか》にされなければならない人ではない。九尾《きゅうび》の姿であれば激憤《げきふん》で尻尾《しっぽ》が最大限にまで膨《ふく》らんでいることだろう。

そもそも、李貴も李晃と同じ皇子という立場だ。なぜ実の兄をここまで嫌悪《けんお》するのか、紫春が疑問に思ったとき、李晃は嘲笑《ちょうしょう》交じりに呟《つぶや》いた。

「……まあ、李貴もお前と同じく下賤な身だ。何もおかしなところはない、か」

予想外の言葉に紫春は瞠目《どうもく》する。思わず真意を問い返そうとしたが、紫春の問いを遮《さえぎ》るように、背後で勢いよく扉《とびら》が開いた音がした。

反射的に振《ふ》り返った紫春の視界に入ったのは、大股《おおまた》で紫春に近づいてくる李貴の姿だった。

「李貴様……」

李貴は紫春を一瞥《いちべつ》したものの呼びかけには答えず、紫春が座る椅子の傍《かたわ》らで立ち止まり、帳の向こう側にいる李晃に鋭《するど》い視線を向けた。李晃に帳を開けようとする素振《そぶ》りはなく、寝椅子に体を横たえたまま動かない。まさに一触即発《いっしょくそくはつ》といった様相を呈《てい》する部屋の中で、紫春は黙《だま》って成り行きを見守るしかない。

「李晃。どうして紫春を呼んだ？」

「これは、これは、兄上。公務はどうされました？」

「どうして紫春を呼んだのか、と聞いている」

「……お忙しい兄上の代わりに、私が一緒《いっしょ》にお茶でも、と思いまして」

「そうか。気遣《きづか》いに感謝する。だが今後は結構」

李貴は日頃《ひごろ》よりも硬《かた》く棘《とげ》のある声で言い放ち、紫春の手を握《にぎ》って歩き出した。強く手を引かれた紫春は慌《あわ》てて立ち上がり、李貴に続く。

李貴は何も言わなかった。気軽に声を掛《か》けられる雰囲気《ふんいき》でもない。紫春は李貴の険しい横顔を見上げながら、手を引かれて炎華宮を歩く。

紫春の頭の中では、李晃の言葉が繰《く》り返し響《ひび》いていた。


炎華宮を出た李貴は紫春を連れて早足で涼月宮の敷地《しきち》内に戻《もど》り、そこでようやく紫春の手を離した。李貴は続けて、珍《めずら》しく切羽詰《せっぱつ》まった様子で紫春の両肩《りょうかた》に手を置く。

「何もされなかったか？　何か不快な思いをしなかったか？」

普段《ふだん》の無表情と冷静さをかなぐり捨てた李貴の姿は予想だにしないもので、呆気《あっけ》に取られた紫春は口ごもりながら答える。

「いえ、何も……はい。大丈夫《だいじょうぶ》です」

「何か言われたか？」

紫春は思わず言葉を詰まらせた。紫春自身に投げられた侮蔑よりも、李貴のことを下賤だと語った李晃の声が耳から離れない。

その一瞬《いっしゅん》の間は、李貴の問いへの肯定《こうてい》であることをはっきり物語っていた。李貴の顔から焦《あせ》りが消え、代わりに、何かを諦《あきら》めたような切なげな色がさっと表れた。

「……俺の出自のことでも、言われたか」

「あの……俺が聞いてはいけないことだったら、聞かなかったことにするので……」

「いいんだ。気にするな。いずれ話さなければと思っていたんだ。いい機会かもしれない」

李貴は紫春を涼月宮の中へと促した。先を行く李貴に続いていくと、行きついた先は李貴の部屋だった。

紫春が使っている部屋の広さの倍はあるだろうか。壁際《かべぎわ》に天蓋《てんがい》がついた寝台《しんだい》があり、部屋の中央に控《ひか》えめな銀の装飾があしらわれた二脚《きゃく》の椅子と卓がある。驚《おどろ》くべきは書棚《しょだな》の多さだ。さすがに中庭に面した丸窓と、中庭を囲む回廊《かいろう》に出られる戸は塞《ふさ》がれていないものの、それ以外の壁はすべて書棚で隠《かく》されていた。

「座ってくれ」

李貴が椅子に腰《こし》を下ろし、向かいの椅子を紫春に勧める。紫春が黙って席に着くと、李貴は、静かに話し始めた。

「俺の実の母は身分の低い女人《にょにん》でな。顔立ちはたいそう美しかったらしい。彼女の美貌《びぼう》の噂《うわさ》を聞きつけた皇帝《こうてい》が一方的に惚《ほ》れ込んで、強引《ごういん》に後宮に連れていき、俺が生まれた」

予想外の内容に紫春は絶句する。李貴は続けた。

「母は俺の出産で命を落とした。最期《さいご》まで父を恨《うら》んでいたらしい。後宮ではなく市井《しせい》で暮らしていた女人だ。いきなり皇帝が現れ、己《おのれ》の意思に反して懐妊《かいにん》させられたのだから、何もおかしなことではない」

腹の底がせり上がる不快感に襲《おそ》われると同時に、物悲しさが胸を占《し》めた。李貴は父と母に望まれてこの世に生を受けたわけではなかったのだ。

「……母は、茉莉花《まつりか》の香を好んだと聞いている。だが、茉莉花の香は花から採れる精油の量が少ないため、どうしても高価になる。身分の低い母が買えたとは考えにくい。おそらく、母のそばには茉莉花の香を贈《おく》れるくらいの財力がある者がいたんだ。母も気に入って使っていたことを考えると、決して相手からの一方的な好意ではなかっただろう」

香を贈り、贈られた香を好んで使う。李貴の言うように、そこには愛情を交《か》わす意味合いがあったことは明らかだ。恋仲《こいなか》だったのだろうと、容易に想像がついた。

「母の死の直後、一人の若い男の官吏《かんり》が北楊西部の川に身投げして死んだ。裕福《ゆうふく》な家柄《いえがら》の出だった彼は、近いうちに妻として迎《むか》えたい人がいると家族や友人に話していたらしい。彼の死後に発見された遺書には、愛する人と死後の世界で共に在るという決意が記されていた。きっと彼こそが、母と愛し合った人なのだろうと俺は思う」

返す言葉もなく、紫春は押し寄せる感情の波に耐《た》えるように膝《ひざ》の上で拳《こぶし》を握った。そんな紫春を見つめながら、李貴は語る。

「母の存在は皇帝にとって都合が悪かったのか、それとも俺に対するせめてもの情けのつもりなのか、母の存在は秘匿《ひとく》され、俺は皇太子である兄と同じく皇帝と皇后の子とされた。しかし、俺の素性《すじょう》は宗家や高官の間では周知の事実だ。特に長子が皇太子である皇后は俺を危険視し、何かと難癖《なんくせ》をつけて俺を冷遇《れいぐう》して、この狭《せま》い涼月宮に追いやった」

ここで、紫春はようやく涼月宮の小ささと李貴に仕える人の少なさに納得《なっとく》した。皇子である李貴が住むには涼月宮はあまりに狭く、人がおらず閑散《かんさん》としている。それは、李貴が冷遇されて押し込まれた宮だったからだ。

「今、楊華の実権は皇帝ではなく皇后が握っていると言っても過言ではない。それほどまでに皇后の力は強く、皇帝の存在感は薄《うす》い。そんな皇后が俺を疎《うと》ましく思っているとなれば、俺を殺して皇后に取り入ろうとする者も多く、幾度《いくど》となく命を狙《ねら》われてきた。食事に毒を盛られ、寝込《ねこ》みを襲われ……耀染と二人、宮城《きゅうじょう》を離《はな》れて山に逃《に》げたことも何度かある」

李貴はあくまで感情の起伏《きふく》を表さず、冷静な表情で話している。不自然に思えるほど静かな語り口は、まるで遠く離れた顔も知らない他人の話を口にしているようだった。

「兄は思慮《しりょ》深く温厚《おんこう》な人柄《ひとがら》で、俺のことも対等な存在として扱《あつか》ってくれている。いずれ皇位を継《つ》ぐ者としての能力も申し分ない。ところが子供の頃《ころ》から体が弱く、今でも時おり体調を崩《くず》して寝込んでいるため、求心力に関してはいささか欠ける。つまり、皇太子としての絶対的な立場を確立できていない。ゆえに、兄が俺に味方しているという事実だけでは、皇城《こうじょう》や宮城に渦《うず》巻《ま》く俺への敵意を一掃《いっそう》できない」

影響《えいきょう》力が弱い皇太子と、楊華の実権を握る皇后。権力闘争《とうそう》の場に身を置く人々がどちらの側につくのか、考えるまでもなかった。たとえ李貴に害をなすことが皇太子の意思に反することだとしても、皇后がそれを望むならば人々は李貴に凶刃《きょうじん》を向ける。

「……俺は本来、皇族として生きるべきではなかったんだ。俺の存在が不要な軋轢《あつれき》を生んでいる。それでも皇族とされたならば、俺は責務を果たさなければならない。皇太子の地位を脅《おびや》かすことはないという明確な意思を周囲に示すと共に、皇子としてなすべきことをなす」

かつて櫂染が言った、李貴は必要以上に皇族であろうとする、という言葉が紫春の頭に浮《う》かんだ。李貴を頼《たよ》る者に救いの手を差し伸《の》べる李貴の在り様は、複雑な彼の出自と立場と、彼自身の決意からもたらされたものだったと、今になって紫春は知る。

「それでも、皇后や李晃は俺の存在そのものが気に入らないらしい。兄が俺に味方するのも、俺に脅《おど》されてのことだと考える始末だ。加えて、李晃はもともと平民を見下しているところがあるから、余計俺に対して嫌悪《けんお》感《かん》を募《つの》らせているんだろう。きっと紫春にも嫌《いや》な思いをさせたことと思う。すまない」

「李貴様は何も悪くないです。あの男……俺が九尾《きゅうび》の姿のときだったら尻尾《しっぽ》が膨《ふく》らんでいました」

「それはいけない。紫春の尻尾が膨らんだ姿は可愛《かわい》いから、李晃になど見せてやるものか」

李貴が身にまとう空気が少しだけ軽くなり、声に確かな感情が乗った。

「櫂染の生家である了家は代々宗家に仕えてきた家でな。一族の者は皆《みな》、誇《ほこ》り高く情に厚い。俺の乳母《めのと》となって育ててくれた女人も了家の者で、櫂染の実の母だ。皇后に睨《にら》まれながらもどんなときも俺の味方でいてくれて、彼女のもとで、俺と櫂染は兄弟同然に育った」

「ああ、なるほど。それで櫂染様とは幼馴染《おさななじみ》でもある、と」

「うん。櫂染と、櫂染の母と、剣《けん》を教えてくれた師がいたから生きてこられたようなものだ。三人がいなかったら俺はとうの昔に死んでいた」

李貴は丸窓の外に目を向けた。彼の視線の先にある中庭の木々は、夏の眩《まばゆ》い陽光を浴びて光り輝《かがや》いている。

「冷遇されて押し込まれたこの涼月宮も今では気に入っている。俺には十分な広さだからな。それに、自分の身は自分で守れるくらいには大人になった。だからもう、大丈夫だ」

「李貴様……」

「人は俺を、不幸と言うかもしれない。しかし俺は恵《めぐ》まれている。乳母と剣の師がいて、櫂染がいて、紫春にも出会えた。これ以上を望んだら罰《ばち》が当たる。大丈夫だ」

中庭を見つめる李貴の瞳《ひとみ》に揺《ゆ》らぎはなく、横顔は毅然《きぜん》としていた。凛《りん》とした声も普段と何も変わらず、発言に嘘偽《うそいつわ》りはないことが感じられる。

それでも紫春の耳には、繰《く》り返される大丈夫という言葉に、痛切な感情が込められているように聞こえた。自分自身に言い聞かせるような、自分自身を慰《なぐさ》めるような、必死に何かを堪《こら》えるような、痛々しく切実な感情が。

ふと、紫春の脳裏《のうり》にとある記憶《きおく》が蘇《よみがえ》った。李貴と出会ったばかりの頃、共に香林街《こうりんがい》を歩いて包子《パオズ》を食べた日の記憶だ。暗殺されそうになっている身で平然と街を歩く彼の姿から、彼はそれだけ肝《きも》が据《す》わっているか、命を狙われる状況《じょうきょう》に慣れているのだろうと推測した。

その推測が誤りであったのではないかと、唐突《とうとつ》に紫春は思った。

「大丈夫になるしか、なかったんじゃないですか」

無意識のうちに、紫春の口から問いがこぼれ落ちた。李貴は衝撃《しょうげき》を受けた顔で紫春に視線を戻《もど》した。動揺《どうよう》と困惑《こんわく》を色濃《いろこ》く表した李貴の顔は、今までに見たことがないものだった。その表情は、紫春の問いへの肯定を如実《にょじつ》に物語っていた。

おそらく李貴は、肝が据わっているわけでも、命を狙われる状況に慣れているわけでもなかった。李貴はただ、飲み込んでみせたのだ。自らが置かれた立場の苦悩《くのう》も、生命を脅かされる恐《おそ》れも、すべてを飲み込んで平静を保った。自らの弱さと脆《もろ》さを隠した。それは困難な状況の中でも生き抜《ぬ》くための一種の防衛手段だっただろう。

弱さと脆さを許さず、強くならなければ、李貴はきっと生きてこられなかった。

「本当は……本当はすごくつらくて、寂《さび》しかったんじゃないですか」

李貴の弱さと脆さを肯定《こうてい》し、それでもいいと言ってくれる人はいなかったのではないかと、紫春はそう思うのだ。たとえ支えてくれる人がそばにいたとしても、それは、この人には決して否定されないと信じて胸の内をすべてさらけ出せることと同義ではない。

心の弱くて脆い部分は、皮膚《ひふ》の薄いところに似ている。少しの刺激《しげき》で傷がついて、痛みが走り、血が溢《あふ》れる。だからこそ、さらけ出すことに臆病《おくびょう》になる。周囲に親しい人がいるからこその孤独《こどく》も、世の中には存在する。

紫春の考えには何の根拠《こんきょ》もない。李貴の心を勝手に推《お》し測って、紫春の言葉で語ることはひどく暴力的な行いだ。そう理解はしていた。だが止まらなかった。李貴が隠した心のいちばん深いところに紫春の言葉を届けたくて、隠した傷を見せてほしかった。

「大丈夫《だいじょうぶ》じゃなくても、つらくても、寂しくても、強くなるしかなかったんじゃないですか。ご自分のためにも……櫂染様のためにも」

狼狽《ろうばい》を露《あら》わにしていた李貴の瞳が、よりいっそう大きく揺らいだ。

李貴は苦しそうに眉根《まゆね》を寄せ、目を伏《ふ》せた。彼の右手が動き、胸の真ん中に触《ふ》れた。そこに大切なものがあることを、そっと確かめるような仕草だった。

長い沈黙《ちんもく》の果てに、李貴はささやいた。

「……櫂染は、生涯《しょうがい》の友で、戦友だ。背中を預けられる者は櫂染だけだ。それでも、俺が倒《たお》れれば櫂染も共に倒れる。いざとなれば櫂染は平気で自分の命を投げ出して俺を救おうとする。友であると同時に、主従だからだ。いや、友である前に主従と言ったほうが正しいか」

敵だらけの李貴にとって、櫂染は自分を守る存在であると同時に、自分が守るべき存在でもある。李貴は櫂染に守られると同時に、櫂染の命を預かっている。

「今よりもずっと厳しい立場に置かれていた昔は、櫂染に弱音を吐《は》いたこともある。情けない話だが……もう疲《つか》れた、と。櫂染だけでも遠くに逃げろ、と。だが櫂染は俺の弱さを許さなかった。櫂染が俺の弱さを許せば、俺はあっけなく死んでいただろう。幾度となく叱咤《しった》された。俺の前で櫂染は常に強くあり続けたんだ。それは時として……つらい、役回りだったと思う。それでも俺の生きる道を切り開き続けた櫂染に、俺は深く感謝している」

李貴の声がほんの少しだけ震《ふる》えた。他人事《ひとごと》のように出自と過去と立場を語ったときとは、別人のようだった。

李貴は胸の真ん中に当てていた右手を、ぐっと握《にぎ》り締《し》めた。

「だから俺はいつしか自分の弱さを封《ふう》じた。強くなければ……強くなければ、守れない。俺自身の命も、櫂染の命も。恐れている暇《ひま》も、怯《おび》えている余裕《よゆう》もない」

何も置かれていない卓《たく》を見る李貴の目は頼りなく揺れ、薄《うす》く涙《なみだ》の膜《まく》が張ったことが見て取れた。日々を必死に耐《た》え抜いてきた李貴の本音と決意には痛みが滲《にじ》んでいて、紫春はただ話を聞いているだけであるのに、息をするたび胸が軋《きし》んだ。

「でも……どう頑張《がんば》っても、消えないものだな。情けない自分というものは。きっと紫春の言うとおりだ。俺はきっと、寂しかった。寂しくて、寂しくて、たまらなかった。誰《だれ》かに弱くても大丈夫だと言ってほしかった。誰かに……強くなくてもいいと、そう言ってほしかった。強くない俺を許してほしかった。今でもそんな弱い俺が、俺の中にいる」

李貴は吐息《といき》と共に、涙の気配が色濃く含《ふく》まれた声を漏《も》らした。その後、彼は顔を隠《かく》すように額に手を当て、肘《ひじ》を卓についた。一瞬遅《いっしゅんおく》れて、一粒《ひとつぶ》の水滴《すいてき》が卓の上に落ちた。透明《とうめい》なその水は清らかであると同時に、怖《こわ》いくらい寂しいものに見えた。

添《そ》い寝をした夜、そばにいてくれと絞《しぼ》り出した李貴の本当の悲鳴を、紫春は今になって初めて理解した。

弱音を吐きたくても吐けず、何かに縋《すが》りたくとも縋れず、こぼれそうになる涙さえ流せず、弱さと脆さを自分の中に押し込んで隠し、ただ前だけを見据《みす》え、強く正しい姿で歩んできた。誰にも傷と痛みをさらけ出すことのできない、耐えがたい寂寥《せきりょう》と寄り添いながら。

生きるためには、孤独の中で強くなるしかなかった。

そう理解した瞬間、何かが紫春の中で膨れ上がった。目に熱いものがこみ上げ、あっという間に溢れて頰《ほお》を伝った。

「……すまない。忘れてくれ」

李貴は伏せた顔を手で隠したまま告げた。その切願には後悔《こうかい》が表れていた。紫春にやすやすと心情を吐露《とろ》してしまったことへの後悔だろう。

紫春は椅子《いす》から立ち上がり、李貴に歩み寄った。紫春が近づいてきたことは察しているだろうが、李貴は顔を上げようとしない。紫春はそんな李貴の頭をそっと両手で包み込み、自身の胸に抱《だ》き寄せた。驚愕《きょうがく》したのか、李貴の体が強張《こわば》った。

「李貴様、すみません。俺は……忘れません。忘れてなんか、やりません」

胸と喉《のど》が震えて、上手《うま》く声が発せない。紫春は半ば縋り付くように李貴を抱き締め、彼の頭に顎《あご》を乗せた。紫春の頰を伝って顎に溜《た》まっていた涙のしずくが、李貴の髪《かみ》を濡《ぬ》らす。

「俺は……俺は、全部知りたいんです。李貴様の弱いところも、情けないところも、全部知りたいんです。全部出してほしいんです。強がらなくていいから。俺の前では寂しいのを誤魔化《ごまか》さなくていいから。俺相手に格好つけないでください。格好悪くていいです」

李貴との日々が積み重なるにつれ、静かな表情と平坦《へいたん》な声で覆《おお》われた彼の素直《すなお》な感情を知りたいという欲求《よっきゅう》が強くなった。ふとした瞬間に垣間見《かいまみ》える柔《やわ》らかな表情や、弾《はず》んだ声に、紫春の心はぱっと華《はな》やいだ。厳重に隠されていた宝物を見つけたような、厚い雲の切れ間から差し込む眩《まばゆ》い月光を見たときのような、静かな歓喜《かんき》が胸を焦《こ》がした。

だから、もっともっと知りたいのだ。たとえ露わになるものが、温かく穏《おだ》やかなものでなかったとしても構わない。

「俺は……あなたの弱さを、許します」

隠さざるを得なかった弱さと、切り捨てようとしてもできなかった脆さをそっと両手で掬《すく》い上げるように、紫春は李貴の心に触れていたいと願う。そうして美しくて不器用で、強くて優《やさ》しくて、本当は弱くて脆い彼のそばにいたいと、切望する。

思い上がるな、と紫春の中で紫春自身がささやく。霹政を退ける力さえない紫春が、紫春を庇護《ひご》する李貴を許すなどおこがましい行いだと。紫春はそんな自身の傲慢《ごうまん》さを理解し、飲み込んだうえで、李貴のすべてを肯定する。紫春の肯定が李貴にとって確かな意味を持つものであるようにと、祈《いの》る。李貴に意味を与《あた》えられるだけの人間でありたいと、望む。

そう希《こいねが》うほど、紫春は李貴を愛《いと》おしいと思う。冷静な思考や理屈《りくつ》を取り払《はら》った心の奥底に、激情にも似た鮮烈《せんれつ》な愛おしさがある。

「……紫春」

李貴がゆっくりと顔を上げた。清らかな光を灯《とも》す李貴の瞳には涙が残る。それでも、紫春の目にはその涙さえ、ひどく美しいものに見えた。

「……ありがとう、紫春」

李貴は切なげな微笑《びしょう》を浮《う》かべた。その拍子《ひょうし》に、彼の頬を涙が滑《すべ》り落ちた。

言葉なく見つめ合った。熱を持った視線だけで、何かを交《か》わした。それは懇願《こんがん》と、許しだった。まなざしで意思を疎通《そつう》し、自然と顔が近づいていく。

李貴の手が紫春の頬に添えられた。その手は少しだけ震えていた。

一瞬の躊躇《ちゅうちょ》のあとに、唇《くちびる》が重なり合った。

きっともう、出会う前の心には、感情の名を知る前の心には、二度と戻《もど》れないのだろう。

この気持ちは、恋《こい》だ。


李貴への恋心を自覚した翌日、紫春は涼月宮の入り口で頭を抱《かか》えていた。

「紫春、どうした？　悩《なや》ましげな顔をしているが、どこか痛いのか？」

先に涼月宮を出た李貴が振《ふ》り返り、入り口で止まる紫春に尋《たず》ねた。李貴の隣《となり》にいる櫂染もまた紫春に目を向けている。

「具合が悪いのなら、蔵書殿《ぞうしょでん》へ行くのはやめておくか？　今日でなくともいつでも行ける」

「だ、大丈夫です……」

紫春は首を横に振って李貴から目をそらした。李貴の顔を直視できる心境ではない。

というのも、李貴の顔を見つめていると、彼の薄くて柔らかい唇の感触《かんしょく》が蘇《よみがえ》るからだ。

「……そうか。だが、無理はしないように」

紫春の様子がおかしいことなどお見通しだろうが、李貴はそれ以上言及《げんきゅう》せずに歩き出した。

李貴の後ろに櫂染が続いて、紫春は二人の後ろ姿を眺《なが》めながらついていく。

昨日、紫春は李貴と接吻《せっぷん》をした。

何かに引き寄せられるように顔を近づけて、唇を合わせた。口づけをする以外には何もできなかったと思えるくらいに、紫春も李貴も自然と互《たが》いの唇を求めた。言葉などなかったはずなのに、視線を介《かい》して何かが通じ合った。

そう、言葉はなかった。

言葉はなかったということが、今、紫春が頭を抱えている原因である。

本来であれば、紫春も李貴を愛している旨《むね》をはっきり伝えてから唇を重ねるべきだった。つまり、順番を間違《まちが》えた。愛を確認《かくにん》する言葉なしに接吻をしてしまったために、紫春は李貴に対してどのような立場で、どのような態度を取ればよいのかわからないのだ。

求婚《きゅうこん》を繰《く》り返してきた李貴と唇を重ねたのだから、単なる友人の枠《わく》に収まらないことは確かだ。といっても、求婚を承諾《しょうだく》する明確な返事をしていない以上、婚約《こんやく》関係に収まったと判断するのは早計だろう。そもそも紫春は恋心さえ伝えていないのだから、恋仲《こいなか》とさえ呼べないのではないだろうか。

紫春は李貴の後ろ姿を窺《うかが》った。李貴の背中では艶《つや》やかな黒髪《くろかみ》が揺《ゆ》れ、時おり夏の風に吹《ふ》かれて優雅《ゆうが》に踊《おど》る。足取りは軽く、紫春が抱《いだ》いているような迷いや困惑《こんわく》の類《たぐい》は感じられない。

李貴は今、何を思っているのだろう。

昨日は接吻のあと、どちらかが何かを言う前に、李貴を捜《さが》しに来た櫂染が涼月宮を訪《おとず》れた。櫂染と共に皇城《こうじょう》に向かった李貴は席を外していたことで公務が長引いたのか、夕餉《ゆうげ》の時間になっても涼月宮に戻らず、夜が更《ふ》けた頃《ころ》になってようやく帰ってきた。当然、ゆっくりと話をする時間は取れず、紫春も李貴も挨拶《あいさつ》だけ済ませて自室に引き上げた。

今朝、朝餉《あさげ》の際に顔を合わせた李貴は、まるで何事もなかったように平然としていた。皇子であるのだから接吻くらいは経験があるのかもしれない。もしかしたら初めての夜伽《よとぎ》だって済ませているかもしれない。李貴の立場を考えれば不思議ではないはずなのに、紫春は喉の奥が締《し》め付けられたような息苦しさに襲《おそ》われた。

紫春は指先でそっと自分の唇に触《ふ》れた。甘く蕩《とろ》けるようなあの一瞬の触れ合いの感触が、今でも唇に色濃《いろこ》く残っている。

石畳《いしだたみ》の道を行く李貴の背中を見つめる。彼の後ろ姿をじっと見ながら息を吸った。夏の匂《にお》いと共に李貴の匂いが胸いっぱいに広がって、わずかな痛みをもたらした。

李貴様、と声には出さずに彼を呼ぶ。好きです、と心の中で唱える。

胸に抱《いだ》いた熱い感情を確かめるように、紫春は再び大きく息を吸う。ゆっくりと時間をかけて吐《は》き出して、決意した。今夜、李貴への恋心と、李貴の伴侶《はんりょ》になる決心をしたことをはっきり伝えよう、と。

皇族である李貴の伴侶として生きることに対して、恐《おそ》れや不安があることは否《いな》めない。だがそれ以上に、李貴のことが愛おしくて仕方がないのだ。彼と生きるためには何だって乗り越《こ》えるという覚悟《かくご》は既《すで》にできていたし、なにより李貴が隣にいてくれるなら紫春は何があろうと大《だい》丈夫《じょうぶ》だと、そんな根拠《こんきょ》のない、だが確かな自信がある。

李貴はどんな顔をするだろう。笑ってくれるだろうか。喜んでくれるだろうか。李貴の無表情が崩《くず》れて、彼の顔に微笑みが浮かぶところを想像して、紫春の頰も自然と緩《ゆる》む。

そんな想像をしていたら、不意に李貴が足を止めた。

「紫春。ここが蔵書殿になる」

いつの間にか、とある殿舎に辿《たど》り着いていた。

大きさは涼月宮と同じくらいだ。書を保管するという用途《ようと》に合わせてか、豪奢《ごうしゃ》さはなく、物静かで洗練された佇まいをしていた。外壁《がいへき》は朱《しゅ》に塗《ぬ》られ、柱や回廊《かいろう》の手すりには控《ひか》えめな装《そう》飾《しょく》が施《ほどこ》されている。

他《ほか》に人はいないらしく、鍵《かぎ》を手にした櫂染が入り口の扉《とびら》を開けた。先導する李貴に連れられて、紫春も中へと足を踏《ふ》み入れる。

立ち並ぶ書棚《しょだな》の数は膨大《ぼうだい》で、一つ一つに紙を紐《ひも》で綴《と》じた無数の書物が丁寧《ていねい》に収められていた。書棚は李貴の背丈《せたけ》よりも大きく、紫春は感嘆《かんたん》の思いで蔵書殿の内部を眺める。これほどまでの数の書物が保管された場所に足を踏み入れたのは初めてだ。

「この辺りにあるのは主に歴史に関する書だが、薬術に関するものもあったはずだ。どれでも好きなものを手に取ってみるといい」

「すごい数ですね……」

李貴と並んでゆっくりと書棚の間を歩く。古い紙のつんとしたにおいが鼻をつく一方で、黴《かび》や埃《ほこり》のにおいは薄《うす》い。誰《だれ》かが定期的に蔵書殿全体を掃除《そうじ》し、風を通しているようだ。

静寂《せいじゃく》が満ち、紫春と李貴の足音だけが蔵書殿に響《ひび》く。櫂染は中に入る気がないらしく、入り口に立って油断なく周囲に視線を配っている。

櫂染から離《はな》れたところで李貴と寄り添《そ》い歩いていると思うと、途端《とたん》に紫春の心臓が早鐘《はやがね》を打ち始めた。紫春は意識して心を平らに保とうとしながら、傍《かたわ》らを歩く李貴の顔を見上げた。

「李貴様は、よくこちらに？」

「時おりな。ここはあまり人が来ないから、ひそかに調べものをするには適している」

「何をお調べになっているんです？」

「九尾《きゅうび》のことだ」

李貴は足を止め、自分の頭より高いところにあった一冊の書物を取り出した。重厚感《じゅうこう》のある表紙には『楊帝歴伝《ようていれきでん》』という文字が記されている。

「この書には代々の皇帝《こうてい》の逸話《いつわ》が書かれている。残された記録をもとにして、後世の者が一冊の書にまとめたんだ。三百年ほど前に起こった皇帝の毒殺についても書かれている」

「それって……」

「ああ。九尾が忌《い》み嫌《きら》われる原因となった、楊光帝《ようこうてい》の毒殺だ」

楊光帝とは、三百年ほど前の皇帝である宗光麗《こうれい》の諡《おくりな》だ。歴史に疎《うと》い紫春でも彼の諡を知っているのは、彼の死が、九尾による暗殺であったと楊華で広く知られているからだった。

「その、楊光帝の暗殺がどうかしたんですか？」

「この書によると、楊光帝はたいそう変わり者であったと記されている。九尾の青年をそばに置き、寵愛《ちようあい》するほど変わり者であったから、その九尾に殺されたのだと」

紫春は瞠目《どうもく》する。暗殺の概要《がいよう》自体は知れ渡《わた》っているが、楊光帝と九尾の関係については初耳だ。まさか楊光帝が九尾を寵愛したなどとは思いもよらなかった。

「楊光帝は毒を盛られてすぐに死んだわけではなく、数日間、生死の境をさまよった。捕《と》らえられた九尾の青年は楊光帝に会わせてほしいと懇願していたようだ。自分ならば絶対に楊光帝を救えるから、と」

「絶対に救える……」

そう呟《つぶや》いたとき、紫春の頭にとある仮説が浮上《ふじよう》した。しかし口に出すことはせず、李貴の言葉の続きを待った。

「青年は楊光帝が回復することを恐れ、今度こそ確実に殺すため、そんな懇願《こんがん》をしたとされている。もちろん青年が楊光帝に会うことは許されず、楊光帝は数日後に死に、青年も半年ほど後に処刑《しよけい》された。公《おおやけ》の記録ではそういうことになっているが、俺は違和感《いわかん》を覚えている」

李貴は書物に記された文字を追う目をわずかに鋭《するど》くして、続ける。

「仮に懇願が認められて青年が死に瀕《ひん》した楊光帝に会い、暗殺を遂行《すいこう》したとする。その場合でも謁見《えっけん》の際は監視《かんし》がついただろうから、暗殺後に青年が逃《に》げおおせることは不可能に近い。楊光帝を殺せばすぐに捕らえられ、やがて処刑されることは青年も承知していただろう。ならば、彼には自分の命と引き換《か》えにしてでも楊光帝を殺したいという、強い動機があったことになる。しかし、肝心《かんじん》の動機に関しては、信じるに足るだけの記述がない。九尾は理由なく人を殺す化け物だから、青年が楊光帝を殺したことにも、特段の理由があったわけではないだろうとされているんだ。俺は九尾がそんな化け物ではないことを知っている」

李貴はそこで書物に落としていた視線を上げ、紫春を見た。

「それに、紫春の妖力《ようりょく》を見た今ならば、青年は本当に楊光帝を救えたことがわかる。彼の尻尾《しっぽ》は、紫春と同じ白だったらしい。治癒《ちゆ》の力を持っていただろう」

先ほど紫春が思いついた仮説も、青年は白尾《はくび》であり治癒の力を持つというものだった。彼の妖力がどれほどの強さだったのかは定《さだ》かでないが、楊光帝に盛られた毒が即死《そくし》を招くほどのものではなかったことを考えると、白尾の力を使えば確実に命を救うことができたはずだ。

「もちろん、真の動機は記されていなかっただけで、青年には本当に己《おのれ》の命を犠牲《ぎせい》にしてでも楊光帝を殺したい理由があり、息の根を止めるために謁見を懇願したという線も否定はできない。治癒の力を持っていたということだけで、治療《ちりょう》のために楊光帝に会おうとしていたと判断するのは早計だ。だが、常に暗殺される危険がある皇帝という立場と、楊光帝の死によって得をする者が多いことを考慮《こうりょ》すれば、青年は楊光帝殺害の罪をなすりつけられただけのように思える。記録を残したのも、おそらくは青年に罪を着せたい何者かだろう」

「では、楊光帝に毒を盛った者は……」

「九尾の青年ではなく、別にいるということになる」

頭を強く殴《なぐ》られたような衝撃《しょうげき》に襲われた。

楊光帝を殺した者が九尾ではないならば、九尾が迫害《はくがい》される理由など、本当はなかったのではないか。

今まで当然と信じて疑わなかったものが、音を立てて崩れ去っていく。紫春が立っていた地《じ》盤《ばん》が砕《くだ》け、浮遊感《ふゆうかん》が思考を包み込む。

「俺は正しい歴史を突《つ》き止め、正しい歴史を民《たみ》に広く知らせたい。九尾は確かに暗殺に手を染めている者もいるが、紫春のように善良な者もいる。すべての者を九尾という大枠《おおわく》で括《くく》り、罪人とみなし、手酷《てひど》く扱《あつか》うことは許されない」

絶句した紫春に語る李貴の口調には確かな熱が込められ、瞳《ひとみ》には確固たる意志が宿る。

「正しいことを広めなければ。あの情に厚い櫂染でさえ、最初は紫春に刃《やいば》を向けた。楊華に巣食っている過《あやま》ちの根は深い。誰も九尾に関心を持たず、忌み嫌って当然とし、今の在り様に疑問を抱《いだ》かない。誰も、正しい歴史を知ろうとしてこなかった」

李貴の言葉が紫春の心にまで突き刺《さ》さる。紫春だって、九尾である自分は忌避《きひ》されて当然と思っていた。憤《いきどお》りや行き場のない悲しみ、やるせなさを抱きながらも、どこかで諦《あきら》めていた。

それは九尾の一部の者が、実際に暗殺に出向く姿を見ていたからだ。彼らと自分は違《ちが》うと思いながらも、里の外の人々から見れば同じ九尾だと、どうしようもなく理解していたからだ。

「宗家は九尾と真摯《しんし》に向き合い、九尾が理不尽《りふじん》に迫害される世を変えなければ。もちろん、時間はかかるだろう。楊光帝暗殺が九尾によるものでなかったとしても、これまで数多くの楊華要人が九尾に殺されてきたことは事実だ。だからこそ健全な関係を築いたうえで、罪を犯《おか》した者だけが法によって裁かれる世にする必要があると、俺は考える」

李貴はそこで紫春の両手を取った。

「俺が紫春と共に人生を歩むと公表すれば、宗家の、いや俺の意志として、今後は九尾と真摯に向き合うという姿勢を、広く民に知らしめることができるとは思わないか」

まさかここで紫春との婚姻《こんいん》の話が持ち上がるとは予想していなかったため、紫春の胸の中をわずかな困惑《こんわく》がかすめた。返す言葉に迷って押し黙《だま》る紫春に、李貴は言う。

「紫春。善良な九尾として俺の伴侶となり、俺に手を貸してくれないか」

ひやり、と体の中心に冷たい杭《くい》が打たれた感覚がした。

漠然《ばくぜん》とした不安が押し寄せた。目の前にいる李貴が声も届かないほど遠く離れた場所にいるような、目を合わせているのに視線がぶつかっていないような、決定的にすれ違っているような、そんな心もとなさに襲《おそ》われる。

手を貸すとは、どういうことだろう。李貴は紫春の手を借りたくて求婚《きゅうこん》したのだろうか。

ずっと、李貴が紫春に求婚した理由が疑問だった。その答えを唐突《とうとつ》に、望まない形で突き付けられた気がして、紫春の全身を怯《おび》えにも似た動揺《どうよう》が駆《か》け巡《めぐ》る。

李貴は皇族だ。皇族にとっての婚姻は、二人の人間が純粋《じゅんすい》な愛情によって結ばれる以外の面も大きい。友好関係を構築するために他国に嫁《とつ》いだ宗家の娘《むすめ》がたくさんいたと、かつて李貴が語ったように、皇族の婚姻には政《まつりごと》の要素が色濃《いろこ》く含《ふく》まれている。

政として、家と家を、時には国と国を結ぶ。皇族にとって、婚姻とはそういうものなのだ。ならば、李貴は例外だとどうして言えるだろう。

李貴の性格からして、伴侶《はんりょ》となる者に誠実に尽《つ》くすことは想像できる。たとえ恋情《れんじょう》にもとづく愛がなかったとしても、彼が伴侶を大切に慈《いつく》しむことは決して不自然なことではないのだ。

愛の種類は、恋愛《れんあい》一つではない。親愛も、仁愛も、慈愛《じあい》も、友愛も、愛だ。

これまで魅力《みりょく》的に思えていた李貴の真摯な人柄《ひとがら》が、彼の中には紫春への恋心《こいごころ》など存在しないのではないかという疑いを加速させていく。

李貴が紫春に恋をしていることを断定できるだけの確かな証拠《しょうこ》を、紫春は持ち合わせていなかった。

「紫春？」

黙ったままの紫春を怪訝《けげん》に思ったのか、李貴が紫春の顔を覗《のぞ》き込んだ。泥沼《どろぬま》の底のような思考にとらわれていた紫春はそこで我に返り、とっさに李貴の手を振《ふ》り払《はら》って背を向けた。

「少し外の空気を吸ってきます」

そう言い残すと同時に駆け出した。背後から「紫春！」と李貴に呼び止められたが、振り返らなかった。振り返ることなどできなかった。

蔵書殿《ぞうしょでん》の外に飛び出す。入り口に立っていた櫂染から何事かという目を向けられたものの、櫂染に説明している余裕《よゆう》もなければ、詳細《しょうさい》を語る気にもなれなかった。紫春は無言で夏の日差しの下に出て、蔵書殿から逃げるように走る。

「はあっ……は、あ……」

息が苦しい。肩《かた》を上下させて呼吸を繰《く》り返す。どれだけ息を吸っても、空気が喉《のど》にへばりついてうまく肺に届かない。

李貴がくれたぬくもりも、優《やさ》しいまなざしも、すべて鮮烈《せんれつ》な記憶《きおく》となって紫春の心に刻まれている。立場を抜《ぬ》きにして紫春に恋心を抱き、愛してくれていると知っている。

それなのに、引き裂《さ》かれるような胸の痛みは誤魔化《ごまか》せなかった。

李貴が本当に紫春に恋をして、愛しているならば、その理由は紫春のどこにあるのか。

ここまで李貴に愛される理由は、未《いま》だにわからないままなのだ。香林街で出会い、友人として紫春と共に過ごすうちに、恋情が芽生えたならばまだ腑《ふ》に落ちる。しかし、李貴はあたかも最初から紫春に恋をしているような素振《そぶ》りで、愛情をもって紫春に接していた。その愛情の理由がわからないから、紫春は胸を裂く痛みを振り払うことができない。

李貴を信じたい。疑いたくない。それなのに足元がぐらついて李貴への信頼《しんらい》が土台を失い、脆《もろ》く崩《くず》れ去ってしまいそうになる。そんな弱い自分自身を紫春は恨《うら》んだ。

そのとき、右足が木の根に取られた。なすすべもなく紫春の体は宙に放《ほう》り出され、浮遊感のあと、したたかに右膝《みぎひざ》を地面に打ち付けた。

両手をついてすぐに起き上がろうとしたものの、体は動かなかった。

膝が痛い。胸が痛い。息が苦しい。視界に涙《なみだ》が滲《にじ》む。目から情けないくらいにぼろぼろとしずくがこぼれ落ちて、頬《ほお》を伝って、顎《あご》から滴《したた》り落ちていく。嗚《お》咽《えつ》を漏《も》らしながら、地面についた手を握《にぎ》る。爪《つめ》の間に土が入り込んだ。

李貴は月のような人だ。暗い夜道を凜々《りり》しい光で照らしてくれる。

だが、月は誰《だれ》か一人だけに光を注ぐわけではない。月光は、人々を平等に照らす。

紫春を照らしていた光は、紫春だけのものではなかったのかもしれない。

地面に座り込んだまま、涙が残る目で見上げた夏空は、憎《にく》らしいくらいに澄《す》んでいた。

曇天《どんてん》から大粒《おおつぶ》のしずくが落ち、涼月宮の屋根に激しく打ち付けている。

蔵書殿に向かった翌日、紫春は自室の椅子《いす》に座って中庭を眺《なが》めていた。紫春の視線の先では中庭の低木が雨粒《あまつぶ》を受けて揺《ゆ》れ、顔の両脇《りょうわき》にある耳には、涼月宮の屋根瓦《やねがわら》に水滴《すいてき》が落ちる音が絶えず届いている。

強雨のせいか空気は夏にしては珍《めずら》しいほど冷えていて、吸い込むたびに冷気が胸の奥まで染《し》み込んでいく。その感覚は、なぜだか物悲しかった。冷たくなった指先を擦《こす》り合わせ、温かい茶でも淹《い》れようと腰《こし》を浮《う》かせた紫春だが、茶葉や茶器といったこまごまとしたものを用意する気力がなく、結局は立ち上がることなく椅子に座り直した。

紫春の頭の中では、蔵書殿で聞いた李貴の言葉が繰り返し響《ひび》いていた。

蔵書殿を飛び出し、木の下でうずくまっていた紫春を見つけたのは櫂染だった。櫂染は涙の残る紫春の顔を見て驚《おどろ》いた様子を見せたが、事情を尋《たず》ねることはせず、先に涼月宮に戻《もど》っているように紫春に告げ、蔵書殿へと踵《きびす》を返した。その後は李貴も櫂染も紫春を訪ねてくることはなかった。今朝も二人は紫春の前に姿を見せず、いつの間にか涼月宮を去って皇城《こうじょう》へと向かっていた。

脱力感《だつりょくかん》に苛《さいな》まれ、紫春は卓《たく》へと上体を倒《たお》した。行儀《ぎょうぎ》が悪いがどうせ誰も見ていない。自らの腕《うで》に頭を乗せ、ただ雨に濡《ぬ》れる中庭を見つめた。

心が虚空《こくう》に置き去りにされ、虚無感《きょむかん》が心身を支配している。わずかな動作さえ億劫《おっくう》だ。食事も普段《ふだん》の半分ほどしか喉を通らず、厨番《くりや》に心配をかけてしまった。厨番から李貴に話が伝わったら、と思うとさらに憂鬱《ゆううつ》になる。

「……李貴様、ごめんなさい」

李貴と紫春では相手を愛する気持ちの種類が違うなど、紫春の勝手な思い違いであることはわかっている。不安な気持ちを吐《は》き出し、李貴に否定してもらえばいいと理解している。それでも一度芽生えた懸《け》念《ねん》は消えることはなく、紫春の行動を阻《はば》み、心に恐怖《きょうふ》を広げる。

李貴を愛したぶんだけ、同じ気持ちで愛されたい。そんな欲《よく》が大きいからこそ、李貴の心に踏《ふ》み込むことへの恐《おそ》れがある。恋をしているからこそ、臆病《おくびょう》になっている。

やっと紫春の中にある感情の名がわかったのに、今度は李貴の心がわからず、わかろうとすることもできない。

ため息が漏れそうになったとき、部屋に近づいてきた足音と声が聞こえた。

「紫春、いますか？」

「……櫂染様？」

紫春は椅子から立ち上がり、部屋の扉《とびら》を開ける。そこにいた櫂染の手には盆《ぼん》があり、湯気を立てる二つの茶杯《ちゃはい》と菓子《かし》の皿が載《の》っていた。菓子は以前、香林街を訪《おとず》れた李貴と櫂染が紫春にくれた蓮月餡《れんげつあん》だ。茶の匂《にお》いと共に、蓮《はす》の実を使った餡の甘く優しい香《かお》りが胸の奥を撫《な》でる。

「お茶でもいかがです？　今日は少し冷えますから、温かいお茶が美味《おい》しいですよ」

櫂染は視線で部屋の奥を示した。入ってもいいか、と目で尋ねる櫂染に頷《うなず》いて、紫春は部屋の中へ彼を招く。

　卓を寝台《しんだい》の横に移動して、紫春は寝台に、櫂染は椅子に腰を下ろした。卓の上に盆を置いた櫂染は、中庭に目を向けて茶杯に口をつける。

「やれやれ。こうも激しい雨だと気が滅入《めい》りますね」

「あの、櫂染様。どうして――」

「李貴と何かありましたか」

　核心《かくしん》を衝《つ》かれて紫春は口ごもった。櫂染は茶杯を卓に置きながら静かに言う。

「李貴と二人で蔵書殿にいたのに、いきなり飛び出していって泣いていたのだから、李貴と何かあったのは明白でしょう。どうせ、またあの阿呆《あほう》がいらんことを言ったか、必要なことを言わなかったかのどちらかでしょうが」

「それは……いえ、俺が悪いんです」

　紫春が勝手に李貴を好きになって、勝手に期待して、勝手に不安になり、勝手に鬱々《うつうつ》とした気分になっているだけだ。紫春が抱《いだ》いた自己嫌悪《けんお》も、李貴には責任がない。

　櫂染は呆《あき》れた様子で小さく息を吐いた。

「李貴はあのとおり、口下手です。加えて、感情が表に出ません。そんな李貴を相手にするとき、こちらまで言葉を惜《お》しんでいては話が進みませんよ。疑問に思うことや引っかかることがあれば遠慮《えんりょ》しないで尋ねればいいんです。あの男は、こちらが李貴の真意を汲《く》み取るのにどれだけ苦労しているかなんて、まったくわかっていないんですから」

「……さすが、櫂染様は、李貴様のことがよくおわかりなんですね」

「何を言ってるんですか。李貴のことなんて、そんなもの、わかりゃしませんよ」

「え？」

意外な返答を聞いて目を丸くする紫春の前で、櫂染は自嘲《じちょう》気味に薄《うす》く笑った。

「わかりようがないでしょう。無表情の権化《ごんげ》のような男だし、言葉は足りないし。二十二年一《いっ》緒《しょ》にいようが、わからないものはわかりません。所詮《しょせん》、私とあの男は別の人間ですから」

てっきり櫂染は李貴の頭の中のすべてを見透《みす》かして、言葉がなくとも感情や考えを察し、理解したうえで、李貴の利となる行動を取っているのだと思っていた。突き放したような言い方も予想外で、紫春は何も言えずただ櫂染に視線を送る。

「ですが、理解などできていなくていいんです。あの男があの男であることだけは、私はよく知っていますので」

「それは……どういう意味でしょう」

「その時々に李貴が何を思おうと、何を考えていようと、李貴は李貴です。私はこれでもあの男の矜持《きょうじ》を信じ、信念に共感し、生き様に惹《ひ》かれて仕えています。私が信じた李貴が利己的な行動に走り、無垢《むく》な他者を害する道を選ぶことなどありえません」

櫂染の声にも、まなざしにも、表情にも、櫂染が李貴へと向ける絶対的な信頼と敬愛が溢《あふ》れていた。おそらく耀染は、李貴の言葉一つ、行動一つに揺らぐことはない。深い信頼と敬愛をもって、耀染は李貴の前で泰然《たいぜん》と構えていられる。

遠慮しないで尋ねればいいと言いながらも、きっと、耀染と李貴の間にはもはや言葉は不要なのだろう。理解できなくていいと断言できることさえ、結びつきの強さを物語っている。

耀染と李貴の信頼関係を思うと、紫春はよりいっそう肩《かた》に重いものがのしかかった気分になる。李貴を信じきれない自分が惨《みじ》めで、李貴に嫌《きら》われることを恐れて何もできない自分が情けなかった。

「……紫春」

知らず知らずのうちに目を伏《ふ》せていた紫春は、名を呼ばれて視線を上げる。目が合った瞬間《しゅんかん》に、耀染は微苦笑《びくしょう》を浮かべた。

「あなたのことですから、どうせ今度は自分と私を比べて気を落としているんでしょう」

「ど、どうしてそれを……」

「わかりやすいって言ったでしょう。顔に書いてありますよ」

紫春はとっさに頬を押さえた。しかし実際に何かが紫春の頬に書いてあるわけもなく、固まる紫春の前で耀染は肩を震《ふる》わせて笑う。

「あなたは私にはなれませんし、なる必要もありません。そもそも私とあなたでは、李貴に向ける心がまったく別なのですから。私が李貴に向けるのは、主《あるじ》としての敬愛と戦友としての情のみです。あなたのような想《おも》いは、一切《いっさい》ありません」

言葉が出ない紫春に、櫂染は問いかけた。

「好いているのでしょう？　李貴のことを」

「……好きです。李貴様のことが、好きです」

あっけないほど簡単に、感情が口から溢れていく。

不安と恐れ、自己嫌悪を取り払《はら》った純粋《じゅんすい》な恋心《こいごころ》は依然《いぜん》として温かく、甘く、優《やさ》しい。胸の内にどれだけ暗雲が立ち込めようとも恋情《れんじょう》は眩《まばゆ》く、恋《こ》い焦《こ》がれた想いはそのままに、息苦しいくらいに紫春の心を占《し》める。

恋を自覚したときよりずっと重い。ずっと胸が痛い。純粋に李貴を想うだけの頃《ころ》には戻れない。後戻りができない道を進んでいく心は紫春の思いどおりにはならず、紫春の手をすり抜《ぬ》けていってしまうのに、どこへ向かえばいいのかもわからずに立ち尽《つ》くす。

「……どれほど深い関係であろうとも、意思の疎《そ》通《つう》を躊躇《ちゅうちょ》することはおすすめしません。しかし、恋情を抱いた心は、そうわかっていてもままならないものです。恋心は理屈《りくつ》では説明できませんし、合理的な思考で感情を支配することも難しいでしょう。正しいとわかっている言葉が響かないことなど往々にしてあります」

紫春だって、李貴に確かめるべきだと頭ではわかっている。しかし心が言うことを聞かないのだ。思考と感情が互《たが》いに衝突《しょうとつ》し、紫春の中で激しく争っている。

「そこで私は、李貴のことなど理解できていないただの側近の勝手な推測を今からあなたに話します。いいですか、勝手な推測です。決して正論ではありません」

いったい何が始まるのかと怪訝《けげん》な顔をする紫春を見つめ、燿染は口を開いた。

「あなたは李貴に対して、他《ほか》の誰《だれ》にもできなかったことができるのだろうと思います。李貴にとってあなたはそれだけ特別なのだろうと、そう思います。それはきっと……あの男にとっては救済に等しいことなのでしょう」

何かをぼかした曖昧《あいまい》な言葉だった。しかし紫春には、燿染が言葉の裏に込めた意味がはっきりと見えていた。

李貴の弱さと脆《もろ》さを受け止めて孤独《こどく》を癒《いや》せるのは紫春だけだと、燿染は告げている。それはこれまでずっと李貴と共に生きてきた燿染でも不可能なことなのだと。

燿染は李貴の弱さを許さなかった、と李貴は言った。それは時としてつらい役回りだっただろう、とも。ならば、燿染にも李貴の弱さを許してやりたい心があったということではないだろうか。いつしか燿染に弱さを見せなくなった李貴の姿を前に、孤独感を覚えたこともあったのではないだろうか。だからこそ燿染は、勝手な推測を述べてまで紫春の背中を押そうとしてくれているのではないだろうか。李貴の孤独と、自分自身の孤独を知っているから。

真偽《しんぎ》のほどはわからない。これは紫春の勝手な推測に過ぎない。ゆえに、紫春は頭に浮《う》かんだ考えを口に出すことはしなかった。

「だから、自信を持ちなさい。自分にとって何が最も大切なのか、見失わないように」

耀染は清々《すがすが》しい表情を浮かべ、迷いのない口調で言い切った。

李貴が自らの素性《すじょう》を語った日の、彼が漏《も》らした本音をよく覚えている。それを忘れないと誓《ちか》った自らの決意の強さも。これから先もずっと、李貴が隠《かく》すしかなかった弱さと脆さを受け止めたいと思った。その願いの底には、李貴への確かな愛がある。

ぱっと、視界を覆《おお》っていた霧《きり》が晴れた気がした。喉《のど》の奥につかえていたものがすっと消え、澄《す》んだ空気が胸の奥にまで行き渡《わた》る。

「……俺、李貴様と、ちゃんと話してみようと思います。今晩、李貴様が戻《もど》られたら」

覚悟《かくご》を決めるように、紫春は膝《ひざ》の上で拳《こぶし》を握《にぎ》った。

「だからそれまでにしっかり心の準備をして……言葉を惜しまず、話します」

まずは昨日の態度を謝って、紫春の気持ちを伝えたうえで、李貴の真意を問う。怯《おび》えが消えたわけではない。それでも、李貴と心を通い合わせたいと願う。この願いこそが、今、紫春が最も大事にするべきものだ。いちばん大切に、胸に抱くべきものだ。

「ありがとうございます、耀染様」

「礼には及《およ》びません。口下手な主が引き起こす問題を解決するのも臣下の務めですし、主の伴《はん》侶《りょ》になるかもしれない男を手助けするのも臣下の務めです」

耀染の口調に恩着せがましさはない。時おり意地の悪い物言いをする男だが、一度懐《ふところ》に入れた相手には献身《けんしん》的に尽くす。燿染を情に厚いと評した李貴の言葉にも頷《うなず》ける。

紫春はずいぶんと軽くなった心持ちで茶杯《ちゃはい》に口をつけた。茶はすっかり冷めていたが風味は損《そこ》なわれず、豊かな甘味が口に広がる。紫春が続けて蓮月餡《れんげつあん》を手に取ったところで、燿染がぽつりと呟《つぶや》いた。

「それにしても……本当に、李貴に恋情を抱《いだ》いていたんですね」

「……はい？」

「いえ、確信はなかったので。少々驚《おどろ》いただけです」

蓮月餡を口に入れる寸前で固まった紫春は、やや間を置いたのちに目を剝《む》いた。

「あ！　かまをかけましたね！　李貴様を好いているのでしょうって！」

「今頃《いまごろ》気づいたんですか？　本当に迂闊《うかつ》な男ですね、あなたは」

燿染は鼻で笑って肩をすくめた。小馬鹿《こばか》にされた紫春はたまらず語気を強める。

「俺は今、一瞬《いっしゅん》でも燿染様を良《い》い人だと思ったことを後悔《こうかい》しています！　いや、良い人だとは思いますけど！」

「奇遇《きぐう》ですね。私も今、一瞬でも紫春を刺客《しかく》の一味だと疑ったことを後悔していますよ。こんな迂闊な刺客がいてたまるものですか。あと結局どっちなんです、それは」

「良い人だけど腹が立つってことです！」

「光栄です。面白味《おもしろみ》のない最低の悪人よりずっといいんじゃないですか」

「う……ああ言えばこう言う！」

「まあそうですね。言葉足らずの李貴じゃありませんからね」

舌先でころころと転がされている気分だ。九尾《きゅうび》の姿であれば尻尾《しっぽ》が膨張《ぼうちょう》している。このまま言い負かされるのも癪《しゃく》に障《さわ》るので紫春は何かを言い返そうとしたが、突如《とつじょ》として扉《とびら》が開く音が響《ひび》き、発言を遮《さえぎ》られた。

「楽しそうだな、二人とも」

部屋の入り口に立っていたのは、李貴だった。

李貴の姿が視界に入った瞬間、紫春の体が硬直《こうちょく》する。対する李貴は平然とした様子で紫春と燿染に歩み寄り、卓《たく》の上に視線を落とした。

「お茶をしていたのか。何を話していたんだ？」

続いた李貴の声はどこかよそよそしく、さりげなく紫春の胸の内を探《さぐ》ろうとしていることが伝わってきた。昨日の紫春の態度が気にかかっていることは明らかだ。

「李貴。あなた、公務はどうしました？」

「ただの休憩《きゅうけい》だ。お前も同じだろう、燿染」

「それはそうですが……」

李貴の声に込められた静かな威圧《いあつ》を受け、燿染は気まずそうに目をそらす。

「紫春が食事を残していたと厨番《くりや》から聞いたから、心配になって。もう食べられるようになっ

たのか？」

「はい……もう、大丈夫《だいじょうぶ》です」

紫春は意識して普段《ふだん》の調子を保って答え、目を伏《ふ》せた。しっかりと心の準備をしたうえで李貴に会い、まずは昨日の無礼を謝ろうと思っていたのに、紫春は予想外の李貴の登場ですっかり動転していた。一度は胸に抱いたはずの決意が脆く崩《くず》れ、あっけなく離散《りさん》していく。

緊迫感《きんぱくかん》に満ちた沈黙《ちんもく》が部屋に降りた。李貴はおそらく紫春の出方を窺《うかが》っていて、櫂染は成り行きを見守っている。紫春は突《つ》き刺《さ》さる李貴の視線を感じながらも、李貴と目を合わせることができない。背中に嫌《いや》な汗《あせ》が滲《にじ》んで、鼓動《こどう》が全身で鳴り響く。

「……紫春」

沈黙を破ったのは李貴だった。名を呼ばれただけで、びく、と身が震《ふる》える。

「昨日、俺は何か、紫春の気に障ることをしてしまったのだろうか」

「あ、あの、それは……すみませんでした。ご無礼を……」

「謝らなくていい。謝らなくていいから、俺が無礼なことをしたというのなら、遠慮《えんりょ》なくなんでも言ってほしい。俺は何をしてしまった？　すまない。わからないんだ」

李貴の問いは切願に似て、紫春に縋《すが》り付いているようでもあった。紫春は李貴を見上げ、言葉を詰《つ》まらせながら、壊《こわ》れた決意の欠片《かけら》を必死でかき集める。そんな紫春の胸の内などつゆ知らず、李貴は焦りを滲ませた様子で紫春に問う。

「紫春。なんでも話してほしい」

「李貴、その話はまたあとで――」

「櫂染。黙《だま》れ」

たまらずといった様子で口を挟《はさ》んだ櫂染を制した李貴の声は、櫂染に向けられたものとは思えないほど鋭《するど》く、硬《かた》い。

このままでは事態が悪化するばかりだ。そう考えた紫春は口を開く。

「あの――」

ところが、紫春はそこで気づいた。李貴は、そばにいてくれ、と紫春を抱き締《し》めた夜と同じ、哀切《あいせつ》に満ちた弱々しい瞳《ひとみ》をしていた。

一瞬にして頭が真っ白になった。李貴の真意を知ることに意味はあるのだろうか。李貴がこれほどまでに紫春の隣《となり》を望むなら、紫春はただ黙って李貴の隣にいればいいのではないか。

何もわからない。何が正しいのか。何を問えばよいのか。どんな言葉を李貴にかければよいのか。何が、最も李貴の幸福に繋《つな》がるのか。何が、李貴にとっての最善か。

うろたえる紫春を見つめていた李貴の強張《こわば》った表情が、不意に緩《ゆる》んだ。

「……言えないか、俺には」

諦念《ていねん》が色濃《いろこ》く表れた李貴の声が鼓膜《こまく》に刺さった。李貴はわずかに口角を上げ、泣き出す寸前のような顔で微笑《ほほえ》んだ。すべてを諦《あきら》めて手放して、何も残っていない手を見て無理やり笑っているような微笑だった。沈黙によって李貴を手酷《てひど》く傷つけてしまったと、紫春は悟《さと》った。

「……無理に言わせようとしてすまなかった。困らせてしまって、すまなかった。きっと……今まででいちばん、困らせてしまっているな。見たことがない顔をしている」

「李貴様……あの、その……」

「いい。もう何も言うな。もう、何も言わなくていいから」

李貴は悲しげな微笑を顔に貼《は》り付けたまま顔を背《そむ》けた。それが明確な拒絶《きょぜつ》の意思に思えて、紫春の全身が凍《こお》り付いた。李貴の名を呼びたいのに声は出ず、李貴に手を伸《の》ばしたいのに体は指一本動かない。

「櫂染も……すまなかった。紫春のそばにいてやってくれ。俺には言えずとも、櫂染には話せることもあるだろう」

李貴は櫂染の肩《かた》を軽く叩《たた》くと、踵《きびす》を返した。部屋を出ていく李貴の姿は、すぐに紫春の視界から消えた。

遠ざかっていく李貴の足音をかき消すように、雨音が響いていた。

第五章

「いやはや！　紫春殿《どの》のおかげですっかり元気ですぞ！」

豪快《ごうかい》に笑う老年の男を前にして、紫春は「よかったです」と微笑んだ。

椅子《いす》に座った男と向き合う紫春は、四方を帳《とばり》で囲われた中にいた。周囲には同じような囲いがいくつも並んでいる。帳の囲いが並ぶ広間を行き交《か》うのは腰《こし》に黒の薬結《やくけつ》を巻いた薬師《くすし》で、その人数は軽く百を超《こ》えていた。

紫春がいるのは皇城《こうじょう》や宮城《きゅうじょう》における診療《しんりょう》と調剤《ちょうざい》を司《つかさど》る、医薬司《いやくし》の中である。皇城の一角にそびえるこの医薬司において、紫春は薬師としてこのひと月を過ごしていた。

あの雨の日以降、紫春と李貴は互《たが》いを避《さ》けていた。

李貴は以前にもまして多くの公務をこなすようになり、早朝から深夜まで涼月宮《りょうげっきゅう》を留守にしているし、紫春は李貴が涼月宮にいる間は自室に閉じこもっている。曖昧《あいまい》な態度で李貴を手酷く傷つけたのは紫春なのだから、李貴に合わせる顔などない。李貴が最後に見せた切なげな微笑みが脳裏《のうり》に焼き付いていて、自責の念で心がねじ切れそうだった。

そんな日々はやがて紫春の心身に影響《えいきょう》を及《およ》ぼし、食欲《しょくよく》が落ちて夜も寝付《ねつ》けなくなってきたため、紫春は精神的な限界が近いことを悟った。だが、調子を崩していてはまた李貴に心配をかけてしまう。李貴をこれ以上困らせることだけは、なんとしても回避《かいひ》しなければならない。

そこで紫春は、医薬司の薬師として働けないだろうか、と櫂染に申し出たのだ。

薬師として人の役に立つ。紫春が己《おのれ》の心を健全に保つ方法はこれ以外に思いつかなかった。

しかし、問題もあった。李貴と櫂染は、皇城や宮城での振《ふ》る舞《ま》いに不慣れな紫春が多くの官《かん》吏《り》の目に晒《さら》されることに懸《け》念《ねん》を抱《いだ》いていた。加えて霹政がどう仕《し》掛《か》けてくるかは不明で、皇城に内通者や協力者がいることも否《いな》めない。

危険が伴《ともな》う以上は、もしかしたら止められるかもしれない。そう思いながら頼《たの》み込んだ紫春だったが、少し考える時間をくれと言った櫂染は、翌日になって承《しょう》諾《だく》の返事を寄《よ》越《こ》した。

おそらく、櫂染も紫春の苦《く》悩《のう》を悟っていたのだろう。櫂染はすぐさま医薬司の長《おさ》である医薬司官に紫春を紹《しょう》介《かい》した。医薬司の薬師になるには高官や宗家の推《すい》薦《せん》が必要になるのだが、櫂染が李貴に推薦状を用意するよう頼んでくれていたため、難なく手続きが済み、紫春はあっさりと医薬司に迎《むか》え入れられた。

紫春が主に診《み》ているのは官《かん》僚《りょう》や皇城の警備にあたる兵たちだ。今まさに紫春の目の前にいる老年の男も、北《ほく》楊《よう》全体の守護の任に就《つ》いている武官である。

「風《か》邪《ぜ》をこじらせ床《とこ》に臥《ふ》せるとは、この老兵、痛《つう》恨《こん》の極《きわ》み！　ですが、おかげで紫春殿とのご縁《えん》を結ぶことができましたぞ！」

老年の男は心底愉《ゆ》快《かい》な様子で笑う。歳の頃は六十前後だろうが、快活に笑う姿は若々しく、心身の衰《おとろ》えを一《いっ》切《さい》感じさせない。大《おお》柄《がら》な体を包むのは、足首まである長衣に細身の褲を合わせた武官装束《しょうぞく》だ。髭《ひげ》をたくわえた顔には数々の苦難を乗り越えた者特有の貫禄《かんろく》が現《こ》れている。

「こちらこそ、かつての将軍様とのご縁をいただけて光栄です、英桂《えいけい》様」

男は名を英桂といい、数年前まで最高位の武官である将軍の位に就いていた。二十年ほど前に楊華《ようか》西部で起きた大規模な反乱の際にはいち早く駆《か》け付け、ごく少数の兵を率いて瞬《また》く間に鎮圧《ちんあつ》したという。勇猛果敢《ゆうもうかかん》に剣《けん》を振る姿は龍《りゅう》のようでもあったと語られている。

英桂は笑《え》みを浮《う》かべたまま大仰《おおぎょう》に首を振った。

「いえいえ、昔の話ですぞ！　将軍を辞した今となってはしがない一人の兵！　ご縁をいただき北楊にとどまってはおりますが、かしこまらずとも結構ですぞ。むしろ、私がいては息苦しいと、若い者たちには煙《けむ》たがられておりますわ！」

将軍を退いたあとは故郷に帰ろうと考えていたが、皇帝《こうてい》直々に北楊の守護を担《にな》うよう懇願《こんがん》されたらしい。英桂は自虐《じぎゃく》的に笑うが、武官たちは皆《みな》、畏《い》敬《けい》の念をもって英桂に接し、羨望《せんぼう》のまなざしを送っているという。剣の腕《うで》や兵を率いる者としての器量はもちろんのこと、朗《ほが》らかで温厚《おんこう》な人柄《ひとがら》も、人望を集める所以《ゆえん》だろう。

「ところで紫春殿、李貴様はお元気ですかな？」

英桂の口から飛び出した名に、紫春はとっさに息を止めた。

「ご立派になられて、お忙《いそが》しく過ごされていると聞いておりますぞ。いやはや、李貴様は昔からひたすらにご自分を追い込むお方ですからなあ。私が剣術《けんじゅつ》をお教えしていたときも、全身傷だらけになりながらも剣を手放しませんでしたぞ。櫂染も同様ですが」

英桂は将軍であったと同時に、李貴と櫂染の剣の師でもあった。冷遇《れいぐう》されていた李貴に目をかけ、身を守るすべを与《あた》えた人である。

李貴の名を聞くと、紫春は息がうまく吸い込めなくなる。どんな顔で李貴のことを話せばよいのかわからず、紫春はとっさに英桂から目をそらした。

「私も、今は李貴様にお会いできていないのです。ですが櫂染様がおっしゃるには、お元気にされているようですよ」

嘘《うそ》だった。櫂染とは時おり顔を合わせているものの、櫂染は紫春に李貴の様子を逐一《ちくいち》報告しないし、紫春も李貴の調子について櫂染に尋《たず》ねられていない。

本当は李貴の様子を知りたい。話に聞くだけではなく、顔を見たい。言葉を交《か》わしたい。また以前のように一緒《いっしょ》に食事をし、茶を飲み、たわいのないやり取りをしたい。少しでも不調があれば、白尾《はくび》の力を使って瞬時《しゅんじ》に体の調子を整えてやりたい。

心はどうしようもなく李貴のそばにあるのに、素直《すなお》な想《おも》いから切り離《はな》された困惑《こんわく》や戸惑《とまど》いが紫春の足に絡《から》みつく。必要な言葉がわからないまま李貴の前に出るのが怖《こわ》くて、紫春は大きくなっていく李貴との距離《きょり》を感じながらも、何もできずに呆然《ぼうぜん》と立ち尽《つ》くしている。

李貴と顔を合わせないまま、紫春は本格的な色月《しきげつ》を迎えた。今は薬で隠《かく》している尻尾《しっぽ》の先は鮮《あざ》やかな朱《しゅ》に染まっている。いずれ姿を現すであろう霹政のことも相まって、紫春の胸の中は陰鬱《いんうつ》な感情で占《し》められていた。

「……そうでございますか。紫春殿もお忙しいでしょうからなあ。では、これにて」

英桂は軽《かろ》やかな動作で立ち上がり、一礼して囲いの外へ出ていった。鬱屈《うっくつ》とした気分にとらわれていた紫春は慌《あわ》てて「お大事に」と声をかけ、英桂の姿が見えなくなってから嘆息《たんそく》する。

なぜだか、やたらと疲《つか》れを感じた。それでも医薬司の薬師としてここにいる以上、こなさなければならない仕事は山ほどある。紫春は気持ちを切り替《か》えるためにもう一度深く息を吐《は》いてから腰を上げ、囲いの外へ出た。

行き交う薬師の間を抜《ぬ》け、広間を出る。目的地は、医薬司の裏手にある薬草園だ。医薬司内にある薬室に保管する分の薬草を受け取ってくるよう、医薬司官から頼まれていた。

「紫春殿！」

聞き覚えのある男の声に呼び止められたのは、医薬司を出たそのときだった。前方から駆けてくるのは若い兵だ。先日、胃の調子がおかしいと言って医薬司を訪《おとず》れ、紫春が診療にあたった兵だった。

近寄ってきた兵は焦《あせ》った顔で告げた。

「宮城にて仲間の兵が足を怪《け》我《が》しまして……もしかしたら骨が折れているかもしれません。ご案内しますので、診ていただけませんか？」

「それは大変です。すぐに準備しますので、お待ちください」

薬草園に向かうのは後回しだ。紫春は踵《きびす》を返し、医薬司官に兵の治療《ちりよう》に向かう旨《むね》を伝える。必要があればすぐに応援《おうえん》を呼ぶように告げる医薬司官に返事をして、治療に必要なものを手早く荷袋《にぶくろ》に詰《つ》めると、再び医薬司を飛び出した。

小走りで先導する兵に続き、紫春は皇城を進む。不意に、鋭《するど》い視線を感じた気がした。とっさにそちらを見やったものの、視線の持ち主の姿を確認《かくにん》することはできなかった。

気のせいだったのだろうか、と紫春は前を向いた。何者かに凝視《ぎようし》されているような奇妙《きみよう》な感覚は、やがて胸に抱《いだ》いた薬師としての使命感に飲み込まれ、消えた。

兵の先導で紫春が向かったのは、宮城にある炎華宮《えんかきゆう》の裏手に広がる庭だった。

炎華宮から毒々しいほど甘い刺激臭《しげきしゆう》が漂《ただよ》ってきて、鼻が曲がりそうになる。紫春は悪臭に耐《た》えながら周囲に視線を巡《めぐ》らせたが、視認できる範囲《はんい》には怪我人どころか、誰《だれ》の姿もない。

不審《ふしん》に思って兵に声をかけようとしたとき、炎華宮の香《こう》とは別の、何かが焦《こ》げるような臭《にお》いが鼻先をかすめた。

恐怖《きようふ》と密接に結びついた臭気が、香林街《こうりんがい》での彼との邂逅《かいこう》の記憶《きおく》を甦《よみがえ》らせる。強制的に記憶の蓋《ふた》をこじ開けられて固まる紫春の目の前に、黒い人影《ひとかげ》が舞い降りた。

「よお、桂春。そろそろ色月だろ？　約束どおり、迎えに来てやったぜ」

黒の衣《ころも》に身を包んだ霹政は、垂れた目を歪《ゆが》めて薄《うす》く笑った。

「霹、政……」

震《ふる》える声で、彼の名を呟《つぶや》いた。手から力が抜け、持っていた荷袋が足元に落ちる音がした。暴れる心臓の鼓動《こどう》に合わせて怯《おび》えが全身を巡り、背中を冷たい汗《あせ》が伝う。逃げなければと思うものの、足は地面に縫《ぬ》い付けられたように動かない。

「無事におびき出せたようだな」

はっとして声のしたほうを見やると、すぐそばにある炎華宮の回廊《かいろう》に李晃が立ち、庭に立つ紫春と霹政を見下ろしていた。李晃のそばには荘薫が控《ひか》え、荘薫の後ろには紫春を呼びに来た兵が佇《たたず》んでいる。

状況《じょうきょう》が飲み込めず、紫春は困惑を露《あら》わにして李晃と霹政を交互《こうご》に見た。紫春の戸惑いを察したのだろう。霹政はにやりと一笑《いっしょう》する。

「桂春の心底困った顔を見るのは気分がいいなあ。これだけでも、性悪《しょうわる》腹黒弟皇子様にお前を呼び出してもらった甲斐《かい》があるってもんだ」

「貴様……今すぐ首を落とされたいのか」

李晃は声に怒気《どき》を滲《にじ》ませたが、霹政は軽く肩《かた》をすくめただけだった。

「はいはい、ごめんって。そう怒《おこ》るなよ。だいたい、俺をここで殺したら弟皇子様だって困るだろ。ご依頼《いらい》の兄皇子の暗殺、終わってないんだから」

「ならば、その人質《ひとじち》の九尾《きゅうび》をさっさと連れていけ。身の程《ほど》もわきまえぬ忌々《いまいま》しい九尾が二匹《ひき》も視界に入っているなど、我慢《がまん》ならんわ。目が腐《くさ》る」

霹政と李晃のやり取りを聞き、状況を理解した紫春は息を呑《の》んだ。

李晃こそが、霹政に李貴の暗殺を依頼した張本人だったのだ。霹政は雇《やと》い主である李晃に協力を仰《あお》ぎ、要請《ようせい》を受けた李晃は手先の兵に嘘をつかせてこの場に紫春を誘《さそ》い出した。そうして霹政は紫春を捕《と》らえることで李貴への人質にし、李貴を殺害するつもりだろう。

このままでは李貴に危険が及《およ》ぶ。李貴の危機を肌《はだ》で感じ取った紫春は、地面から無理やり足を引き剝《は》がすように後退した。震える足で踵を返そうとした紫春だが、霹政に背を向けた瞬間《しゅんかん》に背後から腕を摑《つか》まれ、強引《ごういん》に引っ張られて体勢を崩《くず》す。地面に転がるようにして倒《たお》れ、打ち付けた腰《こし》の痛みに思わず声が漏《も》れた。

倒れたまま霹政を見上げれば、霹政は冷笑を湛《たた》えていた。

「逃げんなって。お前には人質っていう名誉《めいよ》あるお役目を与えてやるんだから」

霹政はそこで紫春に一歩近づいた。

「この前も毒を盛って連れていこうとしたのに、お前、弟皇子に出された茶を飲まなかっただろ。悪趣味《あくしゅみ》な香で鼻が麻痺《まひ》してるだろうから成功すると思ったんだけどなあ。やっぱり九尾相手に毒は駄目《だめ》だ」

先日、李晃に招かれた際に出された茶からは異様な臭気が漂っていた。霹政の発言から察するに、おそらくは意識を失わせて体の自由を奪《うば》う毒だろう。もしひと口でも飲んでいたら霹政に引き渡《わた》されていたことを遅《おく》れて認識し、紫春は体をぶるりと震わせた。

「とりあえずお前を里に連れて帰って、兄皇子を適当なところに呼び出して、慌ててやってきたところで兄皇子を殺す。お前を宮城《きゅうじょう》にまで連れてきて、大事に大事に囲ってるくらいだ。お前が捕《つか》まったとなれば、あの皇子様に見捨てる選択肢《せんたくし》はないだろうよ」

霹政は再び一歩踏《ふ》み出し、霹政を睨《にら》みつける。紫春との距離を詰めた。紫春はぐっと足に力を入れてやっとのことで立ち上がり、霹政を睨みつける。しかし霹政は紫春の剣呑《けんのん》なまなざしなどものともせず、まるで罠《わな》にかかった獲物《えもの》を追い詰めるように、ゆっくりと紫春に歩み寄る。

「あの皇子様も可哀想《かわいそう》になあ。こんな弱っちいお前に出会っちまったから、敵に付け入られる隙《すき》ができたんだ。弱さと言ってもいい。今までみたいに、あの腕《うで》の立つ側近の兄さんだけそばに置いてりゃよかったのによ」

憐憫《れんびん》が込められた霹政の声が鼓膜《こまく》に突《つ》き刺《さ》さった。弱さという言葉が胸を締《し》め付け、紫春は息を詰まらせる。

「大事なもんってのは、弱みになる。お前を守ろうとしたがゆえに兄皇子は死ぬんだ。兄皇子はお前が殺したようなもんだよ、桂春」

「そんなわけ――」

ない、と言い切る前に、声がかすれて消えていく。

紫春が李貴と出会わなければ、李貴の手を取って宮城に来なかったら、紫春を人質に取られた李貴が危険な目に遭《あ》うことはなかったのではないか。

言葉を失い立ち尽くす紫春を前に、霹政は勝ち誇《ほこ》ったような笑《え》みを浮《う》かべた。

「じゃ、行くか、桂春」

霹政が腕を伸《の》ばす。紫春は動けない。逃げることはおろか、声を出すことも、霹政から目をそらすこともできない。

ところが、霹政の指が紫春に触《ふ》れることはなかった。

微風《びふう》が吹き抜けたと同時に、銀の剣先《けんさき》が紫春と霹政の間の空気を斬《き》り裂《さ》くように突き出されたのだ。

見慣れた背中が紫春の前に躍《おど》り出た。霹政と紫春の間に割り込んだ人影は長身で、うなじで束ねた黒の長髪《ちょうはつ》が大きく揺《ゆ》れる。炎華宮から漂う甘い激臭《げきしゅう》の中に、よく知っているその人の匂《にお》いを感じ取った。

「やれやれ、相変わらず迂闊《うかつ》ですね、あなたは」

現れた權染は、紫春を背中に庇《かば》ったまま呆《あき》れた口調で告げた。

「權染様……どうして」

「李貴の命ですよ。紫春を守ってやってくれ、と」

「李貴様が……」

「はい。紫春のことは、李貴が直々に協力を仰いだ警備兵が遠巻きに警護していまして、その兵から報告を受けました。李貴から頼《たの》まれていないはずの兵が紫春を宮城に連れ出した、と。そのとき私は医薬司《いやくし》近くの中文省《ちゅうぶんしょう》にいましたので、急いでここまで来たというわけです」

李貴が紫春の知らないところで手を回してくれていた。その事実が胸の奥に熱を生むと同時に、紫春は医薬司を出た際に感じた視線の正体を理解した。あの妙《みょう》な視線は、李貴から紫春を守るよう頼まれた警備兵のものだったのだ。

「紫春が医薬司で働く件を李貴に相談したところ、李貴が、紫春にこれ以上つらい思いをさせたくないから、どうにかして働ける環境《かんきょう》を作ってやりたい、と。紫春が安心して過ごせる環境を整えるから、万が一の際はすぐ紫春のもとに駆《か》け付けてくれと頼まれました」

腹の底から歓喜《かんき》と、自責の念と、確かな愛《いと》おしさがこみ上げた。泣きたくなるほどの感情の波に襲《おそ》われ、紫春は必死に落涙《らくるい》を堪《こら》える。紫春はあれほど李貴を傷つけてしまったのに、李貴は紫春が心穏《こころおだ》やかに過ごせるよう取り計らってくれていたのだ。

感激で涙《なみだ》がこみ上げる紫春を嘲笑《あざわら》うように、冷たい声が響《ひび》いた。

「うーん、やっぱり側近の兄さんが邪魔《じゃま》になるか。でも、ま、楽しめそうだ」

櫂染の登場を前にしても、霹政は余裕《よゆう》の表情を崩していなかった。口元に湛えた薄い笑みはそのままに、値踏《ねぶ》みするような視線を櫂染に向けている。

油断なく剣を構え直した櫂染は、前を見たまま小声で紫春に告げる。

「私が斬りかかると同時に逃げなさい。なるべく人の多いところを通って」

紫春の返事も待たず、櫂染は動いた。

櫂染の足が地面を蹴《け》る。同時に、紫春は櫂染に背を向けて走り出した。

背後で甲高《かんだか》い音が響く。鋭《するど》い刃《やいば》と刃が衝突《しょうとつ》する音だ。櫂染を一人この場に残していくのは後ろ髪《がみ》を引かれる思いだが、紫春が霹政の手に落ちれば事態は悪化する。前だけを見据《みす》え、歯を食い縛《しば》り、もつれそうになる足を無理やり動かして、紫春は走った。

そんな紫春の視界を、突如《とつじょ》として紅蓮《ぐれん》の炎《ほのお》が覆《おお》った。

「うわっ！」

炎が紫春の鼻先をかすめ、熱気が顔を包み込む。前髪《まえがみ》がわずかに焦《こ》げる臭《にお》いがした。とっさに身を捩《よじ》って躱《かわ》した拍子《ひょうし》に体勢を崩し、地面に倒れた紫春は、見えたものに衝撃《しょうげき》を受けて言葉を失った。

龍《りゅう》の姿をした巨大《きょだい》な炎の塊《かたまり》が、炎華宮の周辺を飛んでいた。

身をくねらせ、うねり、辺り一帯にある殿舎《でんしゃ》に絡《から》みつくように宙を舞《ま》っている。人間など一口で飲み込める大きさの口からは鋭い牙《きば》が覗《のぞ》き、長い髭《ひげ》がゆらりと揺れる。大蛇《だいじゃ》にも似た体は長く、太く、紫春の行く手を阻《はば》んで不気味に動く。

龍は口を開け、咆哮《ほうこう》と共に火を吐《は》いた。吐き出された炎は滝《たき》を流れる水のように地に落ち、流れ、庭の木々や殿舎を飲み込んでいく。細かな火の粉が離《はな》れた場所に飛んでいき、遠くに見える殿舎の屋根から炎が上がる。

遠くから悲鳴が聞こえた。目を凝《こ》らすと、ほうほうの体《てい》で殿舎の外に出てきた人たちの姿が見えた。予想外の大火事に、冷静に対処できる者はおそらくいない。

霹政の炎が、人々を飲み込んでいく。

この世のものとは思えない光景に、紫春は蒼白《そうはく》になってただ前を見つめていた。

「おい桂春！　逃《に》げんなよ！　もっと派手に燃やしてやろうか？」

紫春を囲んで動く龍の向こうから霹政の声が飛んできた。剣戟《けんげき》の音が聞こえるから、櫂染はおそらく無事だ。しかし櫂染を相手にしながらこれだけの炎を操《あやつ》ってみせる霹政の力に、紫春は畏怖《いふ》の念を抱《いだ》くしかない。

炎の隙間《すきま》から抜《ぬ》け出そうとするが、揺れ動く炎は絶えず形を変え、紫春を逃がすまいとうごめく。動きを封《ふう》じられた紫春を嘲《あざけ》るかのように、龍は口を歪《ゆが》めて紫春を見下ろしている。

あまりの熱さに肌が焼ける。細かに舞う火花が腕に当たって、小さな火傷《やけど》が増えていく。吸い込む空気は熱く、息をするたび肺に突き刺さる。紫春は顔を腕で覆い、目を細めて前方を睨んだ。しかし、紫春を取り巻く炎から抜け出せるだけの隙間は見当たらない。

絶体絶命の状況《じょうきょう》に紫春が歯を食い縛ったとき、声が聞こえた。

「紫春！」

李貴の声だ。次の瞬間、紫春を取り囲む龍の胴体《どうたい》が真っ二つに斬り裂かれた。

断絶された胴体が揺らぎ、炎の勢いがわずかに弱まった。周囲に漂《ただよ》う炎の残滓《ざんし》を蹴散《けち》らして現れたのは、剣を手にした李貴だ。

「李貴様！」

「怪我《けが》はないな？　このまま安全なところまで行く」

李貴は紫春の体をやすやすと小脇《こわき》に抱《かか》え、走り出した。

景色が後方へと流れ去っていく。紫春が首を回して背後を窺《うかが》うと、龍は再び巨大な体を形成しつつあった。おそらく、完全に龍を消すには霹政を討《う》つしかない。

形を取り戻《もど》しつつある龍の向こう側で、櫂染の剣が次々と繰《く》り出される。相対する霹政は、軽々と櫂染の剣を手で払《はら》う。霹政の手のひらで刃を受け止めているのは、霹政の両手中指に装着された峨嵋刺《がびし》だった。峨嵋刺とは鉄製の棒の先端《せんたん》を鏃《やじり》のように尖《とが》らせ、棒の中央に回転する輪を取り付けた暗器だ。輪に中指を通し、手のひらに装着して使用する。

その峨嵋刺の先端が、一瞬《いっしゅん》の隙をついて櫂染の首に迫《せま》った。

凍《こお》り付いた紫春の視線の先で、櫂染は身を捩って首の真ん中を狙《ねら》う峨嵋刺を躱す。峨嵋刺の先端は櫂染の首の皮一枚を斬り裂き、流れた血が櫂染の襟元《えりもと》を赤く染めた。

「李貴様！　櫂染様が！」

「大丈夫《だいじょうぶ》だ。櫂染は強い。まずは宮城を出るぞ」

李貴は燃える殿舎や木々を横目に宮城を駆け抜けた。皇城《こうじょう》へと至る道には体のあちこちに火傷を負い、怪我をしたところを手で押さえ、苦痛に呻《うめ》く人々が溢《あふ》れていた。殿舎を焼く火の勢いが弱まることはなく、龍の咆哮が空気を震《ふる》わせるたびに悲鳴が響く。

皇城へと抜ける。煤《すす》にまみれてよろよろと歩く怪我人に交ざって、慌《あわ》てふためく官僚《かんりょう》たちが視界を横切る。前触《まえぶ》れなく訪《おとず》れた惨事《さんじ》が彼らを震撼《しんかん》させていることは明らかだ。口角泡《こうかくあわ》を飛ばしながら、悲鳴に似た声で何かを話している。

「兵軍部《へいぐんぶ》に指示を出せ！　北楊防衛の兵を割《さ》いて宮城《きゅうじょう》に向かわせろ！　怪我をした者を医薬司へ！　陛下の避難《ひなん》は済んでいるな？」

見かねた李貴が声を荒《あら》らげると、官僚は放心した顔で李貴に何度も何度も頷《うなず》き、我に返った様子で走り去っていった。

やがて李貴は立ち止まり、戦慄《せんりつ》が走る皇城を行き交《か》う群衆に目を凝らした。少しの間ののちに「英桂！」と叫《さけ》び、人を掻《か》き分けて走り出した。

「李貴様に紫春殿。ご無事でなによりですぞ」

剣を手にした英桂の顔には、医薬司で談笑《だんしょう》していたときの、いかにも好々爺《こうこうや》といった穏《おだ》やかな表情はない。緊張感《きんちょうかん》を持ちつつも平静を崩《くず》さない姿は、歴戦の剣士《けんし》として踏《ふ》んできた場数の多さと、元将軍としての経験を物語っている。

「九尾《きゅうび》の襲撃《しゅうげき》らしいですな。私も参りましょう」

「いや、英桂には紫春を頼みたい。敵が狙っているのは紫春だ。守ってやってくれ」

紫春を地面に立たせた李貴がそう告げると、英桂は目をわずかに大きくした。

「なんと……そうでしたか。ではこの英桂、命に代えても紫春殿をお守りしましょう」

「ああ、頼む。敵は俺が討つ」

李貴は英桂に軽く頷くと、紫春に向き直った。

目を合わせた瞬間《しゅんかん》、李貴は優《やさ》しく微笑《ほほえ》んだ。その微笑はとても命懸《いのちが》けの戦いに赴《おもむ》く前の笑《え》みとは思えないほど清々《すがすが》しく、紫春は思わず息を呑《の》む。

李貴の顔には、ひと月前の雨の日に見せていた心細そうな色はない。そこにあるのは何ものにも揺《ゆ》らがない固い意志だけだ。己《おのれ》の役目を見据えた強いまなざしが紫春の胸を貫《つらぬ》く。

そんな李貴の姿は怖《こわ》いくらいに美しく、まるで儚《はかな》く消える寸前の三日月のようだった。皓々《こうこう》と輝《かがや》いているのに、あと少しで消え去ってしまう三日月に似ている。

「俺は今から櫂染のもとに戻る」

李貴の手が紫春の両肩《りょうかた》に置かれた。そのままぐっと体を抱《だ》き寄せられ、紫春の小柄《こがら》な体は李貴の腕《うで》の中にすっぽりと収まった。李貴のぬくもりに包まれ、彼の匂《にお》いが胸に広がる。

「そばで守ってやれなくて、すまない」

紫春の耳元でそうささやいて、李貴はいっそう強く紫春を抱き締《し》めた。

「……どうか、無事でいてくれ」

紫春はとっさに李貴を抱き締め返そうとしたが、紫春が李貴に腕を回す前に、李貴は紫春を解放して背を向けた。李貴は振《ふ》り返ることなく、ためらいを感じさせない足取りで、紫春をその場に置いて離れていく。まっすぐに伸《の》びた背中で、束ねた髪《かみ》が揺れている。

紫春は縋《すが》るように李貴に向かって手を伸ばした。だが紫春の指先は李貴の衣《ころも》をかすめただけだった。空を摑《つか》んだだけの指先には何も残らず、行かないでくださいという素直《すなお》な懇願《こんがん》は声にならない。

紫春の脳裏《のうり》に、燿染が流した鮮血《せんけつ》の色が蘇《よみがえ》る。鋭利《えいり》な峨嵋刺の先端と、紅蓮の炎と、人々の火傷が浮《う》かんで、消える。

紫春は地面を蹴《け》り、前方へと大きく踏み出した。同時に全身を巡《めぐ》る気の流れに意識を集中させる。瞬《また》く間に、紫春の頭には狐《きつね》の耳が現れ、腰《こし》からは九本の尻尾《しっぽ》が生えた。

「李貴様！」

九尾の姿に戻った紫春は李貴の腕を摑んだ。振り返った李貴の両頰《りょうほほ》に手を添《そ》える。

「紫春？」

「口づけを……失礼してもいいですか？」

李貴は少し驚《おどろ》いた様子で、一瞬の間を置いたのちに頷いた。李貴の承諾《しょうだく》を受けた紫春はすぐさま李貴と唇《くちびる》を合わせ、薄《うす》く開いた唇の隙間から、自らの吐息《といき》を李貴の中に吹《ふ》き込んだ。

顔を離し、紫春は李貴の頰を両手で挟《はさ》んだまま語りかける。

「俺の力を李貴様に流し込みました。普段《ふだん》よりもずっと体が強くなっているはずです」

白尾《はくび》の力を使って李貴の体を流れる気を操り、李貴の体を強化した。走る速さも、剣《けん》を振るう腕の力も増し、目や耳、鼻の感覚も研《と》ぎ澄《す》まされているはずだ。

「だから、必ず戻ってきてください。生きて帰ってきてください。生きてさえいれば、どれほどの傷を負っていても必ず俺が助けます」

視界に涙《なみだ》が滲《にじ》んだ。しかし涙をこぼすのはぐっと堪《こら》えて、紫春は続ける。

「俺は薬師《くすし》として、怪我をした人たちの治療《ちりょう》に向かいます。李貴様を待っています。だから必ず戻ってきてください」

本当は一緒《いっしょ》にいてほしい。危険なところに行かせたくない。正直な心はそう叫んで、李貴の手を取って二人でどこかに走っていきたいと泣いている。李貴のそばにいたいと、濁流《だくりゅう》のように押し寄せる感情が胸を裂《さ》く。

でも、自らの身を危険に晒《さら》しても、紫春を守るために走っていくのが李貴だ。

そんな李貴だから、紫春は彼を愛している。李貴の献身《けんしん》に応《こた》えるためには、彼を信じて待つ以外にはない。

「あなたに……お伝えしたいことがあるんです」

話したいことがある。謝りたいこともある。不安も恐怖《きょうふ》も、恋心《こいごころ》も愛情も、すべてを伝えるには今この時間は短すぎて、紫春の胸に渦巻《うずま》くさまざまな感情の欠片《かけら》だって伝えられない。

愛しているがゆえに臆病《おくびょう》になった。傷つけることと、傷つくことを恐《おそ》れた。所詮《しょせん》は別の人間なのだから完璧《かんぺき》には理解し合えないとわかっているのに、彼の心がわからないことに過剰《かじょう》なほどの恐怖を抱《いだ》き、拒絶《きょぜつ》し、向き合うことから逃げた。

だからこそ、今度は絶対に李貴を信じたいのだ。必ず紫春のもとに帰ってきてくれると信じて、ここにいてほしいという本音を封じて、紫春は李貴の背中を押す。

李貴はぐっと目元に力を入れ、自身の頰に添えられた紫春の両手を握《にぎ》った。

「……約束する。必ず戻る。必ず、生きて紫春のもとに帰るから。だから、待っていてくれ」

「はい。約束ですよ」

もう一度、口づけを交《か》わした。一瞬だけ触《ふ》れ合ったあと、互《たが》いの顔がすぐに離《はな》れていく。

「行ってくる」

李貴はすぐさま紫春に背を向け、宮城に向かって駆《か》け出した。李貴の姿が人混《ひとご》みに消えるより先に、紫春もまた走り出す。

「英桂様！　医薬司《いやくし》に行きます！」

そう告げると、英桂は無言で紫春に続いた。本来の紫春の姿を見て、逃《に》げ惑《まど》う人々の顔が硬直《こうちょく》する。とっさに剣に手をかける武人もいた。九尾だ、という悲鳴に似た叫び声が、頭の上にある耳に突《つ》き刺《さ》さる。紫春は人々の反応をすべて無視して駆け抜《ぬ》け、医薬司に飛び込んだ。

人で埋《う》め尽《つ》くされた広間の中は、阿鼻叫喚《あびきょうかん》の様相を呈《てい》していた。火傷《やけど》を負った人々が床《ゆか》に座り込み、中には体を横たえている者もいる。怪我人の間を慌ただしく行き交うのは薬師たちだ。さすがは楊華屈指《くっし》の腕を持つ医薬司の薬師というべきか、怪我人を前にして動揺《どうよう》や焦《あせ》りを露《あら》わにする者はいないが、仕草や声、表情の端々《はしばし》には、隠《かく》しきれない緊迫感《きんぱくかん》が滲み出ていた。

医薬司官が鋭《するど》く指示を出す声が響《ひび》く。痛みに呻く人々の声が聞こえる。時おり龍《りゅう》の咆哮《ほうこう》が轟《とどろ》き、そのたびに怪我人も薬師も身を震わせた。

入り口で広間全体を確認《かくにん》した紫春は、最も重傷と思われる青年のもとへ駆け寄った。青年は全身に火傷を負っていた。呼吸音から察するに、おそらく高温の煙《けむり》を吸い込んで喉《のど》の奥まで火傷を負い、呼吸が困難になっている状態だ。

早急に対処するべく紫春が青年のそばに膝《ひざ》をついたとき、近くにいた若い薬師が叫んだ。

「……うわあっ！　九尾だ！」

彼は紫春を見て後退し、床に置いてあった薬箱に足を引っかけて転倒《てんとう》した。静かな湖の水面《みなも》に木の葉が落ち、波紋《はもん》が広がっていくように、広間に別の動揺が満ちていく。

「え……紫春殿《どの》？」

「九尾だったのか……？」

顔見知りの薬師たちは顔面を蒼白《そうはく》にし、信じられないといった面持《おもも》ちで紫春を見る。先ほどまで的確に指示を出していた医薬司官も、呆《ほう》けた顔で硬直していた。

重傷の青年を置いて、周囲の人が少しずつ紫春から遠ざかる。困惑《こんわく》は次第《しだい》に形を変え、ざわめきの中に怯《おび》えが混ざった。紫春に向けられる視線に敵意が含《ふく》まれ始めたとき、怪我《けが》人を医薬司に運んできていた兵が、腰に下げた剣に手をかけた。

「落ち着いてください！　俺は怪我をした人の手当てに来ただけです！　ここの薬師です！」

紫春は立ち上がり、震《ふる》えそうになる声で必死に呼びかけた。九尾《きゅうび》の姿でなければ白尾の力は使えない。だからこそ紫春は本来の姿で医薬司に来た。九尾であることを隠して自らの身と心を守ることよりも、怪我をした人々を救うことを優先した。

思い起こされるのは、初めて李貴に出会ったときの記憶《きおく》だ。李貴は紫春が九尾だと知っても穏《おだ》やかな態度を崩《くず》さず、紫春を信じてくれた。その記憶があるだけで、紫春は恐れながらも、なすべきことをなすためにまっすぐ立っていられる。

しん、と沈黙《ちんもく》が訪《おとず》れる。しかし静寂《せいじゃく》は一瞬《いっしゅん》だった。

「九尾だろうが！　宮城《きゅうじょう》を襲《おそ》ってるやつと一緒だ！」

「出ていけ！　この人殺し！」

「きっと怪我人を殺すつもりだぞ！　殺される前に殺せ！」

人々は我に返ったように怒号《どごう》を飛ばした。兵は剣を抜き、銀色に光る鋭い刃《やいば》が紫春を狙《ねら》う。

もはや、薬師は誰《だれ》も火傷に苦しむ怪我人を見ていない。

紫春の中で何かが恐怖を凌駕《りょうが》し、一瞬にして紫春の体中を熱いものが駆け巡った。

「俺は薬師です！　あなたたちも薬師なら、今やるべきは俺を殺すことじゃないでしょう！」

声を張り上げたと同時に、尻尾の毛が最大限に膨《ふく》らんだ。紫春の剣幕《けんまく》に気圧《けお》されたのか、薬師は顔を凍《こお》り付かせ、剣を構えていた兵はわずかに後退した。

「俺は李貴様の推薦《すいせん》を受けてここにいる薬師です！　九尾でも、薬師です！」

「で、でも李貴様だって、九尾だって知らなかったんじゃ……」

「それは違《ちが》いますぞ」

紫春が言い返すより先に、毅然《きぜん》とした声が響いた。紫春に突き刺さっていた人々の視線が一斉《いっせい》に動き、声の主に向けられる。

人々の視線の先で、英桂は穏やかに、かつ堂々と言い放った。

「この英桂が見たご様子では、李貴様は紫春殿が九尾だとご存じのようでしたなあ」

英桂は紫春に歩み寄ると、紫春の肩《かた》を軽く叩《たた》いた。温かく、大きな手だった。

「李貴様は個々人の人柄《ひとがら》をよく見ておられる。ここにいる皆《みな》もよく知っているはずですぞ。その李貴様が、紫春殿が九尾と知りながら医薬司に推薦した。これは、紫春殿が優《すぐ》れた薬師である証《しるし》！　なにより紫春殿はこの英桂の恩人ですぞ」

英桂は剣に手をかけると、躊躇《ちゅうちょ》のない手つきで抜いた。

「受けた恩を忘れるなど言語道断！　紫春殿に害をなすというのなら、この英桂が黙《だま》ってはおりませんぞ！　紫春殿をお守りするのは李貴様より賜《たまわ》ったお役目！　不服な者は前へ！　老いぼれといえど、まだまだ剣は錆《さ》びついておらぬ！」

硬《かた》い芯《しん》のある声が医薬司の空気を震わせた。残響《ざんきょう》が消えたあと、再び沈黙が満ちる。

紫春への敵意は英桂の一喝《いっかつ》によって破壊《はかい》され、既《すで》に形を失っていた。誰も彼もが自分以外の人間の動向を窺《うかが》い、この場でどのような行動を取るべきか慎重《しんちょう》に見極《みきわ》めようとしている。すぐさま紫春を信用し、薬師として認めることにはまだ躊躇があるが、英桂を敵に回すことは避《さ》けたい、と考えていることは明白だ。

薬師や兵の逡巡《しゅんじゅん》は手に取るようにわかったものの、彼らにばかり気を取られている場合ではない。紫春はそばに横たわる重傷の青年の傍《かたわ》らに膝をつくと、青年の口を開き、喉の奥に届くように呼気を送った。火傷を負った喉の奥が癒《い》え、呼吸が整ったことを確認すると、紫春は続けて全身の火傷に息を吹《ふ》きかける。すると焼け爛《ただ》れた肌《はだ》が本来の色を取り戻《もど》し始め、その様子を見ていた若い薬師が、息を呑《の》んだ気配がした。

「う……」

小さく声を漏《も》らし、青年が薄《うす》く目を開けた。

体の火傷を綺麗《きれい》に完治させたわけではないが、命の危機は脱《だつ》した。強力な白尾《はくび》の力といえども、やはり無尽蔵《むじんぞう》というわけにはいかず、限りがある。怪我人の数が膨大《ぼうだい》であり、今後も新たな負傷者が運ばれてくる可能性がある以上、全員の傷をこの場で完治させることはできない。

応急手当てにだけ白尾の力を使い、残りは従来の方法で処置を進めることにする。

「とりあえず、これでもう大丈夫《だいじょうぶ》です。すみません、残りの手当てはまたあとで――」

申し出たのは、先ほど紫春の力を見て驚愕《きょうがく》していた若い薬師《くすし》だった。彼の顔に、もう迷いはなかった。

「私がやります」

「紫春殿は他《ほか》の者をお願いします」

彼に頷《うなず》いて、紫春は次に重傷の者を探す。広間を見渡《みわた》した紫春の視界の隅《すみ》で手が挙がり、壮《そう》年《ねん》の薬師が「紫春殿！」と呼びかけた。紫春はすぐさまその薬師のもとに向かう。

一人の応急手当てを終えれば、またどこかから紫春を呼ぶ声が聞こえた。薬師や兵も動きを取り戻し、広間には再びさまざまな声が響き渡る。

紫春は重傷者の応急手当てを行い、怪我人が命の危機を脱したら他の薬師に引き継《つ》ぐ。兵は怪我人を広間に運ぶ。時おり、医薬司官と英桂の指示が飛ぶ。

短時間の間にこれほど連続して力を使ったのは初めてのことで、紫春の額に汗《あせ》が流れ、軽いめまいに襲われた。汗を手の甲《こう》で拭《ぬぐ》って、紫春は次に運ばれてきた重傷者のもとへ急ぐ。これまで何人の手当てをしただろう。数えていないし、覚えてもいなかった。

広間に運ばれてくる人の数は一向に減らず、龍の咆哮は依然《いぜん》として轟いている。火の手は弱まることなく宮城を焼き、既に皇城《こうじょう》の一部も焼けていると兵は言う。

李貴はとっくに霹政と争う櫂染のもとに戻ったはずだから、櫂染と二人がかりでも苦戦しているということだ。霹政の実力は九尾の里の中でも群を抜いている。いくら李貴と櫂染が優れた武人であっても、そうやすやすと勝てる相手ではない。

李貴が凶刃《きょうじん》に倒《たお》れる光景が浮《う》かびそうになって、紫春は慌《あわ》てて想像を頭から追い出した。悪い考えに引っ張られる暇《ひま》はない。今はただ李貴と櫂染を信じて、紫春は薬師としての役目に集中するべきだ。すり寄ってきた不安を無理やり追い出し、紫春は自らを落ち着かせるために深く息を吸い、吐《は》く。

李貴様、と心の中で李貴を呼ぶ。どうかご無事で、と祈《いの》る。

永遠にも思える長い祈りのあと、唐突《とうとつ》に、その瞬間《しゅんかん》は訪れた。

「火が消えたぞ！」

そう叫《さけ》んだのは、嬉々《きき》とした様子で広間に駆《か》け込んできた兵だった。

「李貴様と櫂染様だ！　お二人が九尾を止めた！　火も消えた！」

宮城を焼いていた炎《ほのお》は跡形《あとかた》もなく消え失《う》せ、龍《りゅう》の姿もどこにもないと言う。兵も薬師も、怪我をした人も、皆一様に安堵《あんど》して広間は歓喜《かんき》に沸《わ》いた。

危機が去ったことを紫春が認識するまでに、一瞬の間を要した。李貴と櫂染が人々を守り抜《ぬ》いたのだと理解したとき、紫春の目に涙《なみだ》がこみ上げた。

「紫春殿。ここはもう私たちだけで大丈夫です」

医薬司官《いやくしかん》に告げられ、紫春は軽く頷いて広間を飛び出した。医薬司を出て、皇城を駆け抜けて宮城を走る。妖力《ようりょく》を酷使《こくし》したことで足は重く、体が悲鳴を上げている。それでも紫春は走った。足をもつれさせながら、息を切らしながら、李貴がいるところを目指して必死に走った。

「はあっ……はあっ……」

焦《こ》げた臭《にお》いが周囲に立ち込めているものの、視界に紅蓮《ぐれん》の炎はなく、龍もいない。焼け焦げた殿舎《でんしゃ》が痛ましい姿で佇《たたず》んでいるが、火傷《やけど》を負って苦痛に呻《うめ》く人々の姿もない。

やがて紫春は炎華宮に辿《たど》り着き、李貴の姿を視界に捉《とら》えた。

あちこちが燃えた炎華宮のそばで、李貴は自分の足で立っていた。李貴の隣《となり》には同じく自分の足で立つ櫂染がおり、二人の視線の先で、地面に倒れて動かない霹政が兵に縄《なわ》をかけられていた。憮然《ぶぜん》とした面持《おもも》ちで立ち尽《つ》くす李晃も兵に囲まれ、李晃の傍らには荘薫もいる。

李貴と櫂染は無事に霹政に勝ち、生きてここで息をしている。

「李貴様！」

紫春の声が届いたのか、李貴が振《ふ》り向いた。李貴の衣《ころも》はあちこちが破れ、斬《き》り裂《さ》かれ、血が滲《にじ》んでいるが、李貴自身に大きな怪我《けが》はないようだ。

紫春の姿を認識《にんしき》した李貴は、ほっとした様子で顔をほころばせた。

「紫春！」

李貴が紫春に向かって一歩踏《ふ》み出した。紫春はそんな李貴の腕《うで》の中に飛び込もうと、いっそう強く地面を蹴《け》って駆け寄る。

そのとき、紫春の視界の端《はし》で黒い影《かげ》が動いた。

自然と、視線が黒い影に引き付けられた。そこで紫春は気づいた。ゆらりと不穏《ふおん》に動いた黒い影は、兵に縄をかけられた霹政の尻尾《しっぽ》だ。

「うわああっ！」

霹政を連れていこうとした兵の悲鳴が、周囲の空気を切り裂いた。霹政の身から小さな火が生まれ、やがて膨れ上がって霹政を包み込む。近くにいた兵たちが霹政から距離《きょり》を取ったと同時に縄が焼き切れ、霹政を取り囲む炎は巨大《きょだい》な龍に姿を変えた。

足を止めた紫春の視線の先で、龍がぐにゃりと不気味に動いた。その直後、龍は紫春に向かって飛び出した。炎の中にいる霹政は、垂れ目を歪《ゆが》めて笑っていた。

血相を変えた李貴が叫び、紫春に手を伸《の》ばした。紫春は再び足を動かし、李貴に駆け寄る。

「紫春！」

しかし、紫春が李貴の腕の中に駆け込む前に、紫春の視界が紅蓮に染まった。

大きく口を開けた龍が紫春を飲み込んだ。炎の中に引き寄せられ、全身が炎に包まれる。李貴の手を取ることができなかった指先は空を摑《つか》み、足が宙に浮く。捕《と》らえられた炎の中は不思議と熱くはないものの、息苦しく、意識が遠のいていく。

龍が高く飛び立ち、李貴や櫂染が立つ地面が遠ざかる。

紅蓮の炎越《ご》しに最後に見えたのは、愕然《がくぜん》とした李貴の顔だった。

振動《しんどう》を感じて、紫春は薄く目を開けた。

見えたものは、だらりと投げ出された紫春自身の両腕《りょううで》と、地面を歩く誰《だれ》かの足だった。森の中にいるのか、地面には草や茸《きのこ》が生え、誰かの足が時おり盛り上がった木の根を乗り越える。どうやら、紫春は何者かの小脇《こわき》に抱《かか》えられて運ばれているようだ。

ぼんやりと霧《きり》がかかっていた意識が鮮明《せんめい》になるにつれ、紫春の嗅覚《きゅうかく》もまた、元来の鋭《するど》さを取り戻し始める。人里離《ひとざとはな》れた森の匂《にお》いと共に、何かが焦げたような臭いを捉えた瞬間、紫春は意識を失う寸前のことをはっきりと思い出した。

はっと息を呑んで身じろぎをすると、頭上から声が降ってきた。

「お？　気づいたか、桂春」

霹政の声だ。紫春は顔を上げようとするも、体は痺《しび》れているようで、うまく力が入らない。体の自由を奪《うば》う毒を飲まされていると察しがついた。

「ここ、は……」

「北楊からちょっと離《はな》れた森の中だよ。里まではまだしばらくかかる。寝《ね》てろ」

九尾《きゅうび》の里への帰還《きかん》の途中《とちゅう》だと知った紫春はとっさに身を捩《よじ》ったものの、動きを封《ふう》じられた体では思うように抵抗《ていこう》できず、霹政の腕から逃《のが》れることはできなかった。霹政は「おいおい暴れんな。危ねぇだろ」と余裕《よゆう》の調子だ。

「里には……帰らない……」

「はいはい。もう帰るしかねぇから大人しくしておけ。それに、大事に抱えてやってんのは俺の優《やさ》しさだぞ？　尻尾摑んで引き摺《ず》ったっていいのに抱えてやってんだ。感謝しろ」

そう吐き捨てた霹政は、紫春を抱える腕と反対の手で紫春の尻尾を鷲摑《わしづか》みにした。乱暴な手つきで尻尾を摑まれ、尻尾の付け根に鋭い痛みが走る。

「いっ……」

「それにしても、綺麗に染まったな。もうちゃんと色月《しきげつ》来てんじゃねぇか。楽しみだ」

尻尾を霹政に触《さわ》られるなど我慢《がまん》ならない。だが痺れる体では霹政の手を振り払《はら》うこともできず、霹政は紫春をいたぶるように尻尾を摑み続けた。その触り方は暴力的で、丁寧《ていねい》に尻尾に櫛《くし》を通してくれた李貴の手つきとは似ても似つかなかった。

李貴の手は紫春の手よりずっと大きくて、骨ばっていて、硬《かた》い肉刺《まめ》がいくつも残っていた。それでも尻尾を撫《な》でる手つきは優しく、慈《いつく》しむように紫春に触《ふ》れてくれた。

涙が溢《あふ》れて、目からこぼれ落ちた。頬《ほお》を伝うことなく地面に落ちて土を濡《ぬ》らす。悲憤《ひふん》に駆られて息も満足にできない。激しい憤《いきどお》りと悔《くや》しさと、身が裂かれるほどの悲しみが胸を裂いた。

「ところで、お前、あの皇子様に抱《だ》かれたか？」

「は……？」

「まあ、抱かれてたっていいんだけど。むしろ抱かせてやったようなもんだ。わざわざ色月が来るまで待ってやったんだから。一回くらい抱かせてやってから、お前を取り上げるほうが面《おも》白《しろ》いからな」

香林街で顔を合わせてから今に至るまで、霹政が何を考えていたのかを思うと、彼の醜悪《しゅうあく》さに吐き気がした。あまりの不快感に返す言葉さえ見つからない。

「人間相手に抱かれたって白尾《はくび》の力の継承《けいしょう》は成立しないし。万が一、お前が皇子様の子を宿していたとしても、それはそれで別にいい。俺とお前の子ってことにすればいいし、もし耳と尻尾がなかったら殺して、またあとからお前に産ませるし」

霹政は休日の予定でも立てるような軽い口調で言う。紫春は昔から、霹政のこういうところが苦手だった。柔和《にゅうわ》な仮面で隠《かく》された冷血な本性《ほんしょう》が、どうしても受け入れられなかった。

「なあ、皇子様との夜はどうだった？　皇子様、けっこう激しそうだよな」

「李貴様は……そんなこと、しない」

李貴は決して無理に触れようとしなかった。紫春の心が自然と李貴に近づいていくまで待っていてくれた。好き勝手に李貴を語る霹政に温かな記《き》憶《おく》を汚《けが》されていく気がして、行き場のない怒《ど》気《き》を抱えた紫春はぼろぼろと涙をこぼす。

「え？　抱かれてねぇの？　なんだよ、あの皇子様、意外と奥手だな。宮城《きゅうじょう》に連れ込んでるくらいだから、とっくに抱いてると思ったのに。見目は麗《うるわ》しいのに情けねぇ男だ」

「……語るな」

「ん？　なんだって？」

「お前が……李貴様を、語るな」

紫春の頭の中で何かが切れた音がした。途端《とたん》に尻尾が膨らみ、人々の治療《ちりょう》に使って枯渇《こかつ》寸前だった白尾の力が怒《いか》りによって膨れ上がる。その力は四肢《しし》が千切れそうなほどの衝撃《しょうげき》と共に紫春の全身を巡《めぐ》り、一瞬《いっしゅん》にして体を蝕《むしば》む毒を消し去った。

自由になった紫春は大きく身を捩り、霹政の腕から逃れた。地面に落ち、腰《こし》をしたたかに打ちつけて鈍痛《どんつう》が走る。その拍子《ひょうし》に再び目から涙がこぼれ、頰を伝い、顎《あご》から滴《したた》り落ちた。しかし紫春は流れる涙など構わず、赤くなった目で霹政を睨《にら》んだ。

「お前なんかが……お前が！　李貴様を語るなよ！」

紫春の剣幕《けんまく》に気圧《けお》されたのか、霹政は珍《めずら》しく表情を失くして佇《たたず》んでいる。

「お前なんかとは違《ちが》う！　あの人は……李貴様は俺を無理やり自分のものにしたりしない！　いつだって俺を……愛して、くれたんだ」

紫春、と名を呼んでくれた声が蘇《よみがえ》った。温かくて、優しい声だった。

霹政が動いた。体の重みを一切《いっさい》感じさせない、鬼《おに》を思わせる動きだった。紫春が怯《ひる》んだ一瞬に霹政は手を伸ばし、座り込む紫春の首を摑んで地面に押し倒《たお》した。仰向《あおむ》けになった紫春に馬乗りになる霹政の顔からは、感情が消え失《う》せていた。

「俺が、なんだって？　あの皇子とどう違うって？　もう一回言ってみろよ。おい」

紫春の首を摑む霹政の手に力が入る。ぎりぎりと首を絞《し》められた紫春はとっさに霹政の手首を摑んだ。しかし紫春の首に食い込む霹政の指は離れず、徐々《じょじょ》に息苦しさが増していく。

「お前は、俺のものなんだよ」

違う、という反論は声にならない。紫春の口から漏《も》れるのは、か細い吐息《といき》だけだ。

「お前は俺のものだ！　そう決まってんだよ！　それが定めだ！　それが掟《おきて》だ！」

霹政の無表情が崩《くず》れた。息苦しさで遠のき始める意識の中で、霹政の声が耳に突《つ》き刺《さ》さる。

「諦《あきら》めろよ！　受け入れろよ！　諦めて、受け入れて、俺を見ろよ！　お前はいつもそうだ！　俺のものだって決まってるのに、俺を見ようとしなかった！」

紫春と霹政の婚姻《こんいん》は、幼い頃《ころ》に長《おさ》によって決められた。だが紫春は昔から霹政が苦手で、ずっと彼を避《さ》けていた。やがて紫春は里を出て、霹政から逃《に》げ出した。

「お前が……手に入ると思った。やっと、俺を見てくれるやつが手に入ると思ったのに」

霹政の声がわずかに震《ふる》え、黒の瞳《ひとみ》にうっすらと涙《なみだ》の膜《まく》が張った。霹政の心を覆《おお》い隠していた硬い殻《から》にひびが入り、痛々しい本心が露《あら》わになり始めていた。

「俺を見ろよ！　俺のものなんだよ！　お前の身も、心も、俺以外の人間のものじゃねぇ！」

そのとき、紫春の首を絞める霹政の手から少しだけ力が抜《ぬ》けた。紫春は霹政の手首を摑んだまま、咳《せ》き込みながら必死に息を吸う。荒《あら》い呼吸を繰《く》り返す紫春の頬に、霹政の目から溢れた熱い水滴《すいてき》がぽたりと落ちた。心情を吐露《とろ》する霹政の姿は、慟哭《どうこく》しているようでもあった。

「……欲しいものは、全部自分で手に入れる。そう決めた。お前だってわかってんだろ。生きてりゃいつかは救われるなんて、そんな都合のいい救済はこの世に転がっちゃいないんだ。だから俺は俺の手で、欲しいものを奪い取る。なんだって奪ってやる」

涙に濡れた霹政の目に弱々しさはなかった。ただ、意志だけが瞳にあった。それは彼が操《あやつ》る苛烈《かれつ》な炎《ほのお》によく似ていた。

「お前の愛だって、俺が奪う」

桂春、と続けて名を呼んだ霹政の声は、聞き取れないほどにかすれていた。

ここで紫春は、ようやく霹政の本心を悟《さと》った。

霹政の生家である明家は代々優秀《ゆうしゅう》な武人を輩出《はいしゅつ》してきた家柄《いえがら》だ。暗殺術を磨《みが》き、精鋭《せいえい》として活躍《かつやく》するため、明家の子は幼い頃から厳しい修行《しゅぎょう》に明け暮れる。弱さは許されず、耐《た》えきれなかった者から死んでいく。親であろうと兄弟であろうと、助けてくれる者はいない。

十五歳になったとき、明家の者は一人前の武人になるための試練に挑《いど》む。丸一日、鍛《きた》え抜いた明家の大人たちから逃げ、生き延びるというもので、捕《つか》まれば殺される。そこに慈悲《じひ》はない。

霹政もまた十五歳でこの試練を受け、追ってくる大人たちを躱《かわ》し、時に惨殺《ざんさつ》し、丸一日を生き延び、一人前の武人になったと聞いている。

紫春が霹政に関して知っていることはこれだけだ。彼がその時々で何を思い、何を感じ、生きてきたのか何も知らない。彼を避けてきたから、彼の内面を推《お》し測れるほど彼を知らない。

それでも、きっと寂《さび》しかったのだろうと紫春は思う。

霹政もまた、寂しくて、寂しくて、仕方がなかったのだ。純粋《じゅんすい》な愛情を求める無垢《むく》な心はいつしか歪《ゆが》み、定めという縛《しば》りに縋《すが》るように紫春を求めた。定められた許嫁《いいなずけ》なら、人生を共にすると決められた紫春なら、自分を見て、愛してくれると考えた。

里の長になるという望みも、里の外に広がる楊華の地をも支配するという野望も、寂しさがもたらしたものだったのかもしれない。力によって他者を屈服《くっぷく》させることによって、人との繋《つな》がりを得ようとしたのかもしれない。

同情などしたくない。霹政に傾《かたむ》ける心など欠片《かけら》もない。踏《ふ》み躙《にじ》られた屈辱《くつじょく》と、与《あた》えられた恐怖《きょうふ》は消えない。紫春が霹政を許すことはない。だが、罵倒《ばとう》の言葉は出てこなかった。

紫春は首に触れる霹政の手を外し、告げた。

「俺の……俺の、心は、もう李貴様に渡《わた》した」

この身が霹政に暴《あば》かれても、傷だらけになって獄《ごく》に繋がれても、継承と出産を済ませたあとに用なしとして殺されても、心だけは自由なまま、紫春は李貴を愛している。

愛しています、とひとこと伝えたかった。たったひとことだけでいい。そのひとことを伝えたら、李貴はどんな顔をしてくれただろう。見たことがないくらい嬉《うれ》しそうに笑ってくれたかもしれない。

もっといろいろな顔を見たかった。いろいろな言葉を聞きたかった。この先の時間をずっと一緒《いっしょ》に過ごしたかった。他《ほか》の誰《だれ》にだって、李貴の隣《となり》を譲《ゆず》りたくなかった。李貴に恋《こ》い焦《こ》がれたままの心が、強欲《ごうよく》なまでにそう叫《さけ》ぶ。

それでも、と紫春は思う。もう二度と会えないのなら、ただ李貴の無事と幸福を祈《いの》るだけでいい。ただ、生きて幸せでいてくれればいい。助けになど来なくていい。紫春のことなど忘れてしまったって構わない。李貴が紫春を愛するがゆえに危険に晒《さら》されるなら、紫春のことなどむしろ忘れてほしい。忘却《ぼうきゃく》の果てに彼の幸福があるのなら、それ以外に祈ることはない。

「……そうかよ」

霹政は紫春の上から退くと、紫春を見下ろした。既《すで》にその目に感情はなかった。虚空《こくう》を見つめるような、空っぽの瞳をしていた。

「じゃあ、帰るか。暴れたら半殺しにしてやるから、大人しくしてろよ」

霹政は紫春の尻尾《しっぽ》を掴《つか》み、乱暴に引いた。尻尾の付け根に激痛が走って、あまりの痛みに息が止まる。しかし霹政は一切の容赦《ようしゃ》なく紫春の尻尾を引っ張り、紫春の体を引き摺《ず》った。尻尾が千切れるかと思うほどの激痛に紫春は立ち上がろうとするが、霹政が絶えず尻尾を引くためうまく立ち上がれない。

意識が遠のきかけたとき、紫春は信じがたい匂《にお》いを捉《とら》えてはっと顔を上げた。

風に乗って運ばれてきたのは、李貴の匂いだ。

霹政も李貴の気配を察知したらしい。霹政が歩みを止めて身構えた直後、木々の間から突進《とっしん》してきた影《かげ》が霹政に襲《おそ》い掛《か》かった。

「くっ……」

苦しげな声を漏らした霹政は紫春の尻尾から手を離《はな》し、後方へと飛びのいた。霹政を襲った人物は紫春を庇《かば》うように、霹政の前に立ちはだかる。彼の動きに合わせて、頭の高い位置で一つに束ねた長髪《ちょうはつ》が優雅《ゆうが》に揺《ゆ》れた。

「遅《おそ》くなった。すまない、紫春」

剣《けん》を手にした李貴は、振《ふ》り返らずに告げた。

「李貴様……」

「助けに来た。すぐに片付けるから待っていてくれ。さっさと片付けて、一緒に帰ろう」

再び熱いものが紫春の目に溢《あふ》れ、こぼれて頬《ほお》を伝っていく。涙で李貴の後ろ姿がぼやけることが嫌《いや》で、紫春は必死に拳《こぶし》で涙を拭《ぬぐ》った。それでも、どれだけ拭っても止まらなかった。

「……はっ。皇子様のお出ましかよ。あんた、本当に桂春に執着《しゅうちゃく》してんなあ」

李貴から距離《きょり》を取った霹政は、いつの間にか右手に匕首《あいくち》を握《にぎ》っていた。隠《かく》し持っていた匕首で先ほどの李貴の一撃《いちげき》を防いだらしく、傷を負っている様子はない。

「無論。愛しているからな。ということで俺は今すぐ紫春を抱《だ》き締《し》めて涙を拭って、泣き止《や》むまで背中を撫《な》でてやらなければならない。お前を相手にしている暇《ひま》はないので投降しろ」

「それで投降するやつがこの世に何人いると思う？」

「む、強情《ごうじょう》なやつだ。投降したほうが身のためだぞ。なぜなら俺は、珍しく怒《おこ》っている」

言い終えると同時に、李貴は動いた。

李貴は瞬時《しゅんじ》に霹政との距離を詰《つ》めた。あまりの速さに霹政の反応が一瞬だけ遅《おく》れる。李貴はその隙《すき》を逃《のが》さなかった。李貴が突き出した剣が空気を斬《き》り、霹政の身に迫《せま》る。

だが、霹政は刃《やいば》に貫《つらぬ》かれる前に身を捻《ひね》った。剣先は霹政の頬をかすめ、赤い線が霹政の頬に走る。血が滲《にじ》んで流れ出すが、傷はおそらく浅い。

霹政は軽《かろ》やかに後ろに飛びのいて、李貴と距離を取った。左の人差し指で傷の血を拭い、赤く染まった指先をまじまじと見つめたのち、舌を伸《の》ばして血を舐《な》める。真っ赤になった舌を口の中に収め、薄《うす》く笑った。

「いいねえ。楽しくなってきた、と言いたいところだが、ちょっとだけ気になることがある。さっきやり合ったときも思ったが、追いついてきたことといい、今のといい、人間にしちゃあ速すぎるんじゃねぇの？　皇子様よ、あんた仙術とか使える人？」

思案顔をする霹政は匕首を手の中で器用に回し、やがて紫春に視線を移した。

「ああ、そういうことか。桂春、お前、力を使ったな？」

霹政の顔から笑《え》みが消え、空っぽの瞳が紫春を射貫《いぬ》く。

「本当に、お前、気に入らねぇ」

霹政は勢いよく前方へと飛び出した。霹政の進行方向にいた李貴はとっさに身構えたものの、霹政の匕首が狙《ねら》うのは李貴ではなかった。

霹政の足が地面を蹴《け》り、小柄《こがら》な体が宙に浮《う》く。李貴の背丈《せたけ》を超《こ》える高さの跳躍《ちょうやく》を見せた霹政はやすやすと李貴を飛び越《こ》え、舞《ま》うように回転し、李貴の背後にいる紫春に迫る。

目を剝《む》いた紫春の視界で、襲い来る匕首の刃がぎらりと光った。

「紫春！」

声と共に、刃と刃が衝突《しょうとつ》する甲高《かんだか》い音が響《ひび》いた。信じがたいほどの身のこなしで移動した李貴が霹政と紫春の間に割って入り、剣で霹政の匕首を受け止めていた。

「やはり貴様は性根《しょうね》が悪いな。丸腰《まるごし》の弱い者を狙うなど、それでも武の道を歩む者か」

「……悪いが、あんたみてぇなお綺麗《きれい》な心のお方とは違《ちが》う道なんでね」

剣と匕首を合わせ、額までもが触《ふ》れ合う距離で、李貴と霹政は互《たが》いに睨《にら》み合う。

膠着《こうちゃく》の末、彼らは動いた。

目にもとまらぬ速さで互いの得物を向け合う。激しい剣戟《けんげき》の音が森に響く。二人の足が地を踏みしめ、李貴の袴《はかま》の裾《すそ》がひらりと翻《ひるがえ》り、霹政の尻尾がゆらりと揺れる。

李貴が剣を振る。霹政は大きく仰《の》け反って避《よ》け、逆手に持った匕首を李貴の手首に向かって振るう。だが李貴は霹政の反撃《はんげき》を予想していたのか、即座《そくざ》に剣を引き、剣先を霹政に向け、そのまま刃を突《つ》き出した。

「おっと！」

霹政は仰け反った体勢のまま地面を蹴り、回転しながら跳躍した。宙で一回転した霹政は難なく着地するも、すぐに李貴の剣が追撃《ついげき》を繰《く》り出す。霹政は「うおっ！」と叫びながら匕首で剣を払《はら》い、姿勢を低くして一気に李貴との距離を詰めた。

突如《とつじょ》として至近距離に入られた李貴は反応が遅れた。霹政の匕首が下から振り上げられ、李貴の首を狙う。

鮮血《せんけつ》が舞った。

「李貴様！」

とっさに叫んだ紫春に対し、李貴は「問題ない！」と返す。直撃《ちょくげき》は避けたらしく、首の皮一枚だけが薄く裂《さ》け、血が流れている。

李貴は剣を振り続ける。霹政は剣を避け、払い、匕首を李貴に向ける。霹政は常に李貴の急所を狙い続けていた。どちらも一歩も引かず、疲《つか》れさえ見せず、剣戟の音は激しくなるばかりで、終わりの見えない戦いに紫春は祈るしかない。

そのとき、李貴の様子に変化が現れた。

「ぐっ……」

霹政の匕首を避けきれず、刃先《はさき》が李貴の肩《かた》に刺《さ》さった。李貴の苦痛に呻《うめ》く声が届く。

そこで紫春は気づいた。李貴の身体能力を強化している紫春の力の効力が切れかけている。

霹政が剣を持つ李貴の手を蹴り上げた。剣が李貴の手から離れて宙を舞い、少し離れたところに力なく落ちる。

「はっはは！　さっきまでの威勢《いせい》はどうした？」

霹政は勝ち誇《ほこ》った様子で、丸腰となった李貴に匕首を振り下ろした。李貴は身を捩《よじ》って避けるが、剣を拾えなければ防戦一方だ。しかし霹政が李貴に剣を拾うだけの隙を与《あた》えるわけもなく、李貴は防御《ぼうぎょ》だけを強《し》いられる。

紫春はとっさに剣を拾うために立ち上がった。ところが、李貴の剣に駆《か》け寄ろうとした紫春を嘲笑《あざわら》うように、地面に落ちた剣が炎《ほのお》に包まれた。

「ははっ！　拾わせるかよ！」

霹政の声に喜悦《きえつ》が混ざる。既に自らの勝利を確信し、李貴をいたぶって愉悦《ゆえつ》に浸《ひた》る声だ。

紫春は唇《くちびる》を噛《か》み締めた。紫春が持つ白尾《はくび》の力は、霹政の黒尾《こくび》の力のように攻撃《こうげき》には向いていない。この状況《じょうきょう》を打開するべく思考を巡《めぐ》らせるが、有効な手は思いつかない。

匕首の刃が李貴の足を斬り裂く。鮮血が舞う。李貴の顔が苦痛に歪《ゆが》む。

「……李貴様！」

無力感に苛《さい》まれた紫春は叫《さけ》んだ。名を呼ぶことしかできないことがひどく歯痒《はがゆ》い。

紫春の声に反応し、李貴が横目で紫春を見た。目が合った瞬間《しゅんかん》、李貴は少しだけ口角を上げた。それは何かの覚悟《かくご》を決めたような顔に見えた。

「あとは頼《たの》んだ！」

李貴は紫春にそう叫ぶと、それまでの防戦姿勢を捨てて前に踏《ふ》み込んだ。

霹政は余裕《よゆう》の表情で匕首を振るう。刃が李貴の肩から胸にかけて大きく斬り裂いた。瞬《また》く間に血が溢れ、鮮《あざ》やかに宙を舞う。その赤が凍《こお》り付いた紫春の目に焼き付き、血の臭《にお》いがつんと鼻をついた。紫春の喉《のど》の奥で、声にならない悲鳴が聞こえた。

その場で崩《くず》れ落ちてもおかしくない傷だった。紫春も、おそらくは霹政も、李貴が倒《たお》れることを予想した。だが、李貴は紫春と霹政の予想を大きく裏切った。

李貴の足が力強く地面を踏みしめる。李貴は剣を失った右手で霹政の首を摑《つか》んだ。霹政の顔が驚愕《きょうがく》で固まった瞬間、李貴は再び大きく踏み込んだ。

李貴の手によって、霹政の頭が近くの木の幹に叩《たた》き付けられた。

「がっ……」

霹政の口から呻き声が漏《も》れた。力が抜《ぬ》けて首《こうべ》を垂れた霹政の手から、匕首が落ちる。李貴が霹政の首から手を離すと、支えを失った霹政の体が地面に転がった。ぴくりとも動かない姿を見る限り、完全に意識を失ったようだ。

一瞬遅《おく》れて、李貴の体も地面に倒れ伏《ふ》した。

「李貴様！」

紫春は一目散に李貴に駆け寄り、傷口に息を吹《ふ》きかけた。肉が裂け、骨が露《あら》わになるほどの深い傷が、紫春の力で瞬く間に塞《ふさ》がり始める。体に負ったすべての傷が癒《い》えたと同時に、李貴は「う……」と小さく声を漏らして目を開けた。

「紫春……」

李貴の手が紫春の頰《ほお》に触れた。紫春はとっさに李貴の手を握り締めた。温かい手だった。李貴の命が確かにここにある安堵《あんど》に、紫春の目から大粒《おおつぶ》の涙《なみだ》がこぼれ落ちる。

「李貴様……あんな、危ないこと……二度としないでください！　絶対、しないで……」

「……すまない。すまなかった、紫春」

上体を起こした李貴が紫春の体を抱き寄せた。紫春は李貴の背中に腕《うで》を回し、両手で衣《ころも》を摑み、李貴に縋《すが》りついて泣き崩れた。

「でも、必ず自分が助けると紫春が言ってくれたから、勝てたんだ」

皇城で別れたときの言葉だ。李貴は覚えてくれていた。紫春のその言葉を信じて、命を投げ出す覚悟で紫春を救ってくれた。

「……李貴様」

「うん？」

「俺……李貴様のことが、好きです。大好きです」

嗚咽《おえつ》しながら、紫春は荒《あら》い呼吸の合間に告げる。

「……ごめんなさい。俺は、李貴様を、疑ってしまったんです。李貴様が俺に求婚《きゅうこん》したのは、俺のことを好いているからではないんじゃないかって」

李貴に懐疑《かいぎ》の念を抱《いだ》いていたと告白するのは、今でも少し恐《おそ》ろしい。それでも紫春はすすり泣きながら続ける。

「ごめんなさい、李貴様……ごめんなさい。黙《だま》っててごめんなさい。ずっと李貴様を避《さ》けていてごめんなさい。勝手だってわかってます。俺、それでも、李貴様のおそばにいたいです」

李貴の反応を見るのが怖《こわ》くて顔を上げられない。李貴の肩《かた》に額を押し付けたまま固まっていたら、突如、李貴の手が紫春の両肩を摑んで紫春を引き剝《は》がした。

おそるおそる李貴の顔色を窺《うかが》うと、李貴はきょとんとした様子で小首を傾《かし》げている。

「紫春は、何を言っているんだ？　俺は紫春を愛しているし、恋《こ》い焦《こ》がれている。だから紫春に求婚したんだ」

「じゃあ……どうして俺と出会ったその日に求婚したんですか」

「出会ったその日ではないだろう。求婚したのは紫春と出会った日の、およそ二年後だ」

「……はい？」

今度は紫春が小首を傾げる番だった。

紫春が李貴と初めて会ったのは、春の香林街にて李貴の毒殺騒《さわ》ぎがあった日のはずだ。だが李貴の発言が正しいならば、毒殺騒ぎの二年前には李貴と出会っていたことになる。二年前というと紫春は九尾《きゅうび》の里から逃《に》げ出したばかりで、香林街にも辿《たど》り着いていない。

「二年前の、いつ、お会いしたと……？」

「二年前の春の、山の中だ。紫春は何者かに追われていて、俺は紫春を助けた」

「山の中……？」

二年前、紫春を山の中で助けてくれた人は、茉莉花《まつりか》の香《こう》をつけた髭面《ひげづら》の青年しかいない。紫春がせめてもの礼にと琥珀《こはく》のお守りを渡《わた》した、その人だけだ。

李貴は大きく斬《き》り裂かれた衣の内側に手を入れ、何かを取り出した。

「先ほどの一撃《いちげき》で紐《ひも》は切れてしまったか……でも、よかった。琥珀は無事だ」

李貴が胸元《むなもと》から引っ張り出したのは、紐が取り付けられた小さな琥珀だった。首にかけられる長さの紐は無残にも断《た》ち切られていたが、紫春の親指の爪《つめ》ほどの大きさの琥珀には傷一つなく、飴色《あめいろ》の光沢《こうたく》を放っている。

それは紛《まぎ》れもなく紫春が両親から贈《おく》られ、二年前の山中で髭面の男に渡したお守りだった。

紫春は目を丸くして、震《ふる》える指先で琥珀に触《ふ》れた。

「これは……俺が、あの人に渡したお守りです」

「ああ。二年前、紫春から渡された。それからずっと、衣の内側に身に着けていた」

「じゃあ、あの人は……李貴様だったんですか」

信じられない思いで紫春は李貴を見つめた。記憶《きおく》に残る髭面の男と目の前にいる李貴を比べてみると、確かに背丈《せたけ》や体軀《たいく》、声の調子などは似通っている。年齢《ねんれい》にも矛盾《むじゅん》はない。なにより李貴が手にした琥珀のお守りが、彼の発言が真実であると物語っている。

「そうか、紫春はあのときの男が俺だと気づいていなかったのか。俺はてっきり、気づいているものだと」

「すみません……今の李貴様とはかけ離《はな》れたお姿でしたし、あのときの茉莉花の香の匂《にお》いも、再会してからは一度もしなかったので……でも、どうして山に？」

「あの頃《ころ》は頻繁《ひんぱん》に命を狙《ねら》われていて、山に入る直前も、涼月宮で刺客《しかく》に襲《おそ》われたんだ。俺から普段《ふだん》はつけない茉莉花の匂いがしたのは、刺客の一撃で部屋にあった香の小瓶《こびん》が割れて、中身が俺の髪《かみ》か衣《ころも》あたりについたからだろう。それでこのまま宮城《きゅうじょう》にいるのは危《あや》ういと判断して、着の身着のまま燿染と二人で山に逃げ、しばらく籠《こも》っていた。紫春と出会ったとき、燿染は追手がいないか様子を探《さぐ》りに出ていたから、あの場には俺しかいなかった」

　思い返してみれば、李貴は山に籠っていたから鹿《しか》をさばけると言っていたし、自らの出自を語ったとき、命を狙われて燿染と山に逃げたこともあると言っていた。

「あのときの俺は命を狙われ続ける日々に、戦い続ける毎日に疲《つか》れていた。だが燿染に弱音は吐《は》けない。燿染を守るためにも、俺は揺《ゆ》らがずに戦い続けなければならない。そうわかっていたが、それでも限界だった。ふとした瞬間に、自分の命を手放してしまいそうになることがあった。そんなとき、紫春に出会ったんだ」

　李貴は柔《やわ》らかな声で懐古《かいこ》する。そのときに味わった感情までも、そっと声に乗せるように。

「俺よりずっとか弱い身で何者かに追われ、俺に怯《おび》える紫春を見たら、勝手に体が動いた。おそらくは庇護欲《ひごよく》というものなのだろうが……紫春は、俺が思うよりずっと強かった。自分も大変な状況《じょうきょう》にあるだろうに俺の幸福を祈《いの》り、俺が呼びかけても止まらずに走っていった。その背中が、俺にはとても眩《まぶ》しく見えたんだ。山の中で燻《くすぶ》る俺よりも、ずっと強く見えた」

別れてからというもの、ずっと白い尻尾《しっぽ》の九尾の姿が脳裏《のうり》にちらついたと李貴は言う。

「宮城に戻《もど》れてからも、ずっと彼のことが気にかかっていた。なぜだかもう一度会いたくてたまらなかった。会いたいと思うたび、手元にある琥珀のお守りを見ては、彼の無事を祈った。そして、俺の幸福を願ってくれた彼の祈りに勝手に救われた。だから俺は、彼に恥《は》じない生き方をしようと誓《ちか》った。それを生きる理由にした。必ず生き延びて、彼にもう一度会って、今度は俺が彼の幸福を祈るのだと」

李貴は手にしたお守りを握《にぎ》り締《し》め、胸に拳《こぶし》を当てた。祈るようなその仕草は、彼が今までずっと、こうして胸に手を当てて自らの心を強く保とうとしてきたことを物語っていた。

紫春の祈りにはなんの効力もない。李貴を守れる力はない。飽《あ》きたらすぐに忘れられる子供の遊びにも、現実味のない物語で描《えが》かれる虚構《きょこう》にも似ている。それでも李貴は、紫春の祈りに救済を見出《みいだ》した。紫春の祈りを、それだけの意味のあるものにした。

「白い尻尾の九尾を捜《さが》したが見つからず、どうしようもなくなった俺は縋るように九尾について調べ始めた。やがて楊光帝の毒殺に行きつき、記録に違和感《いわかん》を覚え、広く伝わる九尾の姿は誤りではないかと思い始めた」

やがて月日は流れた。ある日、李貴は香林街に赴《おもむ》き、昼餉《ひるげ》の最中に紫春が現れた。

「正直に言えば、九尾の姿に戻る前はわからなかった。耳と尻尾がとても印象的だったのだろう。でも紫春が九尾の姿に変化《へんげ》したとき、俺は気づいた。ずっと再会を願ってきた九尾だと」

ここで紫春はようやく、香林街で九尾の姿に戻った際に李貴が発した『やっと会えた』という言葉の真意を理解した。それは、二年間も再会を願い続けてきた紫春に会えた驚喜《きょうき》からもたらされた、李貴の本音だった。

「歓喜《かんき》に沸《わ》いたのも束《つか》の間だった。誰《だれ》より幸福であってほしかった相手が、俺のせいで泣いている。他《ほか》でもない俺が彼を泣かせている。絶望にも似たものが体中を駆《か》け巡《めぐ》って、どうすればいいかわからなかった。ただ泣き止《や》んでほしかったし、怖がらないでほしかった。できることなら笑ってほしかったし、何かが彼の脅威《きょうい》となるならば、俺が守ってやりたくなった。それは理屈《りくつ》や理性的な思考を軽々と凌駕《りょうが》する衝動《しょうどう》だった。そこで俺は気づいた。自分の中に、さまざまな欲《よく》の根に、愛《いと》おしいという感情があることに」

そこで李貴は寂《さび》しそうな苦笑《くしょう》を浮《う》かべた。

「……愛というものが、ずっと理解できなかった。実の母の恋仲《こいなか》だった男は、母の後を追って死んだ。たくさんのものを持っていただろうに、すべて捨てて死んだ。俺は男にそんな非合理的な選択《せんたく》をさせた愛情というものが理解できなかった。なんとか理解できないものかと思い、時おり母が残した茉莉花の香をつけてみたが、当然そんなもので理解できるはずもない」

二年前の山中で李貴から漂《ただよ》っていた茉莉花の芳香《ほうこう》は、彼の実の母が残した香のものだったのだろう。李貴が先ほど言っていたように、彼が日常的につけている香ではなかったから、再会してからの日々の中で李貴から茉莉花の匂いがすることはなく、ゆえに紫春も山中で出会った男と李貴が重ならなかった。

「それでも、紫春に再会したときに理解したんだ。理屈ではない。ただ、愛おしいのだと。たったそれだけでもいいのだと。たったそれだけでも、それは俺にとって大切な意味のある、確かなことなのだと」

ただ、愛おしい。たったそれだけだ。他の言葉は当てはまらない。その感覚は、紫春もよく知っている。

「だから、俺は紫春に求婚したんだ。紫春のことを、一生をかけて愛したいと思ったから」

李貴の求婚の言葉に込められていたのは、二年越《ご》しに芽吹《めぶ》いた恋心《こいごころ》から生まれた、極《きわ》めて純《じゅん》粋《すい》で澄《す》んだ愛情だった。香林街で再会したその日に、李貴は紫春への真摯《しんし》で誠実な愛情を示してくれていた。

「紫春との日々が続くうちに、俺は恋を自覚したときよりもずっと、紫春に惹《ひ》かれるようになった。俺と違《ちが》って表情が豊かなところが可愛《かわい》らしかったし、よく動く尻尾も愛らしかった。そして俺の孤独《こどく》を救ってくれた。俺は紫春の強さと優《やさ》しさに、どうしようもなく惹かれている」

李貴はこれ以上ないくらいに優しく微笑《ほほえ》んだ。

「ずっと、名を知りたかったんだ。あのときは名を尋《たず》ねる暇《ひま》もなかったからな」

「……俺もです。ずっと、あなたの名を知りたかった」

微笑みを交《か》わしたのち、唇《くちびる》を合わせた。一瞬《いっしゅん》だけ唇を重ねて顔を離し、李貴は慰《なぐさ》めるように紫春の頭を撫《な》でる。

「俺の言葉が足りずに誤解を与《あた》えてしまい、すまなかった。出会ったその日に求婚《きゅうこん》されたと思っていた紫春からしてみれば、俺の愛に疑念を抱《いだ》くのも自然なことだ。蔵書殿《ぞうしょでん》に行った日から様子がおかしくなったから、おそらくそこでの発言で不安にさせたんだろうが……今思えば、あれも確かにもう少し違う言い方をするべきだった」

李貴が蔵書殿で口にした、李貴と紫春の婚姻《こんいん》により宗家が九尾と向き合う姿勢を示すことができるという発言は、おそらくは婚姻がもたらす一つの影響《えいきょう》について言及《げんきゅう》しただけだろう。紫春への絶対的な愛情が見えている李貴にとっては、それはあくまで愛する相手との婚姻の結果として後発的に生じるものにすぎなかった。しかし、李貴の恋の過程を把握《はあく》できていなかった紫春は、結果が李貴の愛情を隠《かく》す形で前面に出ているように見えてしまい、不安を抱いた。

紫春は首を横に振《ふ》った。

「いえ、俺が悪いんです。勝手に勘違《かんちが》いをして、李貴様と向き合うことから逃げて……本当にすみません」

「いや、紫春だけの責任ではない。俺はいつも、必要なことを言わないわりに阿呆《あほう》のようなことはたくさん言う、と苦言を呈《てい》されている」

　李貴にそう告げた人物の顔は容易に想像できる。紫春が思わず笑《え》みをこぼすと、李貴もまた口元を緩《ゆる》めた。

「だからこれからは、俺の言葉や態度に引っ掛《か》かったら、遠慮《えんりょ》なくなんでも言ってほしい。紫春が何を考えているのかわからないのは、もう嫌《いや》なんだ。紫春がつらそうな顔をしているのに、その紫春の胸の内がわからないなど、二度と御免《ごめん》だ」

「……はい。そうします」

　紫春とて同じ思いだ。誰かの心が理解できないことは、時としてこれほどまでの苦痛をもたらすのだと、紫春は李貴に恋をして初めて知った。

「改めて言おう。紫春、俺の伴侶《はんりょ》になってほしい」

「はい。喜んで」

　すると、李貴は見たことがないくらい嬉《うれ》しそうに笑った。彼の目には、うっすらと涙の膜《なみだのまく》が張っていた。それでもその涙さえひどく美しく、温かく、愛おしいものに見えた。

　もう一度顔を寄せ合って、口づけを交わす。今度は何度も何度も角度を変えて触《ふ》れ合った。啄《ついば》むような、戯《たわむ》れのような優しい接吻《せっぷん》だった。

　どれくらいの間、そうやって李貴と寄り添《そ》っていただろう。不意に、李貴が紫春の後方へと目を向けた。李貴の視線を追って振り返ると、兵を引き連れて森の中を歩いてくる櫂染の姿が小さく見えた。

「櫂染が来てくれたようだな。兵もいるから、気を失っている霹政を背負って北楊まで運ぶ必要はなさそうだ。紫春ならばどこまでも抱《かか》えて運んでやれるが、霹政を運ぶ元気はない」

「……ふふ、なんですか、それは」

李貴の冗談《じょうだん》めかした物言いに紫春は顔を綻《ほころ》ばせ、李貴と共に立ち上がる。歩み寄ってくる櫂染は紫春と李貴の無事を知ったらしく、疲《つか》れた顔に確かな安堵《あんど》を浮かべた。

「では、紫春。帰ろうか」

「はい。帰りましょう」

微笑み合って、紫春と李貴は櫂染に向かって歩き出した。

紫春は壮年《そうねん》の男の上腕《じょうわん》をしげしげと眺《なが》め、告げた。

「……はい、大丈夫《だいじょうぶ》ですね」

霹政の火によって酷《ひど》い火傷《やけど》を負った男の腕《うで》は、焼け爛《ただ》れたとは思えないほど綺麗《きれい》に治っていた。痕《あと》も残らずに完治したのは僥倖《ぎょうこう》だ。

霹政の襲撃《しゅうげき》から半月が経過し、皇城《こうじょう》は平穏《へいおん》を取り戻《もど》しつつあった。

襲撃犯である霹政と、霹政に李貴の暗殺を依頼《いらい》した李晃の二人は現在、刑務部《けいむぶ》の地下牢《ちかろう》に幽《ゆう》閉《へい》されている。李晃の側近である荘薫など李晃に手を貸してきた者たちも同様で、現在は皆《みな》、法の裁きを待つ身となっていた。

当然、李晃の母である皇后は李晃の身柄《みがら》を拘束《こうそく》することに反発した。そんな彼女と李晃に強く遺憾《いかん》の意を示したのが、李貴と李晃の兄である皇太子だった。いささか求心力に欠ける皇太子だが、皇城と宮城《きゅうじょう》に甚大《じんだい》な被害《ひがい》を及《およ》ぼした李晃の行いは高官や官僚《かんりょう》にとっても容認《ようにん》しがたいものであり、今回ばかりは皇太子に賛同する者も多かった。皇帝《こうてい》も皇太子の側につくべきと判断したのか、李晃の処遇《しょぐう》に関して異を唱えることはなかったらしい。

李貴を敵視していた皇后だが、今回の件への直接的な関与《かんよ》はなかっただろうというのが李貴の見立てだ。そのため皇后を完全に表舞台《おもてぶたい》から排除《はいじょ》することはできないが、李晃が地位を失ったこと、また皇太子が李晃に厳しい姿勢を見せたことで憔悴《しょうすい》し、現在は急病という理由で住まいに閉じこもっている。このまま徐々《じょじょ》に影響力を失っていくのではないかと噂《うわさ》されているくらいだ。ひとまずは完全に危機が去ったとみていいだろう。

九尾《きゅうび》の里の動向に関しても、紫春は懸念《けねん》を抱いていなかった。今回の襲撃の話は既《すで》に楊華《ようか》全土にまで広まっているから、おそらく里も霹政が囚《とら》われの身となったことを把握している。紫春を連れ戻す役割を一人で担《にな》っていた霹政が動けない状況《じょうきょう》に陥《おちい》った以上、里としては他《ほか》の追手を差し向けたいところだろう。しかし紫春がいるのは、霹政の襲撃によってよりいっそう厳重な警備態勢が敷《し》かれた皇城及び宮城だ。強引《ごういん》に紫春を里に連れ戻すのは困難を極めることは一《いち》目瞭然《もくりょうぜん》だから、里も強硬《きょうこう》的な手段は取らないと考えられた。

そのため紫春は穏《おだ》やかな気持ちで、医薬司《いやくし》での仕事をこなしている。

現在、紫春が主に行っているのは、霹政の襲撃によって傷を負った者の経過観察だ。全員経過は良好で、近いうちに完治する見込みだった。最も重傷だった者も、既に日頃《ひごろ》と同じ生活を送れるようになっている。

「これで終わりです。もう来なくて大丈夫ですよ」

壮年の男に告げると、男は紫春と目を合わせようとしないまま袖《そで》を直した。しかし、椅子《いす》から立ち上がった際にぼそぼそと礼を言う声が聞こえて、紫春は「お大事に」と微笑む。立ち去ろうとした男の視線が紫春の頭の上に動き、すぐに目をそらした。

紫春は今、九尾の姿で毎日を過ごしている。襲撃時に本来の姿で対応にあたったため、今さら隠すことには何の意味もないと判断したからだ。

人々は確かに、一度は九尾である紫春を受け入れたかに見えた。だが平穏が戻るにつれて、人々の態度に滲《にじ》み出た戸惑《とまど》いは日に日に色濃《いろこ》くなりつつあった。

医薬司で仕事をしていると、薬師《くすし》や患者《かんじゃ》の視線が耳と尻尾《しっぽ》に突《つ》き刺《さ》さる。物珍《ものめずら》しそうに凝視《ぎょうし》する者もいれば、嫌悪感《けんおかん》を露《あら》わにする者もいた。

若干《じゃっかん》の居心地《いごこち》の悪さを感じることは否《いな》めないが、人々の反応も当然のものだろうと紫春は思う。これまで、九尾は忌《い》むべきものとされてきた。当たり前だった認識《にんしき》を少しの困惑《こんわく》もなしに変えることなどできるわけもなく、一朝一夕《いっちょういっせき》には歩み寄れないことは明白だ。紫春が薬師として人々の治療《ちりょう》に尽力《じんりょく》した姿を見ていても、分け隔《へだ》てなく接することができるようになるには、まだ時間が必要だろう。

紫春は帳《とばり》の囲いから顔を出し、医薬司の中を見渡《みわた》す。次に待っている患者はいないようだ。

いったん水でも飲んでこよう、と紫春が囲いの中から出たとき、声が聞こえた。

「うん。皆、怪我《けが》の具合は良さそうだな」

振り返ると、開け放たれた広間の扉《とびら》の前に李貴がいた。彼の隣《となり》には英桂の姿もあり、二人揃《そろ》って薬師や怪我人が行き交《か》う広間の中を覗《のぞ》き込んでいる。

紫春は尻尾を振って李貴に駆《か》け寄った。

「李貴様！　どうされたんですか？」

「紫春に会いたくなったので、公務を抜《ぬ》け出してきた。英桂とはそこで出くわした」

紫春を見て少しだけ頰《ほお》を緩ませた李貴の言葉を聞き、紫春の脳と尻尾は動きを止める。しかしすぐに我に返り、赤らんだ顔を隠《かく》すこともできないまま叫《さけ》んだ。

「……そ、そんな理由で抜け出したら駄目《だめ》でしょう！　櫂染様に怒《おこ》られますよ！」

「少しだから問題ない。それに慣れている。櫂染の小言など小鳥のさえずりのようなものだ」

「俺が怒りますよ！」

「それは応《こた》えるのでやめてほしい。怪我人の様子も見たかったんだ」

紫春と李貴のやり取りを見て、英桂は大笑《たいしょう》する。

「ははは！　いやはや、仲がよろしいですなあ！」

「い、いえ……お恥《は》ずかしいところを……」

頰を染めた紫春は気恥《きは》ずかしさで尻尾の先を丸める。すると英桂は満足気に髭《ひげ》を撫《な》でた。

「皆、順調に回復しているようで。紫春殿《どの》には感謝してもしきれませんな」

「そんな……私だけの力じゃないですよ。皆さんの力です」

怪我人は百名近くに及んだ。薬師や兵たちの助力で、一人も命を落とすことなく乗り越《こ》えられたのだ。もちろん、霹政の火を止めてくれた李貴と櫂染のおかげでもある。

だが、英桂は顔をほころばせたままゆっくりと首を横に振《ふ》る。

「紫春殿が九尾の力を使ったからこそですぞ。本来のお姿になるのはためらいもあったでしょう。勇敢《ゆうかん》な行動だったと私は思います」

薬師として当然のことをしたまでだが、まっすぐな賞賛はさすがに少し照れ臭《くさ》く、同時に光栄でもあった。どれだけ不躾《ぶしつけ》な視線を浴びせられても、気味悪そうに見られても、英桂のように紫春を尊重し、変わらず接してくれる者がいるのもまた事実だ。彼らの存在が、かつての李貴や櫂染のように、紫春のよき理解者となってくれることを望みたい。

「紫春殿は紫春殿ですぞ！　私はこれからも紫春殿を応援《おうえん》しております」

「ありがとうございます……でも、英桂様もさすがは元将軍様ですね。私が九尾と知ってもまったく動揺《どうよう》されることがなかったようにお見受けしました」

英桂は目の前で紫春が九尾の姿になっても動じることなく、九尾の姿の紫春と共に医薬司に向かった。英桂が泰然《たいぜん》と構えていたのは元将軍としての器量ゆえだろうと思う紫春だったが、英桂は顔の前で手を横に振る。

「いえいえ！　李貴様とあれほど熱烈《ねつれつ》に愛し合う様子を見せつけられれば、九尾であろうと信《しん》頼《らい》できるお方なのだろうと考えるのは当然のことですぞ」

熱烈に愛し合う、という部分だけが切り取られ、紫春の脳内で反響《はんきょう》する。紫春はここでようやく、英桂の目の前で李貴と接吻《せっぷん》したことを思い出した。

顔を真っ赤にして硬直《こうちょく》する紫春の隣で、李貴は堂々と胸を張る。

「だろう。愛し合っている」

「はっはっは！」

誇《ほこ》らしげな李貴と、再び大口を開けて笑う英桂を前に、紫春は黙《だま》って羞恥《しゅうち》に耐《た》えるしかなかった。この二人には恥じらいという感覚はないのだろうか。

「若人《わこうど》の恋路《こいじ》というのはよいものですな！　この老兵、若返った気がしますぞ！」

「だろう」

李貴がもう一度胸を張ったので、もはや二人を直視できない紫春は顔を伏《ふ》せ、抗議《こうぎ》の意味合いを込めて李貴の背中を小突《こづ》いておいた。しかし逆効果であったようで、李貴は「可愛《かわい》らしいことをしている」となぜだか嬉《うれ》しそうだ。手に負えない。

紫春が顔を手で覆《おお》ったとき、英桂が軽く咳払《せきばら》いをした。

「とまあ、冗談《じょうだん》は置いておきまして。私が紫春殿を信じたのは、薬師として責務をまっとうしようとするお姿に心を打たれたというのもありますぞ」

思い返してみれば、英桂が紫春を庇《かば》ったのは紫春が薬師に活を入れた後だった。それまで事態を傍観《ぼうかん》していたということは、その間に紫春が信頼に足る人物かどうか見極《みきわ》めていたのだろう。好々爺《こうこうや》のようでいて、やはり隙《すき》のない男だ。

「人を救おうとする姿勢、ご立派でしたぞ」

「いえ、当然のことです。私は薬師ですから」

「そうだ、そうだ。紫春は立派な薬師だ。加えて可愛い。非の打ち所がない」

「李貴様は少し黙っていてください……」

紫春は再び李貴を小突いた。だがやはり逆効果であったようで、李貴は「可愛らしい……」と満足げに相好を崩《くず》す。普段《ふだん》の精悍《せいかん》な面差《おもざ》しが台無しになる情けない顔をしている。

耐えきれなくなった紫春は、李貴の頬を両手で挟《はさ》んだ。

「李貴様！　お顔が緩《ゆる》んでいますよ！　他の人が見たら驚《おどろ》きます！」

「む、そうか。ならば人がいないところに行こう」

「え？」

「では、英桂。またな」

李貴は紫春の手を取ると英桂に背を向け、広間に足を踏《ふ》み入れた。紫春の手を引いて怪我人や薬師が行き交う広間を抜け、奥にある薬室の扉を開けて中へと入る。

膨大《ぼうだい》な数の生薬を保管する薬室は薄暗《うすぐら》く、さまざまな匂《にお》いが混ざり合った空気が充満《じゅうまん》している。中は無人らしく、棚《たな》が立ち並ぶ室内に人の気配はない。

李貴は部屋の奥まで進むと、ぐい、と紫春を壁《かべ》に押し付けた。紫春の尻尾が壁に触《ふ》れ、踵《かかと》が壁を蹴《け》って音を立てる。李貴の行動が不可解に思えた紫春は意図を尋《たず》ねようとしたが、李貴に互《たが》いの吐息《といき》が頬を撫でる距離《きょり》まで顔を近づけられ、声も出せずに息を呑《の》む。

「……紫春。いいか？」

李貴は紫春の頬に手を添《そ》え、熱い吐息を漏《も》らしながら静かに尋ねた。曖昧《あいまい》な問いだったが、李貴の声と瞳《ひとみ》に宿る熱が、彼の望みを物語っていた。紫春は激しく跳《は》ねる心臓の音を聞きながら、黙ったまま小さく頷《うなず》いた。

李貴の顔がさらに近づき、唇《くちびる》が重なった。頬に添えられていた手で頭の後ろを押さえられ、李貴の舌が紫春の口内に差し入れられた。紫春を求める李貴の舌の動きは、これまでの啄《ついば》むような、戯《たわむ》れのような口づけとはまるで別物で、紫春は簡単に翻弄《ほんろう》される。

熱い。息が苦しい。甘い痺《しび》れが頭の奥の、奥まで駆け抜ける。身も心も否応《いやおう》なしに溶《と》かされる感覚は恐《おそ》ろしくもあるのに、確かに気持ちがいい。

「はっ……あ」

口づけの合間に微《かす》かな声が漏れた。色月《しきげつ》を迎《むか》えた紫春の体は李貴から与《あた》えられる快感をたやすく拾い上げ、膝《ひざ》から力が抜ける。紫春は李貴に縋《すが》り付くように、彼の衣《ころも》を掴《つか》んだ。

じわ、と視界に涙《なみだ》が滲む。体の奥が熱を持つ。もっと欲しいと告げている。もっと、この熱を持つ体の奥まで彼が欲しい。自分の輪郭《りんかく》など捨て去って、彼と一つになりたい。

紫春の背に触れていた李貴の手が動き、紫春の腰《こし》に触れ、尻尾を軽く握《にぎ》った。

「あっ……」

途端《とたん》に強い快感が走り、紫春は李貴の腕《うで》の中で身を震《ふる》わせた。立っていられなくなって床《ゆか》に膝をつき、涙目で李貴を見上げる。

「李貴、様……どうされたんですか」

今日の李貴は少し様子がおかしい。医薬司《いやくし》まで会いに来たり、無人の薬室で口づけをねだったり、普段の李貴では考えられない行動を取っている。

李貴は申し訳なさそうな顔をしながら自分も膝を折り、紫春を抱き締《だし》めた。

「……すまない。せっかく事が落ち着いて、紫春と心が通じ合えたのに、近頃《ちかごろ》はあまりゆっくり共に過ごすことができなかったから、つい」

李貴の言葉の意味を熟考し、彼の心中を理解した紫春は、驚愕《きょうがく》で頭の中が真っ白になった。

ようするに、李貴は寂《さび》しかったのだ。

胸の奥が締め付けられ、紫春は李貴の可愛らしさに身悶《みもだ》える。あまりの感情の高ぶりに尻尾《しっぽ》が自然と大きく揺《ゆ》れ、何度も何度も床を叩《たた》いた。

「それに、その尻尾だ」

「尻尾、と言いますと？」

「尻尾の先が赤く染まるのは、色月が来た証《しるし》だろう。ちゃんと構ってやれと言われた」

「だ、誰《だれ》がそんなことを……色月で尻尾が染まることはお伝えしてませんでしたよね？」

「先ほど地下牢《ちかろう》で顔を合わせたとき、霹政が言っていた。それに加えて、恋仲《こいなか》の者がいる九尾《きゅうび》は、色月で相手に放《ほう》っておかれると寂しくて死んでしまうことも聞いた」

紫春はまばたきを繰《く》り返して李貴を見つめた。李貴もまた、それ以上は何も言わずに紫春を見つめている。わずかな間を置いたあと、遅《おく》れてやってきた憤慨《ふんがい》が紫春の尻尾を膨《ふく》らませた。

「あの男は、李貴様になんてことを……李貴様！　霹政は性格が悪いので李貴様をからかっただけですよ！　俺は寂しくて死ぬなんてことはありませんからね！」

「む、そうだったのか。安心した」

どうやら李貴は霹政の言葉を鵜呑《うの》みにし、あまり紫春と共に過ごせていない現状は紫春の命に関《かか》わると思い医薬司を訪《おとず》れたらしい。李貴の純粋《じゅんすい》さに半ば呆《あき》れ、半ば心配になると同時に、紫春の身を案じ飛んできてくれたことへの喜びが全身を駆《か》け抜《ぬ》ける。

紫春の尻尾が再び揺れ始めたとき、李貴は紫春の体に回した腕に力を込め、紫春の肩《かた》に額を寄せた。どきんと心臓が跳ねた紫春がそっと「……李貴様？」と問いかけると、李貴は紫春の肩に額を押し付けた姿勢のまま、か細い声で言う。

「……俺は、寂しくて死にそうだったと、言ってもいいだろうか」

李貴は顔を上げ、紫春と目を合わせた。切れ長の涼《すず》しげな目元は赤く染まり、隠《かく》しきれない色欲《しきよく》が浮《う》かぶ。

「今夜、共に過ごしたい。紫春もまた望んでくれるなら、俺は紫春を抱きたい」

声が、まなざしが、紫春の胸を焦《こ》がして心を搦《から》めとる。答えなど、もう決まっていた。紫春は李貴の衣を摑むだけだった手を、李貴の背中に回した。

「俺も……李貴様に、抱いてほしい、です」

思ったよりもかすれた声だった。それでもその答えは李貴にしっかりと届いたようで、李貴は再び紫春の唇に自分のそれを重ねた。

紫春は薄《うす》く口を開け、入り込んでくる李貴の舌を受け入れる。李貴の手に尻尾を撫《な》でられた瞬間《しゅんかん》、甘く痺れる快感が全身を走った。

「んっ……あ、李貴、様……」

「ここも霹政に触《さわ》られたと聞いた。だから、今夜はたくさん触らせてほしい」

李貴に縋り付いたまま、紫春は何度も何度も頷いた。紫春だって李貴に触れてほしい。李貴にならば、痛いくらいに尻尾を鷲摑《わしづか》みにされても構わない。

「俺の部屋で、待っている。櫂染には今夜、市街にある了家に帰ってもらおう」

「……はい」

「明日は休みだろう。俺も一日空けてあるから、明日のことは考えなくていい」

李貴は少しだけ口角を上げた。慈愛《じあい》に満ちた普段の笑顔《えがお》とは違《ちが》った嬌笑《きょうしょう》に、紫春の胸が大きく鳴る。反射的に頰《ほお》を赤らめた紫春にもう一度口づけをして、李貴は紫春の頭を軽く撫でて立ち上がった。

「俺はもう行かなければ。紫春は少し落ち着いてから出るといい」

「あ、いえ、俺も行きます」

「駄目《だめ》だ。そんな顔を他《ほか》の者に見せるな。情欲《じょうよく》をそそる」

「じょ、情欲……」

紫春が目を剝《む》くと、李貴は悪戯《いたずら》っぽく笑った。何かを言い返そうとしたのに、李貴の珍《めずら》しい笑顔に胸を射貫《いぬ》かれて言葉が出ない。李貴は、顔を真っ赤にしたまま固まる紫春に「ではな」と告げて去っていく。李貴の姿はすぐに消え、薄暗い薬室には紫春一人が残された。

「……誰のせいですか」

恨《うら》みがましく呟《つぶや》いた。中途半端《ちゅうとはんぱ》に火をつけられ、途中まで蕩《とろ》けた体が静まるまで、紫春はその場を動けなかった。

夜空に皓々《こうこう》と月が浮かんでいる。

わずかに月明かりが差し込む涼月宮《りょうげっきゅう》の廊下《ろうか》を歩き、紫春は李貴の部屋の前で足を止めた。暴れる心臓を落ち着かせるために深く息を吸い、吐《は》き出して、部屋の扉《とびら》に向かって声をかける。

「……李貴様、紫春です」

やや間を置いてから「入ってくれ」という李貴の声が返ってきた。紫春は最後にもう一度だけ深く息を吸って吐き、扉を開けた。

丸窓から入る月光が薄く照らす部屋の中で、寝間着《ねまき》姿の李貴は寝台《しんだい》に腰を下ろしていた。長《ちょう》髪《はつ》を肩でゆるく束ねた髪型《かみがた》はまだ見慣れないもので、昼間とは違った優美な印象に心がくすぐられる。珍しく香《こう》をつけているらしく、茉莉花《まつりか》の爽《さわ》やかな芳香《ほうこう》がふわりと香《かお》った。

その瞬間、香気《こうき》が紫春の記憶《きおく》の蓋《ふた》を開き、紫春は気づいた。

「この香……山の中で初めてお会いしたときと同じ匂いです」

「ああ。今宵《こよい》はこの香りを身にまとおうと思って。おいで」

李貴に促《うなが》されるまま、紫春は彼の隣《となり》に腰を下ろす。すると李貴はそっと紫春の耳に触れ、髪《かみ》を梳《す》いて首筋の肌《はだ》を撫でた。緊張《きんちょう》で全身を強張《こわば》らせた紫春はたったそれだけでいっそう身を縮めてしまい、不慣れな自分が李貴の相手を務めることへの不安が期待を上回り始めた。

「あ、あの、李貴様……」

「どうした？」

「俺はその、初めて、なので……何か不手際《ふてぎわ》があるかもしれませんし、情けないところとか、みっともないところとかを李貴様にお見せしてしまうかもしれません。そういった姿とかは、あの、俺としても本意ではないと言いますか……」

「何が言いたい？」

早口でまくし立てていた紫春は、李貴の問いかけに息を詰《つ》まらせる。う、と呻《うめ》きそうになるのを堪《こら》えて、羞恥心《しゅうちしん》を抑《おさ》え込み、小声で告げた。

「……いっぱいいっぱいになって、乱れても、嫌《きら》わないでください」

沈黙《ちんもく》が流れた。

紫春は激しい後悔《こうかい》に襲《おそ》われた。なんと恥《は》ずかしいことを口走ってしまったのだろう。いっそのこと、部屋に入るところからやり直したいくらいだった。衝動《しょうどう》的に立ち上がりそうになった紫春だが、李貴に強く抱き締められて動きを止めた。

李貴は最大限に尻尾を膨らませる紫春の肩に額を押し付けた。

「……紫春は、俺を翻弄する才に溢《あふ》れている」

「は、はい？」

「そんなに可愛《かわい》いことを言われたら、どうしていいかわからなくなってしまう。紫春にできるだけ負担がかからないようにと思うのに、いっぱいいっぱいにさせてしまいたいし、乱れさせてしまいたい」

こぼれ落ちた李貴の願望を受け止めきれず、紫春の心は限界を迎《むか》えた。膨らんだ尻尾は硬《こう》直《ちょく》し、顔はこれ以上ないくらいに火照《ほて》り、心臓は暴走する。意味のある言葉を口にすることさえ不可能になった紫春が口をぱくぱくと開閉させていると、李貴が顔を上げて苦笑《くしょう》した。

「そう身構えるな。初めてなのは俺も同じだ」

「ええ？　そうなんですか？　俺はてっきり、百戦錬磨《ひゃくせんれんま》かと……」

「俺は好いてもいない者を抱く趣味《しゅみ》はない」

李貴は不満げな目を紫春に向けた。閨事《ねやごと》の経験が豊富だと誤解されたことが不服らしい。だが、紫春がとっさに耳を伏《ふ》せて「すみません……」と謝ると、李貴はすぐに表情を和《やわ》らげた。

「いや、いい。俺の立場を考えれば、そう思われるのも不思議なことではない。だが、知っておいてほしい。俺がこんなふうに愛するのは、生涯《しょうがい》で紫春だけだと」

李貴はそっと紫春を寝台に横たえた。押し倒《たお》された紫春の心臓は痛いくらいに速く動き、高揚感《こうようかん》を連れてくる。見上げた李貴の端整《たんせい》な顔は、見ているだけで何かに酔《よ》わされるほどの色気に染まっていた。

「……紫春。俺が相手で、本当に、嫌《いや》ではないか？」

「……今さら何を言うんですか。あなたじゃなきゃ嫌です」

「……体を繋《つな》げれば、子ができるかもしれない」

李貴の声がわずかに沈《しず》み、表情に陰《かげ》りが差した。李貴の胸に立ち込めるものが恐《おそ》れだと紫春は察した。望まぬ懐妊《かいにん》をさせられた実の母の苦痛が、きっと李貴の心に重くのしかかっている。

紫春は口元に笑みを湛《たた》えて、李貴の体に腕《うで》を回した。

「だから、なおさら李貴様じゃなきゃ嫌です。もし李貴様との間に子ができたら、俺は嬉《うれ》しいですよ。きっと李貴様に似て優《やさ》しい子です」

少しだけ怖《こわ》くもあるが、それ以上に李貴と繋がりたい。李貴の大きな手で触《ふ》れてほしい。李貴にすべてを暴《あば》かれたい。紫春の全部を差し出して、身を委《ゆだ》ねて、一つになりたい。李貴と愛し合った末に子を授《さず》かれるのなら、紫春にとって、それは幸福以外にはありえない。

李貴は祈《いの》るように目を閉じ、紫春と額を合わせた。すぐに目を開けて紫春と視線を合わせ、顔をほころばせる。

「紫春に似たら、きっと芯《しん》が強くて愛らしい子だな」

微笑《ほほえ》みを交《か》わして、そっと唇《くちびる》を合わせる。触れるだけの接吻《せっぷん》のあと、再び唇が重なった。

唇の隙間《すきま》から舌を差し入れられて、李貴の舌が紫春の口内を優しく撫でる。李貴の柔《やわ》らかい舌の動きは徐々《じょじょ》に激しさを増し、合わせた唇の隙間から熱い吐息《といき》が漏《も》れる。それはなぜだか甘く感じられた。

体の奥の、今まで意識したことがないところが熱を持つ。早く暴いてほしいという欲《よく》が体中を駆け巡《めぐ》って、蕩けるような快感と期待に尻尾《しっぽ》が揺《ゆ》れ、褥《しとね》を叩《たた》いた。

李貴の手が紫春の衣《ころも》の襟《えり》を掴《つか》み、胸元《むなもと》を大きくはだけさせた。何も身に着けていない肌を大きな手で撫《な》でられ、つんと立った胸の先に触れられる。すると途端《とたん》に味わったことのない刺激《しげき》が走り、紫春は思わず声を上げた。

「あっ……」

そんなところで快感を拾うなどとは完全に予想外で、快楽と共に戸惑《とまど》いが芽生え始める。しかし、李貴はここに触れると反応がいいと悟《さと》ったらしい。執拗《しつよう》に指で転がされ、優しくつままれ、両方を責め立てられた。さらには指だけでなく舌で触れられ、舐《な》められ、軽く吸われ、紫春はただ身を捩《よじ》るしかない。

「あ、ああっ……」

「気持ちいいか？」

「んっ……あっ！」

李貴の手が尻尾の付け根に触れたとき、体中に稲妻《いなずま》が走ったような衝撃《しょうげき》に襲われた。尻尾がびく、と跳《は》ね、体の奥が一気に溶《と》かされる。これまでのゆっくりと熱を帯びていった感覚とはまるで別物で、紫春は体の内側から熱いものが溢れていくのを感じた。

「……ふむ、ここもいいのか」

「あ、んんっ……ふ、う……」

李貴の手が尻尾の付け根をこりこりと撫でていく。尻尾がひとりでに動き、李貴の腕に絡《から》みつく。

尻尾と腰《こし》を撫でていた李貴の手が、紫春の帯紐《おびひも》を難なくほどいた。身に着けていたものを一気に脱《ぬ》がされ、李貴と繋がるところに触れられる。そこは既《すで》に温かいもので濡《ぬ》れ、李貴を受け入れる用意ができていた。

自分の体が李貴と繋がる準備を済ませていることに若干《じゃっかん》の恥じらいを覚えた紫春だが、対する李貴はなにやら少しばかり落胆《らくたん》した様子で表情を曇《くも》らせた。

「……潤滑油《じゅんかつゆ》が必要だと思い、紫春に似合うものを見繕《みつくろ》っておいたのだが、不要だったな」

「お、俺に似合うもの、とは……？」

「茉莉花の匂《にお》いのするものだ」

茉莉花と聞いて蘇《よみがえ》るのは、李貴と初めて出会った夜の記憶だ。そんな紫春の心中を見透《みす》かしたかのように、李貴は続けた。

「きっと紫春は、山の中で出会った俺がつけていた、茉莉花の香《こう》の匂いを強く覚えていたのだろうと思って。ならばいっそのこと、今夜の記憶にも茉莉花の匂いを刻み付けて、俺のことしか考えられなくしてやりたくなった」

李貴が身にまとった茉莉花の香の匂いが、紫春の頭の奥を痺《しび》れさせる。紫春の心を甘く締《し》め付ける彼の独占欲《どくせんよく》を受け止めたうえで、紫春は少しだけ唇を尖《とが》らせた。

「……今さら、そんなことしなくていいですよ」

「うん？」

「俺はもう、李貴様のことしか考えていません。見くびらないでください」

李貴の腕に絡めた尻尾で、紫春は李貴の腕を引いた。

「だから……早く」

李貴はわずかに目を見開き、さっと頬《ほお》を紅潮させた。どこか気まずそうにも見える表情で目をそらしたのち、視線を戻《もど》して再び紫春と繋がるところに触れ、指先を浅く中に入れた。

浅いところを軽く押されるたびに、下腹部が疼《うず》いた。李貴の指が、だんだん奥へと入ってくる。李貴を受け入れる準備が整っているそこは難なく彼の指を飲み込み、奥へ奥へと誘《いざな》うように絡みついていく。紫春の意思では止められない。体が勝手に動く。

「ん、んあっ……ん、う……」

誰《だれ》も触れたことのない内側を撫でられる。待ち望んだ感覚に近いが、本当に欲しいものに一歩届かないようでひどくもどかしい。

李貴の指がとある一点をかすめたとき、紫春の体が大きく震《ふる》えた。

何かがおかしい。そう思えてしまうくらい、そこは怖いくらいに快感を拾った。

「李貴様っ……そこ、ああっ！」

「ここが、いいのか」

李貴の指が増えて、二本、三本、と入れられていく。李貴は指先でこねるようにその場所を執拗に愛撫《あいぶ》した。体の内側からせり上がってくる快楽に、紫春の頭はもう使い物にならなくなっていて、うわごとのように李貴の名を呼ぶ。体の奥の奥が熱く溶けていて、そこに彼がほしくてたまらない。

「りき、さ、ま……早く……指だけじゃ、嫌です……」

涙《なみだ》ながらに訴《うった》えれば、李貴の顔がぐっと強張《こわば》った。余裕《よゆう》のない表情をした李貴は紫春の中から指を抜《ぬ》くと、興奮と情欲《じょうよく》を隠《かく》さない様子で、自らの衣を乱暴に脱ぎ捨てた。

「痛かったら言え」

李貴の大きな手が紫春の膝《ひざ》の裏を持ち上げ、足を開かせた。

次の瞬間《しゅんかん》、指とは比べものにならないほど熱いものが、体の中に入ってきた。

「あっ……」

熱い。苦しい。強引《ごういん》にこじ開けられていく。体を貫《つらぬ》かれる苦しみはすぐに快楽に変わり、ねだるように内側が李貴を締め付けていくのを感じた。繋がっているところから全身が蕩《とろ》けて、互《たが》いの輪郭《りんかく》が薄《うす》れ、消え失《う》せ、李貴と一つになる。先ほど異様なほど快楽を拾ったところをかすめ、李貴が奥へと入ってくる。

李貴は何かに耐《た》えるような顔で紫春を見下ろし、荒《あら》い呼吸の合間に「痛くないか？」と尋《たず》ねた。紫春は無言で何度も頷《うなず》いた。李貴と繋がっている歓喜《かんき》で胸がいっぱいになり、心が震え、目尻《めじり》から涙がこぼれ落ちる。

「李貴様……好き、好きです」

自然と尻尾が動き、李貴の腕や足に絡みつく。感情が溢《あふ》れるままに呟《つぶや》くと、紫春を見下ろす李貴もまた、感極《かんきわ》まった様子で眉根《まゆね》を寄せた。泣きそうな表情にも見えた。

「……うん。俺も、好きだ。愛している」

目元にぐっと力を入れ、瞳《ひとみ》を涙で潤《うる》わせ、李貴は微笑んだ。

「だから……紫春。ずっと、俺と一緒《いっしょ》にいてくれ」

冷たく美しい無表情はそこにはなかった。強く硬《かた》いもので覆《おお》い隠した、彼の心の柔らかく脆《もろ》い部分が露《あら》わになっていた。

衝動的《しょうどう》に、紫春は李貴の頬を両手で包み込んだ。その拍子《ひょうし》に李貴の目から涙がこぼれ、紫春の胸元にしずくが落ちる。李貴は自らの涙に驚《おどろ》いたのか、わずかに身じろぎをした。そんな彼に微笑を向け、紫春は指先で彼の目元に残った涙を拭《ぬぐ》った。

「李貴様、お気づきですか？　最近はずいぶんと、いろいろなお顔を俺に見せてくれるようになりました」

「……そうか」

「これからも……これからも、たくさん見せてください。たくさん泣いて、たくさん笑いましょう。俺が一緒です。俺が一緒に泣いたり笑ったりします。我慢《がまん》しないで」

紫春の目からも、再び熱いものが流れていく。

「俺は……俺はきっと、ずっと前から、あなたの笑った顔をもっとたくさん見たかった」

こちらが戸惑うくらいに、表情が変わらない人だった。まなざしにも声にも感情が表れないくせに、言葉ばかり甘く、紫春は李貴の心の機微《きび》を測りかねていた。

「だからこれから先は、たくさん笑いましょう。俺と一緒に」

過去には戻れず、治らない傷も、隠した弱さも、寂《さび》しさにひび割れた心も、なかったことにはできない。だからせめてこれから先、李貴と共に歩む時の中で、彼の笑顔《えがお》を望みたい。

この身と心が滅《ほろ》びるまで、紫春は李貴と一緒だ。

「……紫春」

李貴が紫春の胸元に額を押し付けた。紫春は李貴の頭を抱《かか》え、優《やさ》しく撫でる。

「ありがとう、紫春」

涙が混ざった震える声が、月光が差し込む夜の空気に溶けて、消えた。

李貴が顔を上げた。目を合わせて、紫春は自然と口角を上げた。そっと口づけを交《か》わし、舌を絡めていくうちに、李貴と繋《つな》がった体の深いところが、だんだんと熱を持ち始める。

「李貴様……その、もう、大丈夫《だいじょうぶ》です」

紫春と繋がったものの、李貴が動かずにいるのは、紫春の体を気遣《きづか》ってのことだろう。紫春が恥《は》じらいながらも告げると、李貴は「では、動くぞ」とゆっくりと腰を動かし始めた。

奥まで入ったものが引き抜かれて、再び奥へと入れられる。互いがこすれ合う律動に、紫春の体は再び熱く溶かされる。びりびりと痺れるような快楽が下腹部から全身を駆《か》け巡《めぐ》り、指先まで蕩け、体の熱が増していく。

「あっ……ああっ」

「……紫春。紫春、好きだ」

「ん、う……俺、も……」

入れられて、抜かれる。大きく揺《ゆ》さぶられ、たまらなく感じるところを丁寧《ていねい》に愛される。動きは次第《しだい》に激しくなり、受け止めきれないほどの快楽に襲《おそ》われるが、逃《のが》すすべなどない。

「ああ、あっ……んあっ……」

「紫春……愛している。紫春」

いっそう深いところに熱いものが放たれたと同時に、紫春は目の前が白くなるほどの快感に襲われた。

動きを止めた李貴が深く息を吐《は》き、気遣う視線を紫春に向けた。

「……平気か」

「……はい」

「そうか」

李貴は嬌笑《きょうしょう》を浮《う》かべ、紫春に顔を寄せて唇《くちびる》を合わせた。彼が動いた拍子に、まだ快感の名残《なごり》に襲われている紫春の体は簡単に乱され、喘《あえ》ぎ声が漏《も》れた。

「ん、う……あっ」

「気持ちよさそうでよかった」

「ん、あっ……言わないで、ください……ああっ」

紫春の様子を楽しむように、李貴が緩慢《かんまん》な動作で腰《こし》を振《ふ》る。意地が悪い、と思う。しかし蕩けた頭で何を思っても言葉にならず、紫春は李貴の戯《たわむ》れのような動きに翻弄《ほんろう》されるしかない。

「……まだ足りない。いいか？」

「ん……俺も、もっと……」

まだ繋がっていたい。もっと彼がほしい。体も、心も欲《ほっ》している。

再び激しく揺さぶられる。足りない何かを補い合うかのように繋がって、一度離《はな》れて、また

繋がる。何度繰《く》り返したことだろう。紫春も、李貴も数えてなどいなかった。

いつしか紫春の意識は薄れ、眠《ねむ》りに飲み込まれていった。


心地《ここち》よい微睡《まどろ》みの中で、茉莉花《まつりか》の匂《にお》いがふわりと鼻先をかすめた。

海の底から海面へと向かうように、ゆっくりと意識が鮮明《せんめい》になる。自分自身が輪郭を取り戻していく感覚に身を委《ゆだ》ねて、紫春は薄く目を開けた。

何かが目の前にあり、頰がその何かに触《ふ》れている。温かくて柔《やわ》らかく、滑《なめ》らかで、心地よい肌触りだ。紫春が自然と身を擦《す》り寄せたとき、頭上から李貴の声が降ってきた。

「紫春、起きたか」

横になったまま上を向くと、紫春の傍《かたわ》らに横たわった李貴が「おはよう」と微笑《ほほえ》んだ。

李貴の部屋を照らす中庭からの光が、帳《とばり》の隙間《すきま》から寝台《しんだい》の中に差し込んでいる。李貴の顔は今日も精悍《せいかん》で、艶《つや》やかな黒髪《くろかみ》が少し乱れているさまさえ美しい。何も身に着けずに肩《かた》や鎖骨《さこつ》が露わになっている姿が昨晩の情事を思い起こさせ、紫春はぱっと頰《ほお》を染める。素肌《すはだ》と素肌が触れ合う感触《かんしょく》からするに、紫春も裸《はだか》で寝台に横になっているようだ。

李貴は紫春の体に腕《うで》を回し、ぎゅっと抱《だ》き締《し》めた。彼の腕の動きに合わせて尻尾《しっぽ》が引っ張られる感覚がして、紫春はまたしても就寝中《しゅうしん》に尻尾を李貴の腕に巻き付けていたことを知る。

「体はつらくないか？　どこか痛いところは？」

「だ、大丈夫です……あの、それより李貴様、昨日はいつの間にか寝《ね》てしまって、ご無礼をいたしました。身も清めていただいたみたいで……」

昨晩の記憶《きおく》は途中《とちゆう》で曖昧《あいまい》になり、気づいたら朝になっていた。寝台の褥《しとね》と紫春の体が綺麗《きれい》になっていたことから、李貴が褥を取り換《か》え、紫春の体も清めてくれたのだと察しがついた。

「いや、気にするな。俺もずいぶんと無理をさせた。それに紫春は軽いから、湯殿《ゆどの》に連れていくのも容易だったぞ。もっと食べたほうがいい」

「既《すで》に李貴様の五倍はいただいています」

「む。そうだった」

「……ふふ、そうですよ」

紫春が顔をほころばせると、李貴も嬉《うれ》しそうに口角を上げる。さらに顔を寄せ、軽く唇を合わせた。触れるだけの口づけのあと、李貴は紫春の頬や首筋にまで唇で触れる。戯れに似た口づけの感触がくすぐったく身を捩《よじ》る紫春だったが、李貴の腕はしっかりと紫春を抱えて離さない。紫春もまた李貴を抱き締めるように、彼の腕に巻き付けた尻尾に少しだけ力を込めた。

李貴は紫春の耳元で尋《たず》ねた。

「今日はどうしたい？　ずっと寝台にいてもいいし、市街に出たっていい。北楊《ほくよう》を出て、どこかの街に行くのもいいな」

「そうですね……」

一日中李貴と共にいられるのだと思うと、尻尾が自然と李貴の腕から離れ、嬉々《きき》として衾《ふすま》の中を動き回った。そんな尻尾を見て李貴は目を細め、「喜んでいるな」と尻尾の毛を撫《な》でる。

李貴の手の感触が心地よく、このまま寝台にいるのもいいかもしれないと紫春が思い始めたとき、無視できない感覚が腹部を襲った。

ぐるる、と紫春の腹が盛大に音を立てた。李貴と顔を見合わせ、二人同時に破顔する。

「腹が減ったようだな。朝餉《あさげ》にしよう」

「はい。お腹《なか》が空《す》いたままでは何もできません」

体を起こす。夏とはいえ、早朝の澄《す》んだ空気は、何も身に着けていない肌には少々寒い。

紫春が寝間着《ねまき》を捜《さが》して視線を動かしたとき、思いがけないものが視界に飛び込んできた。

寝台に腰かけて寝間着に袖《そで》を通している李貴の髪の一部が、白く染まっている。

白くなっているのはやや右寄りの襟足《えりあし》の部分だ。就寝時の李貴は右肩で髪をゆるく束ね、今まで体の右側を下にして横になっていたため、白く染まった部分に気づかなかった。

「李貴様、これ……」

紫春は束ねた李貴の髪を手に取った。黒髪が持っていた艶やかさはそのままに、色褪《いろあ》せた様子もなく、美しい純白に染まっている。

李貴もそこで初めて気づいたのか「これは……」と驚愕《きょうがく》を露《あら》わにした。

「髪の一部が白くなるなんて……どこか、お体に変なところはないですか？」

「ああ、何もない。大丈夫だ」

　何かの病の兆候かと疑い狼狽《ろうばい》する紫春にはっきりと告げ、李貴は髪束《かみたば》を手に載《の》せて冷静に観察する。顎《あご》に手を当てて思案に暮れる素振《そぶ》りを見せ、やがて口を開いた。

「紫春の尻尾の色がうつったとは考えられないだろうか？　白尾《はくび》は体を重ねて力を継承《けいしょう》すると言っただろう。力を継承された者も白尾になると」

「でもそれは、あくまで相手が九尾《きゅうび》の場合で……」

　継承が行われると、継承相手の九尾の体内に白尾の妖力《ようりょく》が入る。白尾の妖力は継承相手が持つ妖力を変化させ、その力の変化に付随《ふずい》する形で相手の尻尾が白に染まる。変化の土台となる九尾狐《きゅうびこ》の妖力を持たない李貴が相手では、継承は成立しないはずだ。

「ふむ……」

　李貴は帯を締める途中のまま、再び熟考する姿勢をとった。

　紫春はやはり病ではないかと気が気ではないが、一夜にして髪の一部が白くなる病など聞いたことがない。李貴の肌は艶やかで顔色も良く、寄り添《そ》っていたときに伝わってきていた心臓の鼓動《こどう》も一定であったし、呼吸に異常も見られない。

　頭を悩《なや》ませる紫春の前で、李貴は「よし」と立ち上がった。

「とりあえず、朝餉にしよう。変なところはない。むしろ元気すぎるくらいだ」

「本当に、大丈夫《だいじょうぶ》ですか？」

「ああ。考えてもわからんものはわからん」

李貴は素早《すばや》く帯を締め、卓《たく》の上に置いてあった紫春の寝間着を紫春に差し出した。受け取った紫春も寝間着を身につけ、李貴に続いて部屋を出る。

李貴は大丈夫だと言うものの、髪の色の変化には必ず原因があるはずだ。今は異変がなかったとしても、今後、何か異常が現れるかもしれない。早急に原因を突《つ》き止めるべきだろう。

ひとまずは医薬司《いやくし》の薬師《くすし》たちに尋ねてみようと思いながら、紫春は厨《くりや》へと歩いた。


医薬司の書庫で、紫春は広げた書物に視線を落としながらため息を漏らした。

既に戌《いぬ》の刻を過ぎ、格子《こうし》窓から差し込む月光が薄《うす》く書庫を照らしている。静寂《せいじゃく》が満ちた書庫にいるのは紫春一人で、動くものは紫春の傍らに置かれた手提《てさ》げ灯籠《どうろう》の火だけだった。

李貴の髪に変化が現れてから、数日が過ぎた。

紫春は医薬司の薬師たちに髪色が変化する病に心当たりがないか尋ねたが、皆《みな》、首を横に振るばかりだった。書庫に保管されている記録にも目を通しているものの、原因の解明に繫《つな》がる情報は得られていない。

今のところ、李貴の髪にも体調にもさらなる変化はない。といっても、原因がわからないいままでやはり気にかかる。

　こうも原因が突き止められないとなれば、別の見地から探《さぐ》るべきだろう。李貴の身に現れた変化は楊華の薬師にとっては馴染《なじ》みがない現象だとしても、大陸西方から訪《おとず》れた西方医《せいほうい》ならば何か知っているかもしれない。

　北楊は世界中の文化が集《つど》う大都市だ。西方医が滞在《たいざい》している可能性も高い。接触《せっしょく》はそう困難なことではないはずだ。

　そこまで考えたとき、書庫の扉《とびら》が開く音がした。

「紫春、いるか？」

　続けて響《ひび》いたのは李貴の声だ。尻尾を振って書庫の入り口に向かうと、ぼんやりとした明かりの中に二人分の人影《ひとかげ》が見えた。李貴と、李貴の傍らで手提げ灯籠を持つ櫂染だ。

　紫春の姿を見ると、李貴はほっと表情を和《やわ》らげた。

「紫春。こんな時間になっても涼月宮に戻《もど》っていないから心配したぞ」

「すみません……少し、調べものを。李貴様の髪のことで」

「ああ、そのことか。俺のために苦労をかけてすまない。髪の色が変わった理由ならもうわかったから、心配しなくていい」

「おわかりになったんですか？　理由が？」

「今日の昼間に判明してな。今夜、紫春に話そうと思っていたんだ。ついて来てくれ」

予想外の展開に一驚《いっきょう》した紫春は慌《あわ》てて書物を片付け、李貴と櫂染に続いて医薬司を出た。

月が静かに光を落とす皇城《こうじょう》には、冷涼《れいりょう》で静謐《せいひつ》な空気が満ちていた。吸い込むたび、空気に染み込んでいる夜の匂《にお》いが体中に広がっていく感覚がする。聞こえてくるのは微《かす》かに響く虫の音と、皇城を歩く李貴と櫂染、紫春の足音だ。

李貴は長髪《ちょうはつ》を高いところで一つに結《ゆ》っているから、彼の後ろを歩くと、自然と襟足の一部が白くなっているさまが観察できる。滝《たき》のように流れて歩くたびに左右に揺《ゆ》れる髪束の中にも、一筋の白が見え隠《かく》れしていた。

綺麗だ、と紫春は思った。暗闇《くらやみ》に差す月光に似た純白の髪は、李貴の気品ある端整《たんせい》な顔立ちと、彼が放つ高潔な雰囲気《ふんいき》によく似合う。

次第《しだい》に、澄んだ空気に焦《こ》げた臭《にお》いが混ざるようになった。霹政の炎《ほのお》が襲《おそ》ったのは主に皇城の裏手にある宮城《きゅうじょう》がほとんどだったが、皇城の殿舎《でんしゃ》もいくつかは炎が移り、一部や全部が焼け落ちていた。李貴が言うには殿舎の修復にはまだしばらく時間がかかり、当分は職人の出入りが増えるだろう、とのことだった。

しばらく歩いたのち、李貴は皇城の端《はし》で足を止めた。

目の前には、黒焦げになってすっかり焼け落ちた蔵《くら》らしき建物の残骸《ざんがい》がある。よほど強い炎を受けたようで、屋根は落ち、割れた瓦《かわら》が散らばり、柱は倒《たお》れ、壁《かべ》や扉は跡形《あとかた》もない。

荒《あ》れ果てた光景に言葉を詰《つ》まらせる紫春に、李貴は告げる。

「ここはもともと、不要になったが捨てるのは惜《お》しいものを押し込めていた蔵だ。重視されていないものばかりが詰め込まれていたから、燃えたときも人はいなかった」

「そうだったんですね……」

紫春はほっと胸を撫で下ろした。奇跡《きせき》的に死者はおらず、最も重傷だった者も問題なく完治する見込みであることは把握《はあく》していたが、やはりこれだけ激しく損傷した殿舎を前にすると、この場で発生していたかもしれない惨劇《さんげき》を思わずにはいられない。

「では、李貴様はここで何を？」

「まあ、見ていてくれ」

動いたのは櫂染だった。手提げ灯籠を李貴に手渡《てわた》して蔵の内部に入ると、おもむろに石材で造られた蔵の土台の一部を引っ張り上げた。どうやら土台の一部が揚板《あげいた》状の隠し扉になっていたらしく、やがて人が通れるほどの大きさの四角い穴が現れた。

「蔵が燃え落ちたことで、隠されていた扉が発見されたんだ。火事の以前は何かを上に置いて扉を封《ふう》じていたんだろうな。見ての通り、地下へと繋がっている」

面食《めんく》らって扉を見つめる紫春とは対照的に、李貴は淡々《たんたん》と語った。

「私はここにいますから、地下には紫春と二人で行ってきてください。何かのはずみで扉が閉まっては困りますからね。しかし、あまり長居はしないように」

「ああ、ありがとう、櫂染。では紫春、行こう」

李貴は紫春を促《うなが》すと、地下へ至る穴へ近づいた。紫春は戸惑《とまど》いながらも李貴を追い、ぽっかりと開いた四角い暗闇を覗《のぞ》き込んだ。木の板が張られた簡素な階段が地下へと誘《いざな》うように伸《の》びていて、李貴はその階段を迷いのない足取りで進む。

紫春はおずおずと階段に足を乗せた。木の板は腐《くさ》ってはいないようだが、かなり年季が入っていることは明白だ。加えて、長らく封じられていた地下の空間など、鬼《おに》の類《たぐい》が出てくるにはもってこいの場所である。怪談《かいだん》話を苦手とする身としてはなるべく避《さ》けたいところだが、李貴はどんどん進んでいき、彼が持つ灯籠の明かりが遠ざかる。

紫春の怯《おび》えを見透《みす》かしたのか、櫂染が呆《あき》れた調子で言う。

「……ひととおり見て回りましたが、変なものは出ませんでしたよ。未練を残して死にきれない女の鬼とかは、何も」

「ひいっ……言わないでください！」

「だから出ないって言ってるじゃないですか。出ないんです。ほらさっさと行きなさい」

尻尾《しっぽ》を膨《ふく》らませる紫春を追い払《はら》うように、櫂染は地下の空間を指差した。このまま櫂染と話しているほうが妙《みょう》なものを呼び寄せそうな気がして、紫春は意を決して階段を下り始める。

紫春がついてきていないことに気づいたのか、李貴は階段の途中《とちゅう》で立ち止まって紫春を待っていた。紫春はおそるおそる足を運び、李貴の真後ろについて奥へ向かう。

埃《ほこり》と黴《かび》の臭いが鼻につく。身にまとわりつくのは淀《よど》んだ空気だ。階段を踏《ふ》みしめるたびに、木の板が軋《きし》む音が響く。

やがて階段が終わり、平らな空間に出た。李貴が手にした明かりによってぼんやりと浮《う》かび上がってきた光景を見て、紫春は瞠目《どうもく》した。

「これは……」

李貴の背丈《せたけ》よりも高い棚《たな》がずらりと立ち並んでいる。木材を組み立てて作られた棚に積み重なっているのは、細長い木の板のようなものを紐《ひも》で繋げた巻物だ。

「古い時代の記録だ。まだ紙が広まる前のものだから、竹に文字を書き、紐で繋げてある。竹簡というんだ」

「紙が広まる前って……どれくらい昔のことですか？」

「紙が普及《ふきゆう》し始めたのが三百年ほど前だから、それ以前だろう」

仰天《ぎようてん》した紫春の尻尾が再度膨らんだ。あまりに昔のことで実感がわかないが、紫春がおいそれと触《ふ》れていいものではないだろう。そう考えた紫春は竹簡に伸ばしかけた手を引っ込める。

「ここにあるのは、楊華の負の歴史だ」

「負の歴史……？」

「もみ消してきた宗家や高官の罪、とも言える。昼間に確認《かくにん》したものの中には、かつての皇太子毒殺についての真相が記されていた。皇太子を毒殺した罪で側近が処刑《しよけい》されたが、実のところ、皇太子を殺したのは弟の皇子だった、と」

その後、弟は何事もなかったように皇太子となり、やがて皇位を継《つ》いだのだという。

「公《おおやけ》の記録では残せなかった真実を誰《だれ》かがひそかに書き残し、ここに保管してきた。もしかしたら、今でも誰かがこっそり記録を残しているのかもしれない」

周囲に立つ棚の中には、竹簡だけではなく紙を束ねた書物もあった。書物の表紙には薄く埃が積もっているが、表紙や綴《と》じられた紙の質感から察するに、何百年も昔のものではないだろう。せいぜい、何十年か前のものといったところか。

この膨大《ぼうだい》な数の記録すべてが表の歴史に記されないものだとするならば、いったいどれだけの者がいわれのない罪を押し付けられ、どれだけの真実が闇《やみ》に葬《ほうむ》られてきたのだろうか。楊華の繁栄《はんえい》の裏に隠された凄惨《せいさん》な歴史が、今、紫春の目の前にある。

やがて李貴は立ち止まり、手提《てさ》げ灯籠を紫春に渡《わた》して、とある竹簡を手に取った。

「これは楊光帝の手記だ」

「楊光帝……九尾《きゅうび》に殺されたという、皇帝《こうてい》ですね」

頷《うなず》いた李貴は竹簡を慎重《しんちょう》な手つきで広げた。紫春は灯籠を掲《かか》げ、竹簡を覗き込んだ。そこには流麗《りゅうれい》な筆跡《ひっせき》が残されている。

「若くして皇位を継いだ楊光帝は、相次いで襲ってくる刺客《しかく》を相手にすることに嫌気《いやけ》が差し、いっそのこと不老不死になってしまえばいいのではないかと考えた。そこで、不老不死の術を操《あやつ》るという白い尻尾の九尾に会うため、西の果ての森にある九尾の里を訪れたが……現れた白い尻尾の青年はたいそう生意気で飄々《ひょうひょう》としており、摑《つか》みどころがなく、皇帝と知ったうえで小癪《こしゃく》な罠《わな》を仕掛《しか》けてくる失礼極《きわ》まりない男だったようだ。落とし穴に引っかかった皇帝を穴の縁《へり》から見下ろして爆笑《ばくしょう》していたらしい」

「それは処刑されてもおかしくないのでは……」

「ああ。非常に愛らしい紫春とは大違《おおちが》いだ。紫春は──」

「李貴様、続きを」

「む……落とし穴に落とされた楊光帝だが、青年を捕《と》らえるどころか気に入り、頻繁《ひんぱん》に訪ねるようになったようだ。青年に不老不死の力はないと判明したものの、楊光帝は青年自身に心を奪《うば》われ、青年もまた楊光帝を愛するようになった。そして楊光帝は青年を北楊に呼び寄せて、寵愛《ちょうあい》を与《あた》え、人生を共にする約束を交《か》わした」

白尾《はくび》でありながら里を出て、九尾以外の者と添《そ》い遂《と》げることを選んだ。現在の九尾の里は掟《おきて》や長《おさ》の命が絶対だが、当時は今ほど厳格ではなかったのかもしれない。

「ほどなくして、青年は楊光帝の子を身ごもった」

紫春は目を見開いた。白尾は男であっても子を授《さず》かるのだから、楊光帝の寵愛を受けていたのなら不思議なことではない。そう思うものの、今や楊華中の人々から嫌厭《けんえん》される九尾が、かつては皇帝の子を懐妊《かいにん》していたという事実はやはり驚《おどろ》きに値《あたい》するものだった。

「その子は……その子はその後、どうなったんですか？」

青年は楊光帝を殺した罪で処刑となった。子も彼と一緒《いっしょ》に命を落としたのだとしたら、あまりにも残酷《ざんこく》すぎる。

「ここから記した者が変わっている……楊光帝は毒を盛られ、罪をなすりつけられた青年は捕らえられた。自分ならば生死の境にいる楊光帝を救えると主張した青年だが、楊光帝に会うことは叶《かな》わず、楊光帝は数日後に死んだ。腹に楊光帝の子を宿した青年は、楊光帝の死の半年後に子を産んだ。生まれた子は九尾の耳と尻尾を受け継いでいなかったらしい。里の防衛を担《にな》っていた黒い尻尾の九尾が数人、青年を救おうと北楊を訪《おとず》れたようだが、救出は失敗に終わり、青年は子を産んだ直後に処刑された。楊光帝に毒を盛った者はいまだ不明、と」

「では、子は生きて……？」

「ああ。二人を守り切れなかった自身の無力を嘆《なげ》くと共に、二人の子は自分が命に代えても守る、という決意が書かれている。書いた者の名は……了凛樹《りんじゅ》」

「それって……」

「櫂染の祖先だな。昔、櫂染から聞いたことがある。了家には誰のものなのか明言されていない墓があり、一族の者は皆《みな》、その墓を大切に守ることになっているのだと。おそらく、楊光帝と共に眠《ねむ》ることさえ許されなかった、九尾の青年の墓だろう」

楊光帝は死に、九尾の青年も死んだ。真実は隠《かく》され、二人の最期《さいご》は捻じ曲がった形で後世に伝わった。人々から迫害《はくがい》されるようになった九尾は復讐《ふくしゅう》のつもりだったのか、発端《ほったん》となった楊光帝の毒殺を真似《まね》るように、楊華要人の暗殺に手を染めるようになる。いつしか九尾の里でも真実は消え失《う》せ、楊華には九尾への歪《ゆが》んだ憎悪《ぞうお》だけが残された。

その裏で、皇帝と九尾の青年が愛し合った末に誕生した命は、ひそかに生き延びた。

「楊光帝と九尾の青年の子はおそらく宗家の者として育てられ、血を残し、今でも受け継がれている。俺にもその子の血が流れているのだろう。皇帝と愛し合った、九尾の青年の血が。だからこそ、紫春と俺の間で部分的に継承《けいしょう》が成立した」

ごくわずかに九尾の血が流れる現在の宗家は、血と共に九尾狐《きゅうびこ》の妖力《ようりょく》も受け継いでいた。ゆえに白尾である紫春と李貴が体を繋《つな》げたことで、不完全ながらも李貴に対して継承が行われた形になった。妖力を有しているとはいっても、李貴には実際に異能を操るほどの力はなく、尻尾もないため、髪《かみ》の一部だけが白くなったと考えられた。

「つまり、俺の髪の色が変わった理由は病ではない。なので、心配しなくていい」

李貴は竹簡を元《もど》に戻し、紫春の手から灯籠《とうろう》を取った。

「そろそろ戻ろう。糴染の小言は小鳥のさえずりのようなものだが、ちゅんちゅんとうるさいことはうるさい」

歩き出した李貴に続いて紫春も踵《きびす》を返したが、不意に、後ろ髪《がみ》を引かれる思いがこみ上げてきて振《ふ》り返った。

視線の先では、楊光帝の手記が物言わずに置かれている。

楊光帝も、楊光帝と愛し合った白尾の青年も、二人の子も、子を守った了凛樹という櫂染の祖先も、今となっては故人だ。彼らが生きた時代からは既《すで》に三百年あまりが経過している。それでも、手記には故人の感情が痛々しいほど鮮烈《せんれつ》なまま残されている気がした。

そんな切実な感情までもが闇に葬られたままだと思うと、胸の奥がずきりと痛む。

同じ白尾という立場から、紫春は楊光帝と愛し合った青年の苦痛に思いを馳《は》せずにはいられない。愛する人との子を授かったのに、死に瀕《ひん》した伴侶《はんりょ》を救うこともできず、死に目に立ち会うこともできず、伴侶が死んだ絶望の中で日に日に育っていく我が子の命を感じながら、いわれなき罰《ばつ》が下される日を待ち、生まれてきた我が子を置いて死んでいく。どれほどの痛みと、屈辱《くつじょく》と、憎悪と、孤独《こどく》と、温かいままの愛情を抱《かか》えて命を終えたのか。

「紫春」

背後から李貴に呼ばれ、暗澹《あんたん》たる思いにとらわれていた紫春は振り返った。数歩先に進んでいた李貴は紫春に歩み寄り、紫春の手を握《にぎ》った。

「見つけた以上、封《ふう》じておくことはしない。ここに記されたものは、俺が必ず公にする。九尾の青年に関しても今一度ちゃんと弔《とむら》ったうえで、楊光帝と共に眠れるように手配する」

決然とした口調で言い切って、李貴は柔《やわ》らかく微笑《ほほえ》んだ。

「大丈夫《だいじょうぶ》だ。俺はそう簡単には殺されてやらないし、紫春を一人残していくことはない。紫春を一人にはしない。何があっても俺が守る。たとえこの先、どのような者が俺の命を狙《ねら》おうとも、俺は紫春も自分の命も守り抜《ぬ》く」

紫春の手を握る李貴の手に、ぎゅっと力が入った。目元をほころばせた表情は出会った頃《ころ》よりずっと柔和《にゅうわ》だが、まなざしには出会った頃と変わらない凜々《りり》しい光がある。

初めてあの夜の山中で会ったときから、紫春にとって李貴は強く、正しく、美しい人だった。今となっては、本当は必死で強くあろうとしている人だと知っている。李貴は今も、紫春のために強くまっすぐに立とうとしてくれている。傷も寂寥《せきりょう》も、痛みも、すべてを抱えて。

紫春は口角を上げ、李貴の手を握り返した。

「俺も李貴様をお守りします。何があっても俺が助けます。絶対にあなたを死なせません。あなたを一人にはさせません。この身も心も滅《ほろ》びるまで、俺はずっと李貴様と一緒です」

李貴の決意を受け取って、紫春の覚悟《かくご》を返す。そうして、もうこの人のそばを離《はな》れないと自分自身に誓《ちか》う。

胸に抱《いだ》いた愛《いと》おしさは大きすぎて、重すぎて、すべてをありのままに李貴に伝えることなどできるわけもない。それでも言葉を惜《お》しまず口にしたい。時にまなざしで、時に触《ふ》れ合ったときのぬくもりで、全身全霊《ぜんれい》で、恋い焦《こ》がれた心を、燃え上がるような愛を伝えたい。

李貴の双眸《そうぼう》が微《かす》かに揺《ゆ》らいだ。何かに耐《た》えるように口を結び、目元が泣きそうに震《ふる》えた。少しだけ目を伏《ふ》せたものの、すぐに視線を上げて紫春を見た。

目が合った瞬間《しゅんかん》に、泣きそうなまま李貴は微笑んだ。

「……紫春、ありがとう」

自然と顔が近づいて、唇《くちびる》が重なった。一瞬だけ触れ合わせたのちに微笑みを交わして、しっかりと手を繋いで歩き出す。

遠くから櫂染が李貴を呼ぶ声が聞こえてきた。李貴と紫春の戻りが遅いことに業《ごう》を煮《に》やしているらしく、声に若干《じゃっかん》の憤《いきどお》りが混ざっている。

「む、櫂染が怒《おこ》っている。長居をするなと言われたのに、少しゆっくりしすぎたか。面倒《めんどう》なことになった」

「小鳥のさえずりと同じなのでは？」

「小言の場合はな。この状態はただ単に文句を言っているのではなく、怒《いか》りを抱いている。こうなるとかなり長い話を聞かされるし、うるさい。紫春、俺と一緒に怒られてくれ」

「ええ……俺もですか……」

「俺の伴侶になるということは、俺と一緒に櫂染に怒られるということだ」

腹を立てた櫂染が待っているというのに、李貴の口調は少しだけ弾《はず》んでいる。そんなどこか上機嫌《じょうきげん》な様子の李貴を見ていたら、彼と一緒に怒られるのも悪くないと思えてしまう。それはきっと、惚《ほ》れた弱みというものだろう。

「……ふふ、仕方がない人ですね」

やがて地上へと至る階段に辿《たど》り着いた。頭上を窺《うかが》うと、四角く切り取られた夜空の中に櫂染の苛立《いらだ》った顔が見えた。李貴に手を引かれ、一歩ずつ踏《ふ》みしめながら階段を上る。

その後の櫂染の話は李貴の言うように実に長々と続き、紫春の空《す》きっ腹が盛大な音を立てても終わらなかった。紫春が自分の判断を後悔《こうかい》したことは、言うまでもない。


楊華の地に、秋が訪れた。

北楊を吹《ふ》き抜ける風は冷気をはらみ、風に揺れる木々の葉は赤や黄に色づく。作物も豊かに実り、北楊の北部に連なる山脈は既に雪化粧《ゆきげしよう》をまとっていた。

宮城《きゆうじよう》の木々もすっかり鮮《あざ》やかに染まり、紫春は視界を染める紅葉に心を躍《おど》らせながら、涼月宮の周辺を散歩していた。

見上げた空はどこまでも青く澄《す》み、赤や黄の木々との対比が美しい。紫春は久方ぶりに訪れた穏《おだ》やかな時間に身を委《ゆだ》ね、大きく息を吸い込んだ。どこからか、甘い木の実の香《かお》りがする。

李貴は紫春を伴侶に迎《むか》えることを公《おおやけ》にし、現在は婚姻《こんいん》の儀《ぎ》に向けて準備を進めている。

当然、九尾《きゆうび》である紫春と李貴の婚約《こんやく》には多くの反対があった。

しかし、李貴は焼け落ちた蔵《くら》の地下に保管されていた記録も同時に公表し、九尾に対する迫害が大きな過《あやま》ちであると主張した。霹政の襲撃《しゆうげき》の際、怪我《けが》人の治療《ちりよう》に尽力《じんりよく》した紫春の功績も知れ渡《わた》っていたし、英桂など李貴を厚く信頼《しんらい》する文官や武官、また李貴の兄である皇太子の賛同も得られ、結果的に婚約は認められることとなった。

楊光帝にまつわる正しい歴史が広く示されたことで、楊華の人々には激震《げきしん》が走っていると聞いている。おそらく九尾の里にも李貴の意向と過去の真相は伝わり、大きな衝撃《しょうげき》を与《あた》えていることだろう。里の反応が気にかかるところだが、里を牛耳《ぎゅうじ》る黒尾《こくび》は特に仲間意識が強いことを考えると、少なくとも、同族の血が流れる李貴や宗家に対して敵対する姿勢は取らないと見て問題ないはずだ。

もちろん、友好関係を築くには長い時間が必要であることは言うまでもない。それでも、楊華に生きる多数の人々を導く宗家と九尾との関係が、良い方向へ進むことを願っている。

そのためには、紫春自身も薬師《くすし》としての役目を果たすと共に、李貴の伴侶として毅然《きぜん》とした態度で歩まなくてはならない。まずは婚姻の儀において粗相《そそう》のないようにしっかり準備をしよう、と決意を新たにしたとき、李貴の匂《にお》いが鼻先をかすめた。

振り返ると、涼月宮に向かって歩いてくる李貴と櫂染の姿が視界に入った。紫春は尻尾《しっぽ》を勢いよく振りながら、二人に駆《か》け寄る。

「李貴様！　おかえりなさい。櫂染様も」

「ただいま、紫春」

喜色を露《あら》わにして近寄ってきた紫春を前にして、李貴もまた嬉《うれ》しそうに口角を上げた。

今日、紫春は一日休みをもらっていて、李貴も昼までの公務だ。婚姻の儀に向けて二人ともせわしない日々を送っていたから、久しぶりに二人でゆっくり過ごそうと約束していた。

そのとき、紫春は爽《さわ》やかな茉莉花《まつりか》の芳香《ほうこう》を捉《とら》えた。李貴が手にした四角い包みから漂《ただよ》っているようだ。包みは両手に載《の》るくらいの大きさで、光沢《こうたく》のある白い布で覆《おお》われている。

「李貴様、香油《こうゆ》か何かをお持ち帰りになったのですか？　茉莉花のいい匂いがします」

紫春が軽い気持ちで尋《たず》ねると、なぜだか李貴は目をいっぱいに見開いて動きを止めた。

「え？　あの、李貴様……？」

「し、紫春は……鼻が、いいな……」

「九尾なので……」

李貴は助けを求めるように櫂染を見た。しかし微苦笑《びくしょう》を浮《う》かべた櫂染は何も言わずに李貴の肩《かた》を叩《たた》くと、一人で頑張《がんば》れと言わんばかりにひらりと手を振り、涼月宮の中に姿を消した。

李貴は櫂染が去っていった方向を呆然《ぼうぜん》と見つめていたが、やがて紫春に視線を戻した。迷いを残した面持《おもも》ちでじっと紫春を見つめたあと、諦《あきら》めた様子ではにかんだ。

「……本当は、夕餉《ゆうげ》のあとにでも格好つけて渡すつもりだったのだが」

李貴は包みの布を解くと、包まれていた箱を紫春に差し出した。黒く艶《つや》やかな漆塗《うるしぬ》りの箱が秋陽を受けて輝《かがや》く。

「これを受け取ってほしい」

紫春はそっと箱を取った。重厚《じゅうこう》な外見に反して箱は軽《かろ》やかだ。

静かに蓋《ふた》を開けて、紫春は目を丸くした。

「これは……」

中に入っていたものは細かい歯が並ぶ解櫛《ときぐし》だった。大きさは紫春の片手に収まるくらいだろう。深い茶の色合いが上品で、茉莉花の香気《こうき》がふわりと舞《ま》うように広がる。櫛に茉莉花の香油を染《し》み込ませてあるのだと察しがついた。

香油を染み込ませた櫛を贈《おく》る意味に気づいた紫春は、一驚《いっきょう》して李貴を見た。

「李貴様、まさか……」

「ああ。九尾は求婚《きゅうこん》の際に、香油を染み込ませた櫛を贈るのだろう。遅くなってすまない」

「どうして、それを……」

感激で胸がいっぱいになり、その先が言葉にならない。九尾の求婚における慣習を李貴に話したことはなかったはずだった。

「楊光帝の手記が、先日見せたものの他《ほか》にも見つかってな。そこに記されていた。九尾は求婚の際に香油を染み込ませた櫛を贈り、生涯《しょうがい》をかけて相手の尻尾の手入れをするのだと」

紫春は指先で櫛に触れ、おそるおそる持ち上げた。櫛は軽く、手に馴染《なじ》む感触《かんしょく》が心地《ここち》よい。

「こんな……こんなものを、いただいていいんですか」

「本来渡すべきものだ。受け取ってくれたら嬉しい」

「……ありがとうございます、李貴様。俺も嬉しいです」

じわ、と視界に熱いものが滲《にじ》む。九尾ではない李貴から櫛を貰《もら》えるとは思っていなかったし、九尾の慣習を伝えてねだるような真似《まね》はしたくなかったから、何も言うつもりはなかった。今だって、李貴はこれまで紫春が使ってきた櫛で紫春の尻尾を手入れしてくれている。それだけで十分だった。しかしやはり香油を染み込ませた櫛は九尾にとっては特別な意味があるものだから、愛する人に贈ってもらえるのは幸福以外の何ものでもなかった。

李貴は少し笑って、涙目《なみだめ》で尻尾を振《ふ》る紫春の頭を撫《な》でた。

「言ってくれればよかったのに。紫春はもっと、俺に対して我儘《わがまま》になったほうがいい。紫春は欲《よく》がなさすぎる。他に欲しいものは？」

「そんな……こんなものをいただいたんですから、もう十分です」

「駄目《だめ》だ。何か言え。何かを望め。紫春が何かを望まないと俺は今後の公務を放棄《ほうき》するぞ」

公務の放棄など責任感の強い李貴にできるはずもないのに、近頃《ちかごろ》はこんな冗談《じょうだん》を口にするようになった。そんな李貴の変化は彼の心の柔《やわ》らかくしなやかな部分が増えたようで、紫春としても嬉しい。

紫春は一笑して、口を開く。

「やっぱり、他には何も望めません。既《すで》にすべてをいただいていますので」

「すべて？」

怪訝《けげん》な顔をする李貴に、紫春は恥《は》じらいながらも頷《うなず》く。

「李貴様のすべてを。誰《だれ》にも李貴様のお隣《となり》を譲《ゆず》れません。俺はずっと李貴様と一緒《いっしょ》です。李貴様のこれからの時間も、心も、全部俺のものです。これ以上に望むものはありません」

心を通い合わせて、これからの時間を誓《ちか》った。李貴の隣にいられるのなら、心に触《ふ》れられているのなら、やはり他に望むものはない。

李貴は切れ長の目をわずかに見開いて紫春を見つめ、やがて片手で顔を覆った。

「……そうやって、また紫春は可愛《かわい》いことを言う」

「か、可愛い、でしょうか……」

「可愛い。あまりにも可愛い」

李貴は紫春を尻尾ごと抱《だ》き締《し》めた。李貴の手がゆらりと動く尻尾を優《やさ》しく撫でたあと、紫春の顎《あご》に触れる。促《うなが》されるままに顔を上げれば、そっと唇《くちびる》が重なった。

李貴と交《か》わす口づけは優しく、甘く、時に熱く、激しい。愛《いと》おしさが胸の中に溢《あふ》れて止まらなくなって、唇を触れ合わせるたびに、温かな愛情が膨《ふく》れ上がる。

唇を離《はな》して、李貴は言う。

「では簡単なことから聞こう。今から、紫春は何をしたい？　ゆっくり茶を飲むでもいい。天気がいいから外を散歩するのもいい。なんでもいいぞ」

「では……この櫛で、さっそく俺の尻尾を解かしていただきたいです」

「うん。そうしようか」

紫春の答えに、李貴は目を細めて頷いた。

穏やかな光は秋の北楊に降り注ぎ、木漏《こも》れ日となって木々の下にいる紫春と李貴を照らす。鮮《あざ》やかな色彩《しきさい》が溶《と》け込んだような爽やかな風が秋の気配を運び、儚《はかな》くも美しい季節の移ろいを告げている。

北楊の北部に連なる山脈から吹《ふ》く風が冷たさを増すと、あっという間に冬が来る。あたりは一面の銀世界に変わり、白雪が陽光を浴びて美しく煌《きら》めくのだろう。

そんな冬が来たら、どんな言葉を李貴に贈ろうか。

その次の春も、夏も、秋も、再び訪《おとず》れる冬も、紫春は李貴の隣にいる。月のように凜々《りり》しく歩む李貴に恋《こ》い焦《こ》がれながら、李貴の隣にいる。

かつて胸に抱《いだ》いていた、月のない夜をさまよい歩く孤独《こどく》に、心の中で別れを告げる。

幸福と呼ぶしかない想《おも》いを胸に、紫春は再び李貴と唇を合わせた。


大陸東端《とうたん》に構える大国楊華の都、北楊には、九尾《きゅうび》の薬師がいる。

彼の尻尾《しっぽ》は真っ白で、丁寧《ていねい》に手入れがなされ、艶やかで美しく、加えてよく動くという。

名を紫春という彼は優秀《ゆうしゅう》な薬師であると同時に――時の皇子の、愛する伴侶《はんりょ》である。

あとがき

初めまして、ミヤサトイツキと申します。このたびは拙作《せっさく》をお手に取っていただき誠《まこと》にありがとうございます。

デビュー作となるこの物語はモフモフ中華風《ちゅうかふう》ファンタジーです。可愛い話を書きたいという思いから、狐《きつね》の耳と尻尾《しっぽ》を持つ紫春と、無表情だけど実は優しい李貴というキャラクターが生まれました。二人に加えて櫂染や霹政も登場し、それぞれが自由に動き回り、本文を書く前から頭の中が実に賑《にぎ》やかな状態になっていたことをよく覚えています。

小説を書くときはいつも、頭の中にいる登場人物に、自分の人生をそっと教えてもらうような気持ちでいます。どのような人生を歩み、何を考えて生きてきたのか、それを紐解《ひもと》いていくうちに、他の人とは違《ちが》うその人らしさが見えてくる瞬間《しゅんかん》が好きです。

そうやって徐々《じょじょ》にキャラクター像を固めながら、舞台《ぶたい》となる楊華という国の姿を決めていきました。実在した国の制度などを参考にしたうえでオリジナルの設定もたくさん織り交ぜ、作中の楊華の姿となっています。

そんな架空《かくう》の国に生きる紫春と李貴は、異なる孤独《こどく》を抱《かか》えていたからこそ強く惹《ひ》かれ合ったのだと思います。突然《とつぜん》の求婚《きゅうこん》から始まり、時にすれ違い、時に櫂染に背中を押され、やがて最愛の人となる過程を、少しでも楽しんでいただけたら幸いです。

美麗《びれい》なイラストはサマミヤアカザ先生に描《か》いていただきました。紫春はたいへん愛らしく、李貴は非常に美しく仕上げてくださり、キャラクターのラフをいただいた際には、感激して一時間ほど正座で二人と向き合っていました。サマミヤアカザ先生、素敵《すてき》なイラストを本当にありがとうございます。

いつも丁寧《ていねい》に導いてくださる担当編集様、編集部の皆様《みなさま》、この本に携《たずさ》わってくださったすべての方々に、厚く御礼《おれい》申し上げます。もちろんこの本をお手に取ってくださった読者の皆様にも、深い感謝の意を。

皆様の日々を少しでも彩《いろど》ることができたならば、これ以上の喜びはありません。

またどこかでお会いできますように。

ミヤサトイツキ

白《しろ》の九尾《きゆうび》は月影《つきかげ》の皇子《おうじ》に恋《こ》う

ミヤサトイツキ

KADOKAWA RUBY BUNKO

角川ルビー文庫 23352

2022年10月1日　初版発行

発行者——青柳昌行
発　行——株式会社KADOKAWA
〒102-8177　東京都千代田区富士見2-13-3
電話 0570-002-301（ナビダイヤル）
印刷所——株式会社暁印刷
製本所——本間製本株式会社
装幀者——鈴木洋介

●お問い合わせ
https://www.kadokawa.co.jp/（「お問い合わせ」へお進みください）
※内容によっては、お答えできない場合があります。
※サポートは日本国内のみとさせていただきます。
※Japanese text only

ISBN978-4-04-112903-6　C0193　定価はカバーに表示してあります。

KADOKAWA RUBY BUNKO

角川ルビー文庫

いつも「ルビー文庫」を
ご愛読いただきありがとうございます。
今回の作品はいかがでしたか？
ぜひ、ご感想をお寄せください。

〈ファンレターのあて先〉

〒102-8177 東京都千代田区富士見 2-13-3
株式会社KADOKAWA
ルビー文庫編集部気付
「ミヤサトイツキ先生」係